48F

**COLLECTION
FOLIO/ESSAIS**

Paul Claudel
de l'Académie française

L'œil écoute

Gallimard

© *Éditions Gallimard,* 1946.

Introduction à la peinture hollandaise

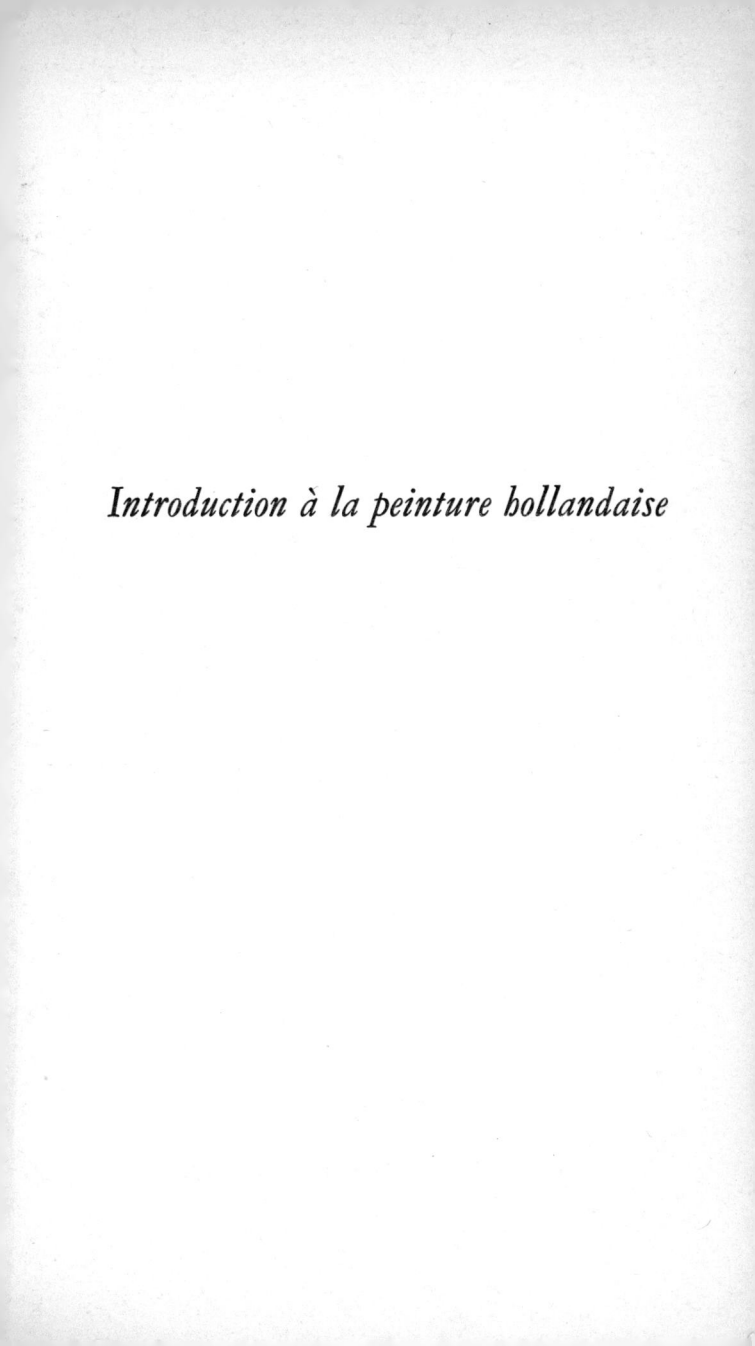

Si j'essaye de définir, de fixer par l'écriture l'impression qu'après de trop courts contacts me laisse ce pays, ce n'est pas à la mémoire visuelle que j'éprouve aussitôt le besoin de recourir. L'œil en Hollande ne trouve pas autour de lui un de ces cadres tout faits à l'intérieur de quoi chacun organise son souvenir et sa rêverie. La nature ne lui a pas fourni un horizon précis, mais seulement cette soudure incertaine entre un ciel toujours changeant et une terre qui, par tous les jeux de la nuance, va à la rencontre du vide. Ici notre mère Nature n'a pas pris soin de déclarer, d'afficher pompeusement ses intentions, au moyen de ces formidables constructions que sont les montagnes, de les dramatiser par ces barrages, de les paraphraser par ces ressauts et ces déclivités, par ces longues lignes de remblais sans cesse interrompues et reprises qui développent et qui épuisent la mélodie géographique. Pas de tranchées, pas de surprises, pas d'intervention violente ou même d'invitation irrésistible à la manière de la vallée Ligérienne ou Séquanaise, aucune de ces contradictions et de ces poussées que le mouvement de la terre oppose et impose à celui des eaux. Ici on est l'habitant ou l'hôte d'une nappe liquide et végétale, d'une plate-forme spacieuse où l'œil se transporte si facilement qu'il ne communique au pied aucun désir. Tout a été égalisé, toute cette étendue de terre facile, prête à se délayer en couleur et en laitage, a été livrée à l'homme pour en faire son pâturage et son jardin. C'est lui-même avec ses villages et ses clochers, avec ces gros bouquets par-ci par-là que sont les arbres, qui s'est chargé d'aménager l'horizon. Ce sont ces canaux rectilignes dont les deux rives là-bas se rejoignent en pointe de V qui nous indiquent la distance, ce sont les animaux dans l'immense verdure étale, troupeau d'abord distinct, puis éparpillement à l'infini de points clairs, c'est cette flaque ensoleillée de colzas, c'est la palette multicolore des champs de jacinthes et de tulipes, qui nous fournissent nos repères. Et cependant à aucun moment, au centre de ce cadran de vert émail, on n'a la sensation de l'immobilité. Ce n'est pas seulement la variation infinie des ombres et des lumières à travers le progrès et le déclin de la journée au milieu d'un immense ciel où il ne cesse de se passer ou de se méditer quelque chose. Ce n'est pas seulement ce souffle continuel, puissant comme une tempête, humide et léger comme une respiration humaine, comme la chaleur sur notre joue de quelqu'un tout près de nous qui va parler, ce souffle gaiement interprété à perte de vue par les moulins à vent qui traient l'eau et qui dévident le brouillard, ce n'est pas lui seulement entre ses reprises qui infond en nous ce sentiment du temps, la conscience de cette allure métaphysique, de cette communication générale, de ce cours infiniment subtil et divers des choses qui existent ensemble autour de nous. Nous prenons acte de cette espèce de travail paisible et unanime, ou dirai-je plutôt de pesée et comme de lente computation, à quoi la complaisance d'une âme soulagée, desserrée, dilatée, cesse bientôt d'être étrangère. La pensée tout naturellement, libre d'un objet qui s'impose brutalement à son regard, s'élargit en contemplation. On ne s'étonne pas que ce soit ici le pays où Spinoza ait conçu son poème géométrique. Quelque chose

Introduction à la peinture hollandaise

en nous s'établit qui ressemble à l'état d'esprit des marins, moins d'intérêt à la circonstance immédiate que de sympathie avec les éléments, un œil que l'habitude de la distance a rendu rapide et précis, moins le goût de préparer l'événement que de profiter du phénomène. En ce lieu tout pénétré par la mer, où l'herbe même et la feuille vivent de ce suc secret qu'elles lui empruntent, comment croire que l'âme humaine soit soustraite à cette profonde communication, quand c'est à elle que la joue de ces jeunes filles a allumé son éclat de pétale ?

Pour me faire mieux comprendre, j'emploierai une comparaison morale. Quand se préparent ou s'achèvent en nous les grands mouvements fondamentaux de transformation de la pensée, du sentiment et du caractère, quand, sous les petits événements journaliers, nous sentons irrésistiblement s'accroître en nous les chances de l'un de ces raz de marée que l'on appelle un grand amour, ou une grande douleur, ou une conversion religieuse, quand nous nous apercevons que déjà les premières barrières ont fléchi, que le niveau de notre horizon a monté, que toutes les issues de notre âme se trouvent bloquées, quand, nous retirant d'un champ hier intact et aujourd'hui submergé, nous constatons qu'au fond des retraits les plus éloignés et les plus tortueux de notre personnalité l'eau monte ligne à ligne et que les ressources suprêmes de notre défense sont menacées par une irruption étrangère : comment ne pas penser à la Hollande, à l'heure de midi, quand, charrié en triomphe sur des milliers de bateaux au claquement de son enseigne tricolore, le dieu des vagues, prenant puissamment possession de ce réseau de veines et d'artères, vient une fois de plus rendre visite à ce pays qui lui appartient ? Sous cette poussée immense, les écluses se remplissent, les ponts se lèvent l'un après l'autre, on les voit de tous côtés fonctionner comme des balances, les vieilles barques échouées se détachent de leur prison de boue, la saignée des digues jaillit, et les Sept Provinces Unies jusqu'au fond de leur chair une fois de plus ressentent ce choc vital que l'épitaphe du grand amiral Ruyter appelle magnifiquement *Immensi tremor Oceani*. Et de même un autre temps arrive où l'âme un moment saisie comme à la gorge par cet assaillant, peu à peu sent cette prise se desserrer et cette eau qui allait l'engloutir fuir, descendre, s'échapper par toutes les issues sans que rien puisse la retenir, emportant avec elle quelque chose de nous-mêmes. Les territoires que l'on croyait perdus reparaissent l'un après l'autre et l'œil devançant notre bras reprend possession de ces étendues autour de nous renouvelées et fécondées.

Il faut renoncer à comprendre les Pays-Bas, si, dès que l'on s'y est enfoncé pour de bon et en plein, on ne ressent pas sous ses pieds cette élasticité secrète, si l'on ne s'entend pas soi-même participer à cette espèce de rythme cosmique comme une poitrine alternativement qui se soulève et qui s'abaisse.

La Hollande est un corps qui respire, et cette vaste poche du Zuyderzee au milieu d'elle, qu'est-ce que c'est, sinon une espèce de poumon ? Deux fois par jour, à plein cœur, à plein ventre, elle absorbe la mer comme un flot puissant de lait salé, et deux fois par jour sur ces eaux un instant équilibrées s'opère l'immense échange de ce qui arrive avec ce qui attendait de partir. C'est comme si une cloche avait sonné, la Bourse est ouverte, je dis la bourse dans son double sens : celui du réceptacle, — et quel plus largement ouvert que ce comptoir où, en échange de toutes les richesses des Indes, de toutes les denrées qu'énumère l'Apocalypse, *la pourpre, la soie, les bois, le fer, le marbre, l'ivoire, les épices et les parfums, le vin, et l'huile, et le froment, et les bêtes de somme, et les esclaves, et les âmes d'hommes*, le Rhin et la Meuse viennent opérer leurs versements ? — et le sens aussi de marché où tout ce qui existe vient se transformer en valeur, passer de sa qualité de matière à la dignité générale de signe et de proposition, recevoir, comme on dit, son *cours.*

Le mot de *valeur,* qui s'est introduit comme de lui-même dans ma dissertation, me servira de pont ou de passerelle pour franchir la distance qui nous sépare encore de ce rendez-vous qu'au bord d'eaux solennelles et attentives l'assemblée des anciens peintres assigne au moderne touriste. Qu'il s'agisse du langage de la banque ou de la peinture, la *valeur* indique sous les accidents particuliers la qualité générale abstraite qui s'attache en telle ou telle proportion à tel ou tel objet déterminé. Sur les balances du commerce, il s'agit d'un poids en métal pur ; sur celles plus délicates de l'art, il s'agit des rapports infiniment tendres et gradués, qualifiés ou non par la couleur, que l'ombre entretient avec la lumière, une espèce de *titre* lumineux. C'est le concert de ces valeurs quand parmi les recherches confuses de la nature elles ont réussi sous le pinceau du peintre à se réaliser et à se coaliser qui constitue le tableau hollandais, c'est-à-dire un de ces ensembles enchantés, ce que j'appelle la magie batave, si justes que le temps, à qui dans l'instant de son suspens le plus fragile ils doivent naissance, sera désormais impuissant à les dissiper. Je pense par exemple à cette peinture de Van de Velde au Musée d'Amsterdam que l'on appelle le *Coup de canon.* Il semble qu'à ce signal, à cette soudaine déflagration du son dans une expansion de fumée, tout le cours aussitôt de la nature se soit arrêté : *Feu !* et que l'attention de la mer se propage jusqu'à nous. Il y a comme un commandement enjoint à l'immensité circonférente par cette superposition altière de vergues et de voiles. Nous avons là une de ces peintures que l'on écoute encore plus qu'on ne les regarde.

Je crois en effet que nous comprendrions mieux les paysages hollandais, ces thèmes de contemplation, ces sources de silence, qui doivent leur origine moins à la curiosité qu'au recueillement, si nous apprenions à leur tendre l'oreille en même temps que par les yeux nous en alimentons notre intelligence. Ce qui frappe en eux tout d'abord, par rapport à ces cadres comblés, bondés d'objets, de la peinture anglaise ou française, c'est l'énorme importance des vides par rapport aux pleins. On est frappé de la lenteur avec laquelle le ton sans cesse retardé par tous les jeux de la nuance met à se préciser en une ligne et en une forme. C'est l'étendue qui épouse le vide, c'est l'eau sur la terre largement ouverte qui sert d'appât à la nue. Et l'on voit peu à peu, j'allais dire que l'on entend, la mélodie transversale, comme une flûte sous des doigts experts, comme une longue tenue de violon, se dégager de la conspiration des éléments. C'est la ligne en silence qui se fait parallèle à une autre ligne, c'est le spectacle après une pause pensivement qui se laisse reprendre par le rêve et spiritualiser par la distance. Comme dans les chefs-d'œuvre de l'art japonais, le triangle est presque toujours l'élément essentiel de la composition, soit le triangle vertical et isocèle qui devient voile et clocher, soit le long scalène qui part du cadre pour s'achever en une pointe effilée. On dirait d'un thème de solfège que nous pouvons scander à notre gré en ascension ou en descente. C'est lui, soit qu'il s'accentue et s'élargisse si nous le remontons en crescendo jusqu'aux ailes par exemple de ce moulin à vent, soit qu'il déboule tumultueusement comme dans Ruysdaël en rochers ronds l'un sur l'autre et en volutes de feuillages, soit qu'il s'allonge comme un long radeau mâté çà et là de clochers comme dans les toiles de Van Goyen, qui donne au gré de notre rêverie impulsion et vie secrète à tout cet ensemble à la fois fluide et fixe où la durée pour nous s'est congelée en extase. Et quant à ces motifs naturels et humains qui viennent animer cet ensemble, roue de moulin en marche, charrette embourbée, petits personnages là-bas qui courent à la manière d'un trille nerveux, je les compare à ces touches du doigt au point juste sur la corde en vibration, au plectre qui agace le luth. Et à ce propos, un souvenir. Je me rappelle que la première fois que je visitai le Rijksmuseum à Amsterdam je me sentis attiré ou pour mieux dire happé à l'autre bout de la salle par un petit tableau qui se cachait modestement dans un coin et que depuis j'ai été incapable de retrouver. C'était un paysage dans le genre de Van Goyen peint dans un seul ton comme avec de l'huile dorée sur une fumée lumineuse. Mais ce qui m'avait fait tressaillir à distance, ce qui, pour moi, faisait sonner comme une trompette cet ensemble assourdi, c'était, je le comprenais à présent, là, ce petit point vermillon, et, à côté, cet atome de bleu, un grain de sel et un grain de poivre !

J'ai parlé jusqu'à présent de cette catégorie de paysages qui se présentent à nous, si je peux dire, par la tranche et comme de profil. Il y a toute une autre classe, dont le type est l'*Allée d'arbres* de Hobbéma, ou les tableaux de Van der Neer, qui s'offre à nous de face. C'est une route, un canal, un cours d'eau plus ou moins sinueux, qui ouvre devant nous l'étendue imaginaire par le milieu et nous invite à l'exploration. Ou encore derrière un premier plan assombri et détaillé qui se découpe en silhouette, c'est une nappe lumineuse qui vient diviser la réalité d'avec le désir et au-delà de laquelle apparaît une cité lointaine. Nous sommes introduits, j'allais dire que nous sommes aspirés, à l'intérieur de la composition et la contemplation pour nous se transforme en attrait. Où sommes-nous ? Nous aurions presque envie de vérifier à notre talon la courroie de cette chaussure magique, pareille à celle qu'au sien assujettit Hermès, conducteur des âmes, en un geste où les artistes hollandais se sont plu si souvent à surprendre les patineurs.

Poursuivons ! et puisque nous y sommes invités d'une manière si courtoise, obéissons à cette main qui s'insinue dans la nôtre et qui nous engage à venir avec elle, à aller plus loin, à passer de l'extérieur à l'intérieur. Van der Neer et Hobbéma nous ont conduits à l'intérieur de la nature, d'autres vont nous installer à l'intérieur de la résidence humaine, et un autre, plus grand qu'eux tous, à l'intérieur même de l'âme, où rayonne *cette lumière qui illumine tout homme venant au monde*, pour l'interrogation de ces ténèbres qui hésitent à l'accueillir.

Je sais qu'en attribuant à la peinture hollandaise une espèce de vocation profonde et de pente secrète, je me mets en contradiction avec la plupart des commentateurs, spécialement avec le plus autorisé, je veux parler de ce subtil et savant critique, de ce délicieux écrivain qu'est Eugène Fromentin. On se rappelle cette belle page des *Maîtres d'autrefois* que je ne résiste pas au plaisir de reproduire ici.

Le moment est venu de penser moins, de viser moins haut, de regarder de plus près, d'observer mieux et de peindre aussi bien mais autrement. C'est la peinture de la foule, du citoyen, de l'homme de travail, du parvenu et du premier venu, entièrement faite pour lui, faite de lui. Il s'agit de devenir humble pour les choses humbles, petit pour les petites choses, subtil pour les choses subtiles, de les accueillir toutes sans omission ni dédain, d'entrer familièrement dans leur intimité, affectueusement dans leur manière d'être : c'est affaire de sympathie, de curiosité attentive et de patience. Désormais le génie consistera à ne rien préjuger, à ne pas savoir ce qu'on sait, à se laisser surprendre par son modèle, à ne demander qu'à lui comment il veut qu'on le représente.

Et là-dessus, Fromentin ajoute, sans paraître s'apercevoir du hiatus ou de la contradiction qui sépare sa nouvelle proposition de la précédente :

Si l'on écarte Rembrandt, qui fait exception chez lui comme ailleurs, en son temps comme dans tous les temps, — et ici je

Introduction à la peinture hollandaise

mets un point d'interrogation — *vous n'apercevez qu'un style et qu'une méthode dans les ateliers de la Hollande. Le but est d'imiter ce qui est, de faire aimer ce qu'on imite, d'exprimer nettement des sensations simples, vives et justes. Le style aura donc la simplicité et la clarté du principe. Il a pour loi d'être sincère. Sa condition première est d'être familier, naturel et physionomique : il résulte d'un ensemble de qualités morales, la naïveté, la volonté patiente, la droiture. On dirait des vertus domestiques transportées de la vie privée dans la pratique des arts et qui servent également à se bien conduire et à bien peindre. Si vous ôtiez de l'art hollandais la probité, vous n'en comprendriez plus l'élément vital et il ne serait plus possible d'en définir ni la moralité ni le style. Mais de même qu'il y a dans la vie la plus pratique des mobiles qui relèvent la manière d'agir, de même dans cet art réputé si positif, dans ces peintres réputés pour la plupart des copistes à vues courtes, vous sentez une hauteur et une bonté d'âme, une tendresse pour le vrai, une cordialité pour le réel, qui donnent à leurs œuvres un prix que les choses ne semblent pas avoir. De là leur idéal, idéal un peu méconnu, passablement dédaigné, indubitable pour qui veut bien le saisir et très attachant pour qui sait le goûter.* Par moments un grain de sensibilité plus chaleureuse fait d'eux des penseurs, même des poètes.

Cette dernière phrase fait plaisir et corrige une appréciation qui, mêlée à beaucoup de touches justes et fines, me paraît erronée. Un grain, c'est beaucoup, comme je le disais tout à l'heure à propos de ce grain de sel bleu et de ce grain de poivre rouge, et je prétends que cette saveur secrète n'est absente d'aucune des compositions de ces anciens peintres. Il n'en est aucune qui à côté de ce qu'elle dit tout haut n'ait quelque chose qu'elle *veuille dire* tout bas. C'est à nous de l'écouter, de prêter l'oreille au *sous-entendu*.

Ce qui a trompé Fromentin, et avec lui la plupart des critiques des peintres hollandais, c'est le contraste de leur atmosphère, de leur point de vue et de leur point de départ, avec cette poétique, j'allais dire cette rhétorique de l'art classique et baroque qui de leur temps achevait de se déployer magnifiquement en Italie et en Flandre, un art sonore, généreux, éclatant, éloquent, grandiloquent et largement conventionnel. Pour le caractériser, je ne puis mieux faire que d'emprunter une autre page encore aux *Maîtres d'autrefois* :

Il existait une habitude de penser, hautement, grandement, largement, un art qui consistait à faire choix des choses, à les embellir, à les rectifier, qui vivait dans l'absolu plutôt que dans le relatif, apercevait la nature comme elle est, mais se plaisait à la montrer comme elle n'est pas. Tout se rapportait plus ou moins à la personne humaine, en dépendait, s'y subordonnait et se calquait sur elle, parce qu'en effet certaines lois de proportion, et certains attributs, comme la grâce, la force, la noblesse, la beauté, savamment étudiés chez l'homme et réduits en corps de doctrines, s'appliquaient aussi à ce qui n'était pas l'homme. Il en résultait une sorte d'universelle humanité ou d'univers humanisé dont le corps humain dans ses proportions idéales était le prototype. Histoire, visions, croyances, dogme, mythes, symboles, emblèmes, la forme humaine presque seule exprimait tout ce qui peut être exprimé par elle. La nature existait vaguement autour de ce personnage absorbant. A peine la considérait-on comme un cadre qui devait diminuer ou disparaître de lui-même dès que l'homme y prenait place. Tout était élimination et synthèse. Comme il fallait que chaque objet empruntât sa forme plastique au même idéal, rien ne dérogeait. Or, en vertu de ces lois du style historique, il est convenu que les plans se réduisent, les horizons s'abrègent, les arbres se résument, que le ciel doit être moins changeant, l'atmosphère plus limpide et plus égale, et l'homme plus semblable à lui-même, plus souvent nu qu'habillé, plus habituellement accompli de stature, beau de visage, afin d'être plus souverain dans le rôle qu'on lui fait tenir.

On ne saurait nier cependant qu'à côté de cet art de facture, d'atelier et d'apparat, il subsistât dans l'âme populaire entre l'Escaut et la Meuse un certain goût fort et sûr de la réalité immédiate et l'appétit de s'en régaler les yeux sur-le-champ, comme les enfants qui se donnent à eux-mêmes un spectacle de marionnettes. Les enluminures du Moyen Âge, les tableaux des Primitifs et ceux de Breughel, ceux de Jordaens et de Teniers, portent témoignage de cette approbation, de cette sympathie joviale, de ce rude entrain avec quoi les Flamands n'ont jamais cessé de regarder cette amusante vie qui les entoure et cette bonne terre qui leur donne bière et lard. Mais la grande nouveauté de l'art Hollandais, c'est que le paysage et ce que j'appellerai les laïcs, ne figurent plus à titre de décor ou d'ameublement humain à l'arrière d'une scène religieuse, décorative ou allégorique ou dramatique : eux-mêmes, tout seuls, sont devenus le tableau. C'est ce qu'ils font ensemble, c'est cet acte en commun, ce pacte qu'entre eux de couleurs et de lignes ils ont concerté et qu'on appelle une composition, qui maintenant est proposé à notre considération exclusive.

Et ici il est important de remarquer que l'artiste Hollandais ne va pas à la chasse de ses sujets, un crayon à la main, au gré du hasard et de la fantaisie. Il n'est pas prêt à enregistrer n'importe quoi. Le répertoire qui l'attire et qui plaît à sa clientèle, il ne comporte qu'un assez petit nombre de chapitres. Je n'en citerai que deux exemples. Fromentin remarque justement que le *Siècle d'Or*, celui qui a vu florir tous les grands peintres, est aussi la période la plus violente et la plus tumultueuse de l'histoire Hollandaise, celle des émeutes populaires, des controverses religieuses, des batailles et des coups de main. Tout cela n'a pas enfiévré une minute le paisible pinceau des artistes. On dirait que pour eux la poudre n'a jamais parlé, qu'ils n'ont jamais regardé une chaumière qui brûle, le double flot à l'inverse des troupes en marche et des populations qui déménagent, la grimace et les contorsions du citoyen amoché qui se débat dans une mare de sang. Toute la guerre pour eux, ce sont les joyeux carrousels de Wouwermans au seuil d'un paysage limpide.

Et, d'autre part, l'époque dont nous parlons est celle des grandes conquêtes coloniales, des aventures sur la mer, de cette découverte du monde dont la dépouille nouvelle couvre les quais. De tout cela cet art ne prend aucun compte et l'on dirait qu'il n'a aucune curiosité. A peine un rare croquis de nègre, de lion ou d'éléphant sur le carnet d'un Rembrandt. Ces bourgeois montrent autant d'insouciance que les hautains clients de Vélasquez pour tout l'apport exotique. Ils demandent au peintre quelque chose et pas autre chose. L'art de la Hollande, comme celui des autres Écoles, répond à un parti pris. Et ce parti pris, nous l'avons vu, n'est pas du tout le culte, l'exploration et l'inventaire de la réalité pour elle-même. Le poète vient simplement y choisir des thèmes et lui emprunter les éléments de sa composition. Il n'y prend que ce qui lui convient.

Je me hasarde à émettre l'idée probablement téméraire que, si les peintres hollandais fuient le sujet, l'anecdote littéraire et dramatique qui a son intérêt par elle-même, s'ils emploient des acteurs anonymes soutenus par des paysages qui empruntent leurs intentions aux desseins les plus généraux de la nature, c'est qu'ils veulent représenter non pas des actions, non pas des événements, mais des sentiments. Comme les paysages que je décrivais tout à l'heure nous donnent la sensation de l'espace, les scènes intimes dont j'ai maintenant à parler nous éveillent à la conscience de la durée. Elles sont le contenant d'un sentiment qui s'évapore. Une peinture de Viel, de Vermeer, de Pieter de Hooch, nous ne la regardons pas, nous ne la caressons pas une minute, d'un clignement d'yeux supérieur : immédiatement nous sommes dedans, nous l'habitons. Nous sommes pris. Nous sommes contenus par elle. Nous en ressentons la forme sur nous comme un vêtement. Nous nous imprégnons de cette atmosphère qu'elle enclôt. Nous y trempons par tous les pores, par toutes les sensibilités et comme par les ouïes de notre âme. Et en effet la maison où nous sommes a une âme. Elle accueille, divise et répartit le rayon extérieur un peu à la manière de la nôtre. Elle est toute remplie de ce silence de l'heure qu'il est. Nous assistons à ce travail par quoi la réalité extérieure se transforme au fond de nous en ombre et en reflet, l'action ligne à ligne du jour qui monte ou descend sur cette paroi que nous lui présentons. L'enfilade des chambres et des cours, cette échappée là-bas sur le jardin par une porte ouverte ou sur le ciel par une imposte, loin de nous distraire nous donne une jouissance plus coite de notre profondeur et de notre sécurité. C'est ici notre domaine réservé. Comme une touche soudaine vient faire étinceler en nous un souvenir ou une idée, comme la patiente progression de l'éclairage vient modeler une figure et lui conférer son volume, c'est ainsi que l'artiste hollandais est savant à retenir et à utiliser cet apport mystique que lui verse l'inclination de la journée, soit qu'un Van Ostade lui donne à inventorier cette profusion de gens ou d'objets hétéroclites joyeusement entassés et bousculés, soit, plus souvent, qu'une attention méticuleuse lui réserve l'accueil d'un ordre pur et la sévère propreté du gynécée. Cette transparence des vitrages comme une eau, ces modifications de la densité par le milieu, cette interaction complexe des parois et ces reflets de reflets qu'elles se renvoient l'une à l'autre, ce treillis quadrillé qui se peint obliquement sur la muraille et que digère à l'opposé l'œil fixe d'un miroir, ce contraste au cœur d'une pièce de la partie éclairée et de celle qui ne l'est pas, de ce qui vient de s'allumer et de ce qui va s'éteindre, ce mobilier de coffres lourds, de surfaces stagnantes et de cuivres chaleureux qui donne à l'ensemble son aplomb, tout cela compose une espèce de talisman, de formule intime, de charme secret, et l'on comprend que les personnages qui l'habitent ne puissent s'échapper de ce paradis domestique. Quelle différence avec certains tableaux modernes qui, on le sent, s'ils n'étaient contenus par le cadre, feraient explosion et se sauveraient de tous côtés comme de la limonade gazeuse ! Ces miroirs plans ou courbes qui détournent et transposent à notre usage les spectacles du jardin et de la rue, ces verreries sur la table qui se figent ou se dégèlent, ces carreaux irisés qui se peignent mystérieusement sur la panse d'une bouteille ou sur la convexité impalpable d'un ballon de verre, leur persistance sur la toile nous permet seule en eux de distinguer l'image de la pensée qui se referme sur ses possessions.

Nous avancions tout à l'heure que le paysage hollandais a toujours une direction : plus sûrement encore dirions-nous que la composition de ces intérieurs a un centre, un centre de gravité, un foyer. Et c'est précisément l'inanité apparente du motif qui le localise, un petit chien que l'on caresse, un doigt qu'on panse, et dont le seul rôle est de figurer l'attention du personnage à lui-même, une plume que l'on prépare avant de lui ouvrir la carrière du papier, ce livre ou ce papier à ouvrage où une main lente va puiser le recueillement, la suite à une pensée, ce luth qu'on accorde, ces lèvres qui se préparent à chanter, et dans le tableau de Brouwer ce trou rond et noir au milieu de la figure d'où s'échappe un autre rond transparent de fumée, c'est cela précisément qui dégage, qui rend sensible à l'esprit l'indice secret en qui se coagulent les éléments divers de cette société harmonique. Parmi ces thèmes les plus fréquents sont ceux du repas et du concert. Tout repas en effet par lui-même est une communion, sans même que l'intention religieuse à l'état plus ou moins latent existe. Et il est remarquable, tandis que dans tant de scènes italiennes ou françaises la jactance et la vanité du peintre qui fait étalage de ses ressources conventionnelles réduisent un acte sublime à l'importance d'une cérémonie mondaine, que, chez les artistes hollandais, la naïveté et la sincérité en qui les convives autour de la table puisent au même plat et à la même coupe confèrent à cette fraternelle et joyeuse invitation qu'ils s'adressent l'un à l'autre une dignité supérieure à celle d'une réfection pure et simple. Je pense à ce tableau de Rembrandt où le peintre, hilare, l'épée au côté et déguisé en gentilhomme, d'une main étreint une Saskia complaisante et satisfaite et de l'autre élève vers le ciel un long verre rempli d'un vin lumineux, comme un toast qu'il porterait à l'idéal. — Et d'autre part quel sujet plus propre à nous suggérer le pacte intime des âmes et leur inclination l'une vers l'autre que l'un de ces concerts, si souvent représentés par le pinceau d'un Palamedz et d'un Ter Borch, où se marient la voix d'une femme et l'attention d'un homme, — sans parler de ce petit chien qui rôde comme un esprit familier dans un coin ? Quelquefois aussi c'est un dialogue avec le reflet, cette femme qui se regarde dans un miroir ; avec l'absence, cette autre femme qui lit une lettre ; avec l'extérieur, cette servante dans l'encadrement d'une fenêtre qui arrose des fleurs. Où le regard superficiel n'aperçoit qu'une ménagère qui met la marmite sur le feu, une hôtesse qui, la tige d'un verre étincelant entre les doigts, accueille deux de ses amis (et tout autour d'elle, c'est le sombre chatoiement des meubles polis, le lustre central, le regard de la glace à la seconde glace, ou ces autres miroirs encore que sont ces assiettes au mur ou ces cadres imprégnés d'un spectacle inaltérable), et j'allais oublier ce travail appliqué de la dentellière à son coussin sur le fil, celui sans doute que la Parque ne cesse de dévider pour nous, — dans tout cela, je sais, moi, qu'il s'agit des occultes trafics d'Anima, de cette chimie, de cette musique, de ces transactions, de ces rapports et de ces virages d'intérêts, qui opèrent au plus profond de la pensée. Le moment est venu que quelqu'un vienne vérifier la pulsation secrète qui anime le tableau imaginaire : et c'est cette main que la malade languissamment tend à un sombre docteur : le doigt sur l'artère épie le train et le sursaut minime au défaut de ce poignet du cœur. Maintenant, il ne reste plus dans la pièce obscurcie qu'un homme tout seul, debout ; l'ombre accrue qui vient des quatre coins l'enveloppe et accumule à ses épaules les plis d'un ample manteau noir d'où émerge une main à demi gantée.

Parmi ces maîtres dont nous nous rappelons les œuvres et les noms avec tant de plaisir, Gérard Dou, Mieris, Ter Borch, Metzu, — et je n'oublie pas ces bamboches de gnomes et de lutins à grands coups de poing et à grands coups de gueule et à grands coups de savate, tous ces bouquets de trognes congestionnées et de bedaines débridées, que nous offrent les Van Ostade et les Steen, — il est quelqu'un, je ne dirai pas de plus grand, car la grandeur n'a rien à faire ici, mais de plus parfait, de plus rare et de plus exquis, et s'il fallait d'autres adjectifs, ce seraient ceux qu'une autre langue seule nous fournit, *eery, uncanny*. Vous attendiez depuis longtemps son nom : Vermeer de Delft. Et à l'instant, j'en suis sûr, comme les couleurs d'un blason, se peint dans votre esprit ce rapport stimulant d'un bleu céleste et d'un jaune limpide, aussi pur que l'Arabie[1] ! Mais ce n'est point des couleurs ici que je veux vous entretenir, malgré leur qualité et ce jeu entre elles si exact et si frigide qu'il semble moins obtenu par le pinceau que réalisé par l'intelligence. Ce qui me fascine, c'est ce regard pur, dépouillé, stérilisé, rincé de toute matière, d'une candeur en quelque sorte mathématique ou angélique, ou disons simplement photographique, mais quelle photographie ! en qui ce peintre, reclus à l'intérieur de sa lentille, capte

---

1. *Et vestivi te discoloribus et calceavi te ianthino.* Ez., XVI, 10.

le monde extérieur. On ne peut comparer le résultat qu'aux délicates merveilles de la chambre noire et aux premières apparitions sur la plaque du daguerréotype de ces figures dessinées par un crayon plus sûr et plus acéré que celui de Holbein, je veux dire le rayon de soleil. La toile oppose à son trait une espèce d'argent intellectuel, une rétine-fée. Par cette purification, par cet arrêt du temps qui est l'acte du verre et du tain, l'arrangement extérieur pour nous est introduit jusqu'au paradis de la nécessité. Il fonctionne devant nous une balance où le ton est évalué en commas et en atomes et où toutes lignes et surfaces sont conviées au concert de la géométrie. Je pense à ces compositions de carrés et de rectangles dont le prétexte est un clavecin ouvert, un peintre à l'œuvre devant son chevalet, une carte géographique au mur, une fenêtre entrebâillée, l'angle d'un meuble ou d'un plafond formé par la rencontre de trois surfaces, les raies parallèles des solives, ce dallage sous nos pieds de losanges. Et surtout à ces deux incomparables pages des musées de La Haye et d'Amsterdam, la *Vue de Delft* et la *Ruelle*. L'un, où les trapèzes et les triangles, ce décrochage savant de longs toits et de pignons, s'aligne, préparé par une eau immatérielle et séparé par le milieu sous l'arc d'un ponceau par le débouché de la troisième dimension, comme une chevauchée de théorèmes ; et la seconde où la répartition des verticales et des obliques, des ouvertures et des panneaux, se plaque devant nos yeux avec l'évidence d'une démonstration : tout étant édifié sur le rapport de ces trois portes, l'une fermée, l'autre ouverte sur le noir, et celle du milieu, pénétrante, sur l'invisible. Mais Vermeer, comme il sait entrecroiser les axes, espacer les aires, reporter les volumes sur les surfaces, est aussi passé maître dans l'art d'envelopper le point dans une courbe. Voyez cette dentellière (au Louvre) appliquée à son tambour, où les épaules, la tête, les mains avec leur double atelier de doigts, tout vient aboutir à cette pointe d'aiguille : ou cette pupille au centre d'un œil bleu qui est la convergence de tout un visage, de tout un être, une espèce de coordonnée spirituelle, un éclair décoché par l'âme.

Il est un autre tableau de Vermeer, dont la Hollande devrait regretter éternellement de s'être laissé dépouiller. Il est aujourd'hui à New-York et appartient à la collection Friedsam. Et au moment où dans notre excursion au travers de la peinture hollandaise nous allons passer d'un symbolisme instinctif à une élaboration de plus en plus consciente des apparences, il me plaît de faire les premiers pas sous les auspices du peintre le plus clair, le plus transparent, qui soit au monde, et que l'on pourrait appeler un contemplateur de l'évidence. La toile en question s'appelle *Allégorie évangélique*. Elle représente une femme assise, dans un costume qui rappelle un peu *l'Immaculée Conception* de Murillo, à demi renversée, les yeux au ciel et la main sur son cœur. Elle s'accoude à une petite table drapée comme un autel, sur laquelle on voit un livre ouvert, un crucifix et un calice. Derrière elle un grand tableau représentant la Crucifixion. Elle pose le pied droit sur une sphère qui est le monde. Au plafond, suspendue par un fil, une autre sphère, celle-ci de cristal. Par terre une pomme mordue et rejetée et un serpent qui se tord sous le poids d'un gros livre, la Bible sans doute, qui l'écrase. A gauche un de ces lourds rideaux chamarrés que nous retrouvons dans d'autres œuvres de l'artiste et qui représente, je suppose, comme les tissus de l'antique tabernacle, comme la robe bigarrée du patriarche Joseph, le voile des apparences. Et quant au symbolisme de la triple sphère, de ce globe que l'Église, éprise de son haut idéal, foule sous son pied, de ce fruit coupable qu'à peine goûté elle rejette et de cette vérité parfaite et transparente qu'envisage son désir, quoi de plus simple à interpréter ? Quoi de plus émouvant que ce crucifix de bois rigide, que délègue à sa place, actuel et portatif, sur cet autel, le Dieu immolé qui nous est représenté sur le tableau au fond de la pièce, et de tout ?

Et je n'ai pas le temps, à mon grand regret, de parler de cette étrange fée couronnée de fleurs de la collection Czernin à Vienne avec son livre et sa trompette, que copie un peintre bizarrement attifé.

Une légende chinoise raconte qu'un ministre des Empereurs Han, s'étant égaré un jour dans les montagnes au milieu d'un épais brouillard, se trouva tout à coup en présence d'une stèle ruinée sur laquelle il parvint avec peine à déchiffrer cette inscription : *Limite-des-deux-mondes*. Ce n'est pas le brouillard qui manque à Amsterdam, ni ce mélange au sein d'un méandre de canaux de l'illusion avec la réalité, de l'habitation et de la perspective, ni ce portrait que livre de toutes choses une nappe attentive dont nous ne quittons jamais le bord, ce doublement qu'elle réalise de tout et ce fantôme en qui elle nous transforme aussitôt quand nous nous penchons sur elle. Limite des deux mondes ! ne la retrouvons-nous pas à un niveau différent dans les musées sous le lustre furtif de la glace et du vernis quand nous confrontons notre actualité précaire à ces effigies que l'art a immobilisées pour nous à la fenêtre du passé ? Comme ils sont réels ! comme ils tiennent bien la pose ! comme ils collent à leur propre continuité ! Ils font, comme nous disons si fortement en français, *acte de présence*. Je veux dire qu'ils ne constituent pas simplement une présence, ils l'exercent : à travers eux une solidarité efficace entre nous s'établit et ce monde en arrière là-bas abandonné par le soleil. Nous portons en nous assez de passé pour l'amalgamer avec le leur, et le mode que nous avons de suffire à notre propre existence n'est pas étranger à cette utilisation de la durée, à cette consolidation du visage par l'expression, qui les habilite à la persistance. Entre les vivants et les morts, grâce à ces empreintes, le commerce n'a pas cessé. Ce ne sont pas des ressemblances conventionnelles, des signes abstraits, que nous compulsons. Derrière ces lèvres humides, ces joues vivifiées par le sang, ces yeux qui ont cessé de vivre mais non pas d'interroger et de répondre, nous sentons ce qui par-dessous produit, nourrit et compose tout cela, la plénitude d'une âme qui s'adresse à la nôtre et qui la provoque à l'entretien, quelqu'un qui offre son visage. Je parlais tout à l'heure de cette étrange attraction, direction ou poids, des paysages et des intérieurs hollandais qui vont moins vers nous que nous n'allons vers eux. De même nous ressentons, devant les portraits d'un Frans Hals ou même parfois d'un Becker et d'un Van der Helst, une espèce d'appel d'air ou d'appel d'âme, une invitation spirituelle, une émanation de mot. La sécurité débordante avec laquelle ces personnages défunts, le pot de bière ou une guitare au poing, ou la main entre leurs doigts de quelque nourrissante épouse, miment d'avance la conviction que nous avons de notre propre authenticité, n'est pas dépourvue d'ironie ; et ce n'est pas sans un sentiment assez ambigu que nous voyons sur le verre protecteur le reflet de nos yeux à nous se mélanger avec le regard peint. Et bientôt ce n'est plus un visage seul qui monte vers nous à travers l'ombre, c'est toute une compagnie à la fois de ces concitoyens de l'Érèbe, ranimant par une réciprocité de visages et d'attitudes cette heure dans le temps que jadis ils se sont partagée : dorés, chamarrés, soutachés, empanachés, ou sévèrement au contraire drapés dans les livrées de la nuit, ils n'ont pas résisté à la convocation, c'est l'antique enseigne qui les rassemble encore, ou cette table sur laquelle il y a de l'argent empilé, à moins que ce ne soient les éléments d'un festin illusoire, cette coupe à laquelle un vivant ne saurait mettre les lèvres. Les rangs de ce comité de réception, de cette avant-garde à notre rencontre du tombeau, ou l'appellerai-je au contraire l'arrière-garde d'une armée en retraite, s'élèvent l'un au-dessus de l'autre pour envisager d'un regard insistant et collectif quelque chose qui derrière nous est placé à une distance incalculable. Et ce n'est pas toujours de l'or, ce ne sont pas les vins et les fruits de la terre qui servent de prétexte à ces assises posthumes. Il n'y a pas de vins ou de fruits au centre de ce tableau de Rembrandt à La Haye que vous connaissez, il y a un cadavre, et ce cadavre n'est pas celui du Christ, c'est un cadavre pur et simple. Et dans la toile d'Amsterdam la démonstration est poussée plus loin : le thorax, vidé des viscères et du cœur, ouvre son arche béante, l'opérateur d'un coup de ciseau a fait sauter la voûte de cette tête dont le masque n'est pas sans ressemblance avec celui de l'homme-dieu, et d'un regard scientifique il essaie de se retrouver dans les circonvolutions d'une cervelle sanguinolente.

Mais c'est à Harlem, dans ce ravissant petit musée qui fut jadis un hospice et que l'on peut maintenant appeler la maison de Frans Hals, c'est là que l'on se sent le plus irrésistiblement envahi par un charme dangereux, entrepris, entraîné par une sorte d'inclination occulte, qui est comme l'avancement de la vie humaine vers sa conclusion. On traverse d'abord la salle des honnêtes et sévères De Bray, et l'on arrive dans une autre où un géant déchaîné, dont on entend le rire avant même que d'en avoir franchi le seuil, nous accueille avec tapage. Ce n'est pas une société autour de lui qui nous attend, c'est une cohue où chacun visiblement s'efforce de faire le plus d'honneur possible à l'exposition générale et de tirer le plus d'avantage de cette physionomie florissante que la nature lui a accordée. Que d'écharpes ! que de ceintures ! quelle bataille de l'orange avec le bleu ! que d'uniformes ! que de panaches ! que de chapeaux ! que de dentelles et de velours d'où s'échappent un mollet rebondi et une main distinguée ! Tout cela vous gueule à la figure, c'est un hourra général ! On est hélé de tous les côtés, tout le monde parle à la fois, tout le monde et chacun pour soi essaie de se faire place au premier rang. Pour sûr, on n'a pas épargné la couleur ni le talent, c'est peint avec les deux mains à la fois dans un éclaboussement de trombone et de sauce ! Allons plus loin.

Tout de suite quel contraste ! quel changement déjà ! C'est fini de ces truculences de tambour-major et de cette hilarité de corps de garde. Ici ce ne sont plus de grands enfants qui s'amusent, ce sont des hommes responsables qui tiennent conseil. Le peintre a congédié toute frivolité de sa palette et n'y a plus guère conservé que le noir et le blanc, ce noir et ce blanc de Frans Hals qui ne sont pas la négation alternative de la lumière et de l'ombre, mais leur affirmation positive, la qualité matérielle de l'une et de l'autre. J'ai devant moi un tableau où sur le rayon qui l'enfile latéralement modulent quatre guirlandes : de chapeaux, de visages, de collerettes et de mains. L'intérêt est à l'intérieur. Le personnage principal nous tourne le dos et nous ne voyons son visage que de profil. Et ce camarade au bout de la table qui se caresse agréablement l'estomac, si sa grosse figure toute bouffie d'insignifiance nous appartient, le regard de ses deux yeux, l'un dans la lumière, l'autre dans l'ombre, va uniquement au conciliabule.

Une porte de plus à franchir, et, saisis, nous nous arrêtons au milieu de la dernière salle, car, de ces deux cadres opposés, sur un fond aussi noir que la draperie des funérailles, nous ne savons plus si ce sont des vivants ou des morts qui nous regardent. L'un des tableaux représente le Bureau des Régents et l'autre celui des Régentes de l'institution. Affronter courageusement le comité de ces cinq dames sinistres devant lequel nous nous trouvons traduit, nous ne pouvons le faire sans ressentir en même temps dans notre dos l'attention livide des six autres mannequins médianimiques dressés là par les soins d'un explorateur de l'Achéron. Ni dans Goya ni dans le Greco il n'y a rien d'aussi magistral et d'aussi effrayant, car l'enfer même a moins de terreurs pour nous que la zone intermédiaire... Tous les comptes sont réglés, il n'y a plus d'argent sur la table, il n'y a plus que ce livre définitivement fermé dont le plat a le luisant de l'os et la tranche le feu rouge de la braise. La première des Régentes, au coin de la table, celle pourtant qui d'abord nous paraissait la plus rassurante, nous dit, de ce regard oblique et de cette main ouverte qui interprète l'autre, fermée : *C'est fini ! voilà !* Et quant aux quatre autres goules... mais débarrassons-nous d'abord de celle-ci qui apporte à la présidente une fiche probablement imprégnée de notre nom. Nous avons affaire à une espèce de tribunal féminin dont ces guimpes et ces manchettes qui isolent et qui soulignent sévèrement les masques et les mains accentuent le caractère judiciaire. Il a pris session non pas devant un crucifix mais au devant d'un tableau représentant le rivage obscurci d'un fleuve funèbre. Si nous réussissons à détacher notre attention de cette patte de squelette qu'elle étale à plat sur son genou, le regard dur, les lèvres serrées, le livre sur lequel elle s'appuie nous le montrent assez, ah, ce n'est pas sur cette dame que nous aurons à compter ! Et quant à la présidente au milieu avec ses gants et cet éventail qu'elle tient d'un geste maniéré, cette figure saponifiée où fait bec un atroce sourire, indique que nous avons affaire en elle à quelque chose de plus implacable que la justice, qui est le néant. C'est ce que nous affirme également l'assesseur de gauche de ses deux poings solidement posés sur la table, de ces deux noires orbites qui se creusent jusqu'à l'âme. Mais comment décrire cette émanation phosphorescente, l'*aura* vampirique, qui se dégage de ces cinq figures, comme d'une chair, et je serais presque tenté de dire, s'il était possible, comme d'une âme qui se décompose ?

Et maintenant retournons-nous, il est temps, vers le groupe derrière nous des six gentilshommes d'outre-tombe : justement il y en a un au milieu qui se tient tourné à la fois vers ses compagnons et vers nous, l'une des mains d'un geste subreptice sur la hanche qui a l'air de nous faire signe et l'autre sur la poitrine attestant un cœur qui ne bat plus. Son accueil n'est pas dénué d'une certaine affabilité mélancolique, répondant à la bienveillance goguenarde de ce vieillard là-haut dans le coin à droite, qui, discrètement, comme la tourière en face, sa commère, apporte notre nom. Tout le groupe s'inscrit dans un long triangle, lui-même formé de deux figures trinaires, l'une plus allongée, l'autre resserrée en hauteur. Il commence par ce gardien du livre sous un couvercle énorme de ténèbres[1] qui de profil tient toute l'assistance sous son regard menaçant : il appuie la main gauche sur un livre fermé et de la main droite sur la tranche il indique la référence secrète. Puis la composition module et s'élève en s'élargissant vers la droite pour se terminer en un édifice de lumières et d'ombres alternées, de linges, d'étoffes sombres, de rabats et de couvre-chefs, que justifient ces deux masques qu'on dirait immobilisés pour nous moins par l'art du peintre que par celui de l'embaumeur. L'un est le cadavre congestionné d'un ivrogne que l'on vient évidemment de décrocher à la tringle d'un mauvais lieu en le coiffant tant bien que mal d'une espèce de feutre titubant ; l'autre sur qui se concentre toute la lumière est une espèce de fantoche inhabité qui n'appartient pas plus à la vie que le noir pylône qu'on lui a planté sur le front d'où pend une

---

1. Les chapeaux ! J'aurais voulu consacrer au moins une phrase à la navigation dans la nuit de ces noirs oiseaux qui ventilent toute la peinture hollandaise comme d'un déploiement d'ailes. C'est l'ombre que nous produisons, la permanence au-dessus de notre front de notre opacité intime.

tignasse décolorée n'appartient à son crâne, ou à son corps ce genou d'un rouge strident qui, sous toutes ces ténèbres amoncelées, fait un effet de pétard. Le personnage numéro 2 qui d'un air engageant se tourne vers nous, a l'air de nous signifier que c'est à notre profit qu'on a délesté le corbillard de son plus distingué voyageur.

Et voilà comment finit le robuste Frans Hals. Telles sont les images où, à l'âge de quatre-vingts ans, se plaisait le joyeux boute-en-train jadis des tumultes corporatifs.

Il était nécessaire que nous reçussions d'une main experte et rude cette secousse afin de nous apercevoir que la Hollande n'est pas, comme tant d'observateurs superficiels se sont plu à le répéter, le pays d'une littéralité bourgeoise et prosaïque, mais au contraire celui où le sol sous l'apparence est le moins sûr, où la réalité et le reflet se pénètrent réciproquement et communiquent par les veines les plus molles et les plus subtiles, où le peintre saisit la substance du temps sans en arrêter le travail et où l'art transforme moins la nature qu'il ne l'absorbe par une espèce de sourde imprégnation. On sent que toute chose ici est en proie à la patience.

Limite des deux mondes ! Il n'y a pas de pays où il me semble qu'elle soit plus facile à franchir. Ce n'est même point le mot net et dur de *limite* à la française que j'aurais dû tracer ici, mais plutôt celui de liaison, d'aptitude au contact et au mélange. De même que la Hollande est autour de nous une espèce de préparation à la mer, un aplanissement de tous les reliefs et une généralisation jusqu'au terme de la vue de la surface, une anticipation de l'eau par l'herbage, ainsi il ne faudrait pas me presser beaucoup pour avancer que l'entreprise de l'art hollandais est comme une liquidation de la réalité. A tous les spectacles qu'elle lui propose, il ajoute cet élément qui est le silence, ce silence qui permet d'entendre l'âme, à tout le moins de l'écouter, et cette conversation au-delà de la logique qu'entretiennent les choses du seul fait de leur coexistence et de leur compénétration. Il délie les êtres du moment, et, lavés dans l'essentiel, il les congèle sous le glacis, du seul fait de ce regard qui les envisage ensemble, en un rapport qui suspend leur droit à la disparition. Vous comprenez mieux maintenant pourquoi je recommandais au visiteur de ces musées d'avoir l'oreille aussi éveillée que les yeux, car la vue est l'organe de l'approbation active, de la conquête intellectuelle, tandis que l'ouïe est celui de la réceptivité.

C'est pourquoi lorsque par la pensée je réintègre Amsterdam, ce n'est ni le chemin de fer que je veux employer, ni l'avion, ni l'auto. S'il y a eu pour m'amener jusqu'ici un chemin vulgaire, il est effacé par l'indifférence et le brouillard. Me voici seul sur une espèce de barque, dans le méandre du vieux *Centrum,* immergeant dans l'eau sourde ma rame spirituelle. Je participe à cette sollicitation du plein par le vide, à cette multiple insinuation de la mer illimitée jusqu'au plus profond de la cité humaine, à cette matière élastique, moelleuse et vibrante qui n'est plus qu'une sensibilité à la couleur, à cette propriété qui est la sienne de décoller de toute chose sa surface, à ce regard à l'envers, à cette équivoque continuelle entre la permanence et le contingent, à cet écho minutieux par qui tout ce qui existe devient la pensée de ce qui existe. Je flotte sur une illusion qui transforme devant moi ce pont courbe en un œil rond. Je suis braqué entre ces deux parois parallèles à ma droite et à ma gauche sur les possibilités d'apparition que ménagent les ouvertures latérales et la voici en effet dans ce carré de soleil à l'extrémité du canal ombragé qui surgit, muette et brusque. Un bateau ! Je suis averti du mouvement de la grande artère humaine derrière moi, l'Amstel, par ce bourrelet paresseux sur l'eau que suit un train de rides affaiblies.

Un vers lu je ne sais plus où hante ma mémoire : *Cette eau qui au fond de toutes les poitrines humaines s'élève au même niveau.* C'est ce niveau général, ce plan de clivage entre le visible et l'invisible, cette disponibilité offerte comme une toile à toute chose pour s'y représenter en projection, que nous possédons ici à découvert. Que de gens se penchent sur cette eau et ne réalisent sa présence que par une minime palpitation, offusquée sous une adhérence épaisse de poussière et de détritus ! Pour y venir puiser, les vieilles femmes qu'aime à peindre Nicolas Maes connaissent un accès plus sûr. On voit celle-ci (dans un tableau de Buckingham Palace) qui, un doigt sur la lèvre, descend un escalier : non pas une fée préraphaélite, non pas une de ces « princesses de légende » qui ont inspiré les poètes et les artistes de ma génération, mais une ménagère quelconque, vulgaire et par là même à mon goût plus émouvante, Anima elle-même, ceinte de son tablier, dans le traintrain de ses occupations domestiques. (Dans un autre tableau on la voit grondant la servante qui pleure sur un vase cassé.) La voici qui va à la cave, comme jadis, moi-même, j'y suivais mon père, étant enfant, portant le panier à bouteilles. Et plus bas une image réduite la représente en train de traire une antique futaille, le feu sourd de sa lanterne mélangé au rayon du soupirail. J'ai participé moi-même à ces tripotages souterrains. Cette clef en évidence sur le mur nu, — celle que nous montrent les deux tableaux de Bruxelles, — je sais quelle porte elle ouvre. Qu'il s'agisse du nectar de Constance ou plutôt de la science divine, de cette espèce de cascade d'écritures qui du rayon au-dessus de ma tête là-haut passe à la table, du livre fermé à la Bible ouverte et à ce manuel enfin personnel sur mes genoux, c'est toujours le même travail taciturne de méditation et de soutirage, et ce robinet, à moins que ce ne soit un entonnoir, suspendu à côté du buste de Pallas, en est le symbole approprié. Maes peut la représenter à son rouet, ou pelant une pomme, il peut placer à côté d'elle un tambour de dentellière qui représente les épuisants entrelacements de l'herméneutique, c'est toujours Anima, Anima l'antique, aussi auguste que quand les yeux fermés elle fait sa prière toute seule devant la table servie.

C'est ce château d'Anima au milieu des Juifs, au milieu du capharnaüm et de la friperie de tout un Moyen Age désaffecté, d'un monde en voie de déménagement et de réinstallation, dans un charriement de bric-à-brac, qu'est venu habiter le fils du meunier de Leyde avec son gros nez rond et ces yeux avides au fond d'une énorme orbite, ces espèces de cratères dévorants. (Tout est œil dans cette figure charnue, même la bouche faite pour happer et déguster puissamment entre ces joues musculeuses[1].) On peut visiter encore aujourd'hui son laboratoire d'alchimiste, ses pièges à rayons (car les autres peintres se servent de la lumière, mais Rembrandt la fabrique, il la manipule, il prend dedans ce qu'il lui faut comme son père qui coupait dans le courant de quoi faire tourner son moulin), cet atelier où dans le cri du cabestan il imprimait le papier sur le cuivre, moins avec de l'encre semble-t-il, qu'avec cette spéciale qualité de nuit qu'on ne fournit qu'à Amsterdam, toute cette caverne savante, avec sa batterie de volets ouverts sur un jour précieux et avare, encore aujourd'hui pour nous étincelante et illuminée de prestiges. Je ne viens pas aujourd'hui parler de Rembrandt. C'est un seuil qu'il ne me convient pas pour le moment de franchir. Mon sujet, auquel tout ce qui précède sert d'introduction, est l'exégèse que je vais tenter tout à l'heure, après beaucoup d'autres investigateurs de la *Ronde de nuit*. Laissez-moi seulement le temps, soulevant un rideau, de diriger un regard pensif sur cette galerie qui à ma gauche et à ma droite conduit en une prodigieuse perspective jusqu'à ce grand carré de toile devant quoi nous nous arrêterons.

---

[1]. Voir le portrait de la pinacothèque de Munich. Toute sa vie, Rembrandt n'a cessé d'interroger sa propre figure.

Ma plume, cet instrument qui souvent chez un écrivain sert d'éclaireur à la pensée, vient de tracer le mot de *rideau* : mais il ne serait pas juste de dire qu'entre le dehors et nous le peintre (je parle du peintre en général) ait la prétention de soulever aucun rideau. On pourrait plutôt dire qu'il l'a consolidé aux quatre coins. Ça a cessé de flotter, le champ vague de l'œil est devenu une page, un panneau limité et précis sur lequel l'artiste projette cette vision en lui d'un ensemble intelligible, une composition en vue d'un effet, quelque chose qui par la relation de ses divers éléments constitue un sens, un spectacle, quelque chose qui vaut la peine du temps que l'on met à le regarder.

La peinture italienne est sortie tout entière de la mosaïque et de la fresque. C'est un décor sur un mur, un bas-relief aplati et colorié. Dans les églises ou sur la paroi des palais, autour des sujets que fournissent la religion, la mythologie ou l'histoire, l'artiste, obéissant à une inspiration dramatique, quand ce n'est pas, trop souvent, à une rhétorique conventionnelle, a établi de larges compositions qui sonnent comme des opéras. Le corps humain est utilisé avec bravoure dans toute la série de ses plus nobles possibilités, tout ce que sa nudité ou les draperies qui l'amplifient peuvent fournir d'attitudes éloquentes, la brosse, j'allais dire la truelle, du peintre, rivalisant avec le ciseau du sculpteur, la tartine sur d'énormes surfaces, l'enguirlande à toute sorte de voûtes et de berceaux. Michel-Ange à la Chapelle Sixtine, le Tintoret à Venise, ils s'en donnent à cœur joie. De cet ensemble le clin d'œil du praticien a permis de détacher des morceaux et la toile de les emporter et de les isoler dans un cadre. L'exposition commence. Chacun a son tapis individuel pour y exécuter ses petits tours de force. Toutes sortes de saints, de héros, de dames habillées ou déshabillées viennent à notre rencontre à fleur de vernis. Le paysage ou architecture par derrière est traité comme une toile de fond sur laquelle se détache la scène empruntée pour nous à la parade profane et sacrée. Il s'agit pour l'artiste de nous montrer quelque chose et avant tout son savoir-faire.

La peinture flamande ressemble à la peinture italienne en ceci que, comme elle, elle se donne pour tâche de glorifier le présent, de nous ôter avec ce bouquet, qui est quelque chose à regarder, l'envie d'être ailleurs. L'habitant de la pièce, ou contenu, pactise avec le contenant matériel par le moyen de ces présences fictives. Nous rendons les murs habitables en les tapissant de ces persistances imaginaires. Comme la peinture italienne procède du mur et de l'enduit calcaire, la peinture flamande procède de la laine. Bientôt au lieu du vaste feuillage flottant et de la compagnie diaprée des vieux Arras, voici, autour de nous, montant la garde, des sentinelles, des portraits, la délégation jusqu'à nous de nos ancêtres, de nos maîtres, de nos répondants et cautions temporelles et spirituelles : ou bien c'est un étalage de fleurs, de venaisons et de fruits, où le regard, pendant qu'il fait si mauvais temps au dehors, est invité à festoyer ; de quoi se distinguent à peine les bacchanales de Rubens et de Jordaens, et ces femmes nues aussi fraîches que des brassées de roses de juin ! Le tableau n'est plus l'œuvre d'une pointe incisive sur une matière résistante, la constitution entre de puissantes mains de volumes harmonieux, l'enchaînement et le passage mélodieux d'un mouvement à un autre, il est, provenant d'une dilatation intérieure, l'épanouissement de la pulpe, la nourriture d'une fibre gorgée, le sang et le suc qui se font jour au travers de l'étoffe molle et de la cire végétale et humaine. Au coin de l'œil et des lèvres de ces figures de portraits on sent l'eau prête à sourdre et de la veine bleue le sang à s'extravaser. Dans les tableaux de sainteté eux-mêmes, ce n'est plus l'ordonnance cérémonieuse d'une composition, c'est la poussée vers une expression commune, l'appel adressé par le sentiment au

Introduction à la peinture hollandaise

groupe, comme cette invitation que font aux exécutants et à la foule le gibet, la procession, la scène de *pageant* ou de kermesse. Le figurant a remplacé le modèle figé dans une attitude prescrite. Il ne fait plus attention à nous, il écoute une parole intérieure au cadre.

Et ainsi nous sommes ramenés à la peinture hollandaise où l'art de Rembrandt ne constitue pas, comme le voudrait Fromentin, une exception, mais plutôt un approfondissement triomphal. Serai-je trop aventureux si je dis que, comme l'Italien part du mur et le Flamand de la laine grasse, le Hollandais part de l'eau et, plus proprement, de cette eau purifiée, congelée, définitive, qu'est le miroir, le verre sur de l'argent ? Maints passages de ma dissertation antérieure vous ont déjà suggéré l'opération de cet espion. L'œil minutieux d'un Gérard Dou, d'un Miéris, d'un Ter Borch, que dire d'un Vermeer ? a une vertu photographique. Il aspire le spectacle et l'incorpore à une rétine inaltérable comme la conscience. Il compose par voie de rétrécissement et de concentration. Les êtres et les objets font entre eux une telle connaissance qu'ils n'ont plus envie de se séparer. Et d'ailleurs le plus souvent, ils ne se préoccupent plus de nous. Leur intérêt est quelque part à l'intérieur. Ce n'est plus eux qui vont vers nous, c'est nous qui sommes attirés vers eux et qui nous engageons dans le chemin creux de Hobbéma, à moins que nous ne soyons invités à payer notre obole, — l'obole à Caron — sur la table des cinq Régentes de Harlem.

C'est une grande date dans l'histoire de l'art que celle où la peinture cesse d'avoir un rôle cérémonial ou décoratif, mais commence, sans parti pris, à braquer sur la réalité un objectif intelligent et à constituer le répertoire de ces complexes ou phrases simultanées par lesquelles, lignes et couleurs, les créatures apprennent en s'agrégeant l'une à l'autre à dégager un sens. L'artiste hollandais n'est plus une volonté qui exécute un plan préconçu et qui lui subordonne les moyens et les mouvements, c'est un œil qui choisit et qui saisit, c'est un miroir qui peint, tout ce qu'il fait est le résultat d'une *réflexion*, d'une exposition savante de la plaque à la lentille, toutes les figures qu'il nous fournit on dirait qu'elles reviennent d'un voyage au pays du tain. Cette gradation des ombres, cette administration des valeurs autour du foyer central, cette dilution ou cette précision du détail, correspondant à l'intensité et au resserrement de l'attention, cette tache lumineuse qui organise tout par rapport à soi et va curieusement éveiller autour d'elle toutes sortes de scintillations, de dégradations, de reflets et d'échos, cette importance donnée au vide et à l'espace pur, tout ce silence que dégage un objet en accaparant le regard, tout cela, ce n'est pas Rembrandt qui l'a inventé ou pratiqué seul. Il n'est pas le premier ni le seul qui ait su donner une âme à la toile en l'éclairant, si je peux dire, par l'arrière et qui ait su répondre au rayon par le regard, un regard qui crée le visage en l'illuminant. Mais là où les autres timidement essayaient un procédé, lui l'applique avec la plénitude et l'autorité d'un maître. Tous ces portraits autour de nous, ce ne sont pas des documents humains, étudiés et élaborés avec l'application d'un historien ou d'un moraliste, ces hommes, ces femmes, ils ont fait connaissance avec la nuit, ils reviennent vers nous moins repoussés qu'arrêtés par un milieu plus dense, tout baignés d'une lumière empruntée à la mémoire, ils ont pris conscience d'eux-mêmes. Ils se présentent pour y éveiller un écho là où dans le cœur de l'artiste comme au fond des entrailles de la nature dort la puissance productrice et reproductrice. Dans leur route vers le néant ils ont fait demi-tour. Ils ont réussi dans le définitif ce que notre mémoire infirme, à tâtons, essayait de réaliser. Timbrée du sceau de la personnalité, ils restituent en l'isolant cette effigie, cette image de Dieu, travaillée par la circonstance et le rôle, qui reposait enfouie sous le quotidien.

Introduction à la peinture hollandaise

De là vient cette atmosphère toute spéciale qui s'exhale des tableaux et de la gravure de Rembrandt, celle du songe, quelque chose d'assoupi, de confiné et de taciturne, une espèce de corruption de la nuit, une espèce d'acidité mentale aux prises avec les ténèbres et qui sous nos yeux continue indéfiniment sa rongeante activité. L'art du grand Hollandais n'est plus une affirmation copieuse de l'immédiat, une irruption de l'imagination dans le domaine de l'actualité, une fête donnée à nos sens, la perpétuation d'un moment de joie et de couleur. Ce n'est plus du présent à regarder, c'est une invitation à se souvenir. On dirait que le peintre accompagne chacun des gestes de ses modèles, chacune de ses attitudes, chacun des arrangements qu'il conclut avec ses voisins, dans son voyage postérieurement au-delà de la surface et de l'immédiat, un voyage qui indéfiniment se prolonge et qui se termine moins dans le contour que dans la vibration. La sensation a éveillé le souvenir, et le souvenir, à son tour atteint, ébranle successivement les couches superposées de la mémoire, convoque autour de lui d'autres images.

De ces excursions en profondeur, les personnages de Rembrandt reviennent altérés, chargés d'étranges dépouilles. On dirait qu'ils prennent plaisir à nous dérouter, à assumer un costume qui ne leur appartient pas, à mélanger les moments et l'image à l'imaginaire. Anima n'est plus la sage ménagère que nous admirions tout à l'heure dans les tableaux de Nicolas Maes, elle a relevé ses cottes et patauge à travers le Léthé. La voici, coiffée d'un chapeau à plumes ou d'un casque d'argent, ou, l'épée à la main, s'apprêtant à couper le cou de Holopherne. S'il y a en art un Ancien et un Nouveau Testament, d'une part un personnel et un matériel de formes, d'êtres et d'idées toutes crues et toutes neuves, j'allais dire toutes vertes, encore saignantes et hurlantes de l'actualité à laquelle nous venons de les arracher, et, au contraire, sous l'esprit, et comme dans les soubassements du temple de Jérusalem, des réserves, des magasins sans fond, où les standards et les symboles, produits et élaborés par le passé, continuent à macérer dans le temps, et, revêtus d'un sens nouveau, à entretenir avec tous les moments du roman de la durée tel qu'il continue son cours sous le soleil des vivants, des rapports occultes, c'est dans le second domaine que le fils de l'Or et de l'Ombre va chercher ses inspirations. De là la séduction que la race juive, tout entière engloutie dans l'immémorial et dans le fouissement infatigable de la lettre et de la fripe, a exercée sur lui. Il n'a qu'à regarder par le judas de sa porte pour se retrouver le contemporain d'Abraham et de Laban : il hume de toutes parts autour de lui cette bonne odeur, ce *fœtor judaicus* qui faisait hennir les chevaux de Pharaon. Quand les vastes fosses de son engin à vivre et à respirer, je veux dire ce gros nez au milieu de sa figure, largement dilatées sur son travail, il attaque sa planche d'une pointe aussi sûre que l'était l'arme des scribes sémitiques, ce n'est point la friture et la criaillerie d'un grand port et d'un grand emporium qu'il écoute derrière lui avec cet œil que tout artiste a dans le dos : ce n'est point le pas lourd de Hendryk Stoffels qu'il entend dans le grenier, ce n'est point l'aigre chanson interrompue par la toux de ce charmant Titus que lui a laissé sa première femme : c'est la demeure inénarrable au haut de la colline de la Vision dont il a puisé l'émerveillement et la soif au cœur des vieux rabbins. Là, sur le dernier degré, au milieu d'une cataracte d'édifices, un pontife, coiffé de la tiare, tout étincelant de pierreries et de dorures, comme un pin au premier rayon du soleil tout trempé des pleurs de l'aurore, remet un enfant nu entre les mains d'une batelière de l'Y, et l'on voit dans le lointain se dresser les deux guides et témoins de l'Exode, les colonnes Jachim et Booz. La vérité est à l'intérieur et c'est par l'étude que nous y pénétrerons : qu'il s'agisse

Introduction à la peinture hollandaise

de cet énorme bouquin à quoi des deux mains le pasteur Mennonnite convie sa congrégation (consistant en cette grosse femme assise) ; ou de ce cadavre éviscéré qu'un professeur démontre à la pointe de son scalpel ; ou de cet atelier du menuisier de Nazareth autour du berceau de l'Enfant Jésus ; ou de ce sépulcre ouvert à qui le Verbe fait homme impérieusement, de cette main droite levée qui a créé le monde, redemande son ami. Mais nulle part devant un tableau de Rembrandt, on n'a la sensation du permanent et du définitif : c'est une réalisation précaire, un phénomène, une reprise miraculeuse sur le périmé : le rideau un instant soulevé est prêt à retomber, le reflet s'efface, le rayon en biaisant d'une ligne anéantit le prestige, le visiteur qui était là tout à l'heure a disparu, c'est à peine si nous avons eu le temps de le reconnaître *dans l'instant de la fraction du pain*, ou, s'il est encore là, à cette insistance solennelle, à cette émersion magique, on pourrait plutôt dire qu'il survit. Il y a là quelque chose d'analogue à ce phénomène de la marée dont je vous parlais tout à l'heure, à cette vie alternative qui anime la Hollande, à cette plénitude si complète que l'on sent que de toutes parts déjà elle donne prise au reflux. Mais dans Rembrandt il ne s'agit pas de cette eau qui vient gonfler nos tissus et pénétrer notre substance. Il s'agit de la lumière qui pour lui est comme la sève, et le support à la fois et l'émanation de la pensée. Comme il a aimé la lumière ! Comme il en a compris le jeu et les intentions, ces écrans qui s'ouvrent et qui se ferment de tous côtés dans le ciel, cette inclination solennelle du rayon qui vient visiter, parcourir, étudier notre domicile intérieur et notre propriété de réflexion ! Les Égyptiens et les Grecs au milieu de la nappe durable et de la présence intellectuelle dressaient des formes nues et ruisselantes, une conversation de dieux avec la distance sacrée. Mais Rembrandt est le maître du rayon, du regard et de tout ce qui se met à vivre et à parler haut et bas sous le regard, qui éclaire moins qu'il n'invite patiemment les figures et les objets à une activité correspondante. De cette conversation entre l'extérieur et l'intérieur je veux vous citer trois exemples.

Le premier est le fameux portrait du bourgmestre Six qui représente, comme vous savez, un homme appuyé à une fenêtre, en train de lire. J'y vois comme une figure du peintre lui-même qui appartient à la fois à deux mondes, celui du dedans et celui du dehors, et qui se sert de la réalité pour déchiffrer le grimoire. Le second est ce tableau de Samson en proie aux Philistins que l'on admire au Musée de Francfort. Samson est renversé, les quatre fers en l'air, solidement maintenu par un argousin cuirassé et tenu en respect par un fantoche falot qui le menace de sa hallebarde. Rien ne nous empêche d'y voir une figure du génie terrassé par les créanciers et les critiques. Mais quelle est cette femme qui s'enfuit vers l'ouverture lumineuse, élevant entre ses doigts ces boucles épaisses et dorées qu'elle vient de dérober au front consacré de l'Oint du Seigneur ? Est-ce Dalila ? est-ce l'étrange fée que nous retrouverons tout à l'heure dans la *Ronde de nuit* ? ou plutôt ne serait-ce pas la Grâce divine qui vient d'arracher cette poignée en tant que prémices à la toison animale d'un artiste orgueilleux, maintenant réduit ? La troisième toile est la Danaé de l'Ermitage. D'un geste large elle a écarté les draps et elle offre au rayon annonciateur non plus seulement son visage mais son ventre nu, tout son corps disposé à concevoir.

Nous avons parcouru d'un pas à la fois hésitant et rapide la prodigieuse galerie et nous voici maintenant parvenus au Salon central qu'occupe et remplit à elle toute seule cette grande démonstration que l'on appelle la *Ronde de nuit*. C'est elle, à travers la Hollande et au milieu d'Amsterdam, au milieu de toute la peinture du Siècle d'or qui reçoit d'elle un reflet, à qui je m'étais promis, il y a bien longtemps, depuis la lecture tantalisante du livre de Fromentin, d'aller rendre visite.

Immédiatement, dès que l'on rouvre les yeux, dès que l'on s'est remis du choc moelleux de cet or thésaurisé et condensé dans les retraites les plus profondes de l'esprit, de cette lumière qui est comme un élément purifié et valorisé, comme la pensée visible, de cette espèce de soufflet psychologique, ce qui frappe, c'est la composition. Les deux personnages principaux, l'un, le Dominateur, en noir avec une écharpe rouge et l'autre — l'autre, de quoi le dire vêtu ? — qui entraînent derrière eux tout l'ensemble, mais ils ont le pied sur le bord même du cadre ! Un pas de plus, et l'on voit que du geste le vétéran encourage son lumineux compagnon à le faire, et de ce sombre portail dans leur dos d'où ils sont sortis ils auront passé au domaine de l'invisibilité. Mais alors, tous ces autres personnages en alerte derrière eux, ce n'est pas pour rien cependant qu'ils se sont équipés, brandissant toutes ces armes hétéroclites, eux aussi est-ce qu'ils ne vont pas se mettre en marche ? Si fait ! de l'avant à l'arrière le peintre a disposé toutes les gradations et toutes les nuances d'un mouvement qui se prépare, nous nous ressentons nous-mêmes imitant cet équilibre que l'on prend sur la première jambe quand le jarret de l'autre déjà se tend pour suivre le regard ! Le drapeau est déployé, le tambour roule ou plutôt il va rouler, il me semble même que j'entends un coup de fusil. C'est ce gnome bizarre sans doute qui l'a tiré. Quel singulier costume ! et que signifie ce morion tout enguirlandé de feuillage ? Et à côté de lui cette petite bonne femme avec un oiseau blanc suspendu à la ceinture, allumée comme une lanterne ! elle aussi remonte la scène, et de ce visage étrange que, ce faisant, elle dirige vers nous, car c'est à nous évidemment qu'elle en veut, on dirait qu'elle a quelque chose à nous expliquer. Tous les deux pourquoi foncent-ils ainsi à rebours, à l'encontre du mouvement général ? ils n'espèrent pas sans doute arrêter la descente du bloc. Ils y coopèrent plutôt : on dirait plutôt qu'ils veulent y déterminer une fissure. Ils travaillent en ligne oblique dans cette direction qu'indique la longue pique de l'un des acteurs de l'arrière-plan. Cette fissure a déterminé sur le côté droit de la composition deux triangles. Et, maintenant que j'y fais attention, je remarque que l'ensemble de la composition est formé de quatre triangles, dont le premier en avant est collé, pour parler le langage des héraldistes, *en abîme* sur les trois autres. A côté de ces compartiments principaux il y a d'ailleurs toute espèce de flèches accessoires et parallèles. Qu'est-ce que tout cela signifie ?

Ce n'est point dans l'anecdote extérieure qu'il convient de chercher l'explication. Toute grande œuvre d'art, comme les réalisations de la nature elle-même, obéit à une nécessité intrinsèque dont l'artiste a le sentiment plus ou moins net. Comme l'anatomiste qui va chercher au sein d'une autre espèce l'explication simplifiée d'un phénomène physiologique dont le spécimen qu'il explore ne lui fournit qu'une démonstration embarrassée, c'est ainsi qu'en étudiant une certaine catégorie de peintures hollandaises dont nous n'avons pas parlé jusqu'ici, et apparemment fort éloignées de notre objet actuel, nous recueillerons des suggestions curieuses et peut-être efficientes.

Je veux parler des natures mortes.

Tout à l'heure je vous invitais à visiter avec moi les natures mortes des peintres flamands, celles d'un Snyders par exemple ou d'un Fyt, cet amoncellement succulent de chairs, de légumes, de poissons et de fruits, où l'estomac trouve son compte autant que les yeux, ces trophées, comme le magnifique tableau de de Heem au musée de Bruxelles, qui commencent parmi les melons, les raisins et les grenades par une grande jatte de pêches et qui se terminent dans une ascension de lianes par une pyxide de cristal emplie d'une liqueur immatérielle. Les natures mortes hollandaises n'ont pas ce caractère de surabondance somptueuse. Quand on a regardé longtemps, avec l'attention qu'elles méritent, les peintures d'un Claesz, d'un Heda, d'un Van Bejeren, d'un Willem Kalff, il est impossible de ne pas être frappé du peu de variété à la fois de leurs sujets et de leurs compositions, de l'insistance qu'ils mettent à se cantonner dans un certain programme, et l'on vient à se demander si cette limitation, si cette préférence, est simplement l'effet du hasard et d'une routine, ou si ce parti pris n'a pas une raison cachée. Que voyons-nous en effet sur ces toiles qui sont des merveilles de proposition paisible et une réfection pour l'âme plutôt que pour l'imagination physique ? Presque toujours, et parfois exclusivement, du pain, du vin et un poisson, c'est-à-dire le matériel du repas eucharistique. On y voit aussi le plus souvent un citron coupé en deux, ou bien à demi pelé dont la spire pend au dehors, et un coquillage de nacre établi sur un pied qui lui donne isolement et importance. Enfin toutes sortes de bols et d'assiettes en mouvement qui se communiquent l'une à l'autre leurs trésors. Et quant à la composition, il est impossible de ne pas remarquer que partout elle est la même. Il y a un arrière-plan stable et immobile et sur le devant toutes sortes d'objets en état de déséquilibre. On dirait qu'ils vont tomber. C'est une serviette ou un tapis en train de se défaire, une gaine de couteau qui se détache, une miche de pain qui se divise comme d'elle-même en tranches, une coupe renversée, toutes sortes de vases ou de fruits bousculés et d'assiettes en porte-à-faux. Mais dans le fond, ou s'élevant du milieu des nourritures comme une oblation transparente, on voit juxtaposées quelques-unes de ces belles verreries dont les armoires nationales contiennent encore tant d'échantillons. A mon avis elles n'ont pas ici un rôle simplement décoratif, elles n'ont pas simplement pour raison d'être de capter la lumière intérieure, de figurer comme les miroirs dans les tableaux d'un Miéris ou d'un Gérard Dou en tant que la conscience d'un lieu clos, elles sont le symbole de quelque chose. Et pourquoi ne pas imaginer que ce rapport constant d'un long verre effilé comme une flûte et d'un large calice, auquel souvent fait suite un plat ovale, n'est pas sans une intention ? Le liquide en équilibre dans le grand verre, n'est-ce pas la pensée à l'état de repos, ce niveau moyen qui sert de base à notre étiage psychique, tandis que ce svelte cornet plein d'un élixir rougeâtre qui s'enfonce dans la nuit et que souvent décèle seul un éclat furtif, un Mallarmé serait tout prêt à y voir, comme moi, une espèce de dédicace à l'ultérieur. C'est cette immobilité quasi morale à l'arrière-plan, c'est cet alignement de témoins à demi aériens, qui sur l'avant donne leur sens à tous ces éboulements matériels. La nature morte hollandaise est un arrangement qui est en train de se désagréger, c'est quelque chose en proie a la durée. Et si cette montre que souvent Claesz aime à placer sur le rebord de ses plateaux et dont le disque du citron coupé en deux imite le cadran, ne suffisait pas à nous en avertir, comment ne pas voir dans la pelure suspendue de ce fruit le ressort détendu du temps, que la conque plus haut de l'escargot de nacre nous montre remonté et récupéré, tandis que le vin à côté dans le vidrecome établit comme un sentiment de l'éternité ?

Un arrangement en train de se désagréger, mais c'est là, avec évidence, toute l'explication de la *Ronde de nuit.* Toute la composition d'avant en arrière est faite sur le principe d'un mouvement de plus en plus accéléré, comme d'un talus de sable qui s'écroule. Les deux personnages du premier plan sont en marche, ceux de la seconde ligne ont déjà mis le pied en avant, ceux du fond ne font encore que mesurer du regard le chemin à parcourir dont le philosophe latéral indique de la main la

Introduction à la peinture hollandaise

direction, mais déjà, comme des grains plus légers qui se détachent, à droite le gamin à la poire à poudre et le petit chien à gauche se sont mis au galop. La pique dans la main du capitaine solaire joue le même rôle que tout à l'heure le vin dans le verre (représentant la puissance d'oscillation) et la pelure de citron, elle sert pour ainsi dire de balancier et de régulateur latent à ce mouvement qui anime l'ensemble. Les trois arquebusiers rouges sur la seconde ligne, l'un qui charge son arme, l'autre comme tapi et embusqué derrière son chef, c'est l'ébranlement vers une aventure dont l'on voit bien qu'elle comporte des dangers. Mais comment résister à l'imagination, cette fée lumineuse, cette pénétrante messagère de l'au-delà, qui porte à la ceinture, en tant que lettres de créance, une colombe ? Et déjà devant elle son acolyte masqué s'est frayé un passage vers l'intérieur à travers le groupe des chevaliers de l'aventure dont, au-dessus de lui un étincelant gentilhomme, couleur de mer, arbore fièrement le drapeau rayé de rouge et de noir. Mais, au fond, débouchant parmi de fortes architectures d'un sombre porche, l'arrière-garde immobile par-dessus la tête de ces compagnons qui de degré en degré ont fait le pas en avant, envisage et mesure l'avenir : c'est pour y toucher plus tôt sans doute qu'ils se sont munis de ces longues piques ! On voit briller des casques, un hausse-col, une écharpe, un corset de soie. Il n'est pas jusqu'à ce haut chapeau sur la tête d'un personnage falot qui n'ait l'air d'un phare, d'une tour d'observation. Les spectateurs bientôt, on sent qu'ils vont se transformer en acteurs, ils sont prêts, le tambour roule, car cette page empruntée aux plus sombres officines du songe est cependant pleine d'un étrange bruit muet : le tambour, l'aboiement du petit chien, cette parole sur la lèvre fleurie du capitaine Cock, cette conversation d'œil à œil entre les témoins de droite, ce coup de fusil et celui, futur, que l'arquebusier de gauche empile précautionneusement au fond de son arme. On part !

On part. (Oui, c'est ainsi que jadis on est parti !) Est-ce pour la conquête du monde ? est-ce l'Océan lui-même sur la tête de qui les deux conducteurs, l'un noir et l'autre lumineux, de cette étrange compagnie se préparent à mettre le pied ? est-ce de la grande « sortie » de la Hollande qu'il s'agit ? sont-ce ces plages aux quatre coins de l'univers où les soldats, les matelots et les marchands d'Amsterdam se préparent à engager la conversation, que de la main le passé montre à l'avenir comme s'il disait : Voilà donc ce que dans un moment nous aurons achevé de faire ? Sont-ce ces îles énormes et débordantes de richesses par le travers de l'Inde et de la Chine que déjà ils se préparent à amarrer au glorieux vaisseau de Batavie ? Il est possible. Mais cette composition unique dans la peinture de tous les temps, qui en réalité est l'étude et l'analyse d'une décomposition, est capable d'une autre interprétation. C'est une page psychologique, c'est la pensée elle-même surprise en plein travail au moment où l'idée s'y introduit et y pratique une brèche qui détermine l'ébranlement de tout l'ensemble. Déjà la volonté est en marche, déjà l'intelligence de sa main dégantée, de sa main puissante et ouvrière, esquisse un plan, cependant que le *Fils du Soleil* écoute et suit, cependant qu'à l'arrière la prudence et la délibération appuient le mouvement et que les facultés critiques les yeux dans les yeux s'expliquent l'une avec l'autre. Une rumeur continue emplit la ruche toute prête à essaimer. Tout au fond, à l'orifice du dock, à l'ombre de cette bannière qu'une main comme une voile abandonne déjà au vent qui va souffler de l'esprit, dominant tout l'ensemble et envisageant l'entreprise, il y a des présences, ce sont tous ces gens debout et qui ne se sont pas décidés encore, c'est tout ce qui en nous est capable de réflexion, de mémoire, de référence, de permanence et d'intuition, ce regard calme et clair qui avec l'horizon établit les connivences nécessaires. Il y a même quelqu'un déjà, un long bois à la main, qui se livre à la pêche des recrues ! On part ! Équipé de toutes sortes d'armes, coiffé comme au hasard de toutes sortes de chapeaux, tout le personnel hétéroclite de notre imagination s'est mis en marche à la conquête de ce qui n'existe pas encore, et dans le coin à gauche ce nain comique qui s'est chargé de la corne et de la pointe de toute l'entreprise est celui qui court le plus vite !

POST SCRIPTUM

AVRIL EN HOLLANDE

Il y a des mois immobiles. La même pluie tous les jours nous bloque. L'hiver noir et l'hiver blanc, entre la moisson et la vendange la stupeur lumineuse de Thermidor, pourvoient à congeler et à cuire en nous des impressions durables. Mais Avril n'est rien ! Quelques sourires naïfs distribués au hasard et suivis de crises de larmes et d'une colère de petit enfant, le rayon trop chaud d'un soleil rare comme une caresse maladroite, et puis un crachat soudain, la claque en pleine figure de la giboulée comme un coup de sabre, — et alors la merveille une seconde réalisée de cette terre avec toutes les fleurs à la fois qui dit merci à Dieu pour cette mort à quoi elle est en train d'échapper, — c'est fait ! Preste comme une chiquenaude, Avril a fui ! Déjà cela commence à être Mai, comme un visage aimé sur lequel aux dépens d'une trop longue délibération peu à peu se précise une intention clémente.

Épris du fugitif, de l'immatériel et de l'instantané, c'est le moment que j'ai choisi pour aller faire, comme sur la pointe du pied, un petit tour en Hollande.

Non point les pèlerinages fameux, non point ces grandes nappes somptueuses, pourpre et or par-dessus la spacieuse table verte, que Harlem déploie, épinglée de moulins à vent, pour le passage de Flore. Je ne viens pas me rouler dans les tulipes. C'est sous le talus même du chemin de fer que j'avais rendez-vous avec cette touffe de renoncules, pareilles à des petites filles qui ont à la fois peur et envie de rire. Oui, je le sens, c'est pour elles que j'ai pris mon billet. Et c'est comme une bonne grosse joue fraîche qui vient à ma rencontre.

En attendant que le vent d'ouest ait achevé de débarquer sur les quais de Rotterdam les chargements de cette pluie on dirait salée que Neptune là-bas lui a confiés à mon bénéfice, cédons à l'invitation de cette porte par hasard ouverte et de cette plaque de cuivre, d'autant plus irrésistible pour moi que s'y joint une odeur d'Asie — l'Asie, ah, l'ai-je jamais vraiment quittée ?

C'est le Musée de l'Insulinde, et me voici en plein, au milieu des vitrines qui me renvoient l'image exténuée de l'ancien explorateur que je fus, dans un monde à la fois nouveau et familier que je n'avais frôlé que par la tangente. Il s'agit des grandes Iles, des mille îles, de ce riche service à hors-d'œuvre entre le rognon australien et la mince patte, le pinceau flexueux que le vieux continent allonge jusqu'à l'Équateur, et que nous laissions à droite avant que nous ne remontions vers les énormes nourritures de la Chine. Ça contient un assortiment de tout. Entre Confucius et Rama, entre le Shintō et les sauvageries polynésiennes et papoues, ces plateaux épars, ces assiettes et ces soucoupes, contiennent un étrange amalgame. Ici, c'est l'Inde toute pure avec un Rama moustachu qui chevauche l'oiseau Garouda, là, dans ce soin ingénieux et minutieux apporté, comme par des doigts patients de matelot, à la décoration des objets journaliers, je reconnais le Japon, et la flamme d'acier des kriss n'est pas moins précieusement emmanchée que la sévère lame des Samouraïs. Et plus loin Timor, la Nouvelle-Guinée, Bornéo, me montrent des masques, des accoutrements imaginés par le diable, qui ne seraient pas déplacés sur la côte d'Afrique. Du Kamtchatka à la terre de Van Diemen, toute cette flotte de jonques et de pirogues trafique et communique bord à bord. En une couple de quarts d'heure, et j'ai eu le temps par-dessus le marché d'engloutir tout un étage rempli des joujoux nautiques les plus amusants qu'on puisse voir, tout cela a passé de mes yeux à mon estomac, comme l'ardente ratatouille tout à l'heure va le faire du *rijstafel*, et me voici, un peu gonflé, mais toujours alerte et conquérant, il fait beau ! à la recherche de Delft, à travers cette campagne pareille à un corps de nymphe qu'on surprend dans le flagrant délit de son innocence ! et fraîche comme le beurre frais !

Ce qu'il y a à voir à Delft, m'a-t-on dit, ce n'est pas la baraque illustre où Guillaume d'Orange fut assassiné, ni les vieilles petites rues de brique et de braise, ni ce canal partout insinué qui jusqu'au seuil des chacunières alignées apporte une idée d'inspection et de niveau, ni la hampe rose de ce long clocher dans le vent, ni cette place car c'est dimanche que traverse un seul cycliste, ni ces églises hermétiquement fermées d'où s'exhale avec orgue le chant des justifiés. Ce qu'il y a à voir à Delft, c'est la plus jolie lumière de la Hollande, — du pur, du fin ! — quelque chose à la fois d'intellectuel et de sensible, qui n'est ni perle ni pétale, mais leur âme optique. Tout Vermeer est resté dissous dans cette atmosphère humide et claire. Pas de lieu où le commerce soit plus intime entre le regard et le reflet, le tableau reste imprégné de sa contemplation minutieuse. La ligne des pignons, des ponts et des clochers vient encore à notre rencontre avec la même allure féerique, le même étincellement dans la même géométrie, le même charme frigide et net.

Les philosophes chinois nous apprennent que le monde est fait de deux éléments, qui sont le plein et le vide. Las de ce plein où je me suis trop heurté et meurtri, las du compact et de la masse, las du dur et du durant, las

Introduction à la peinture hollandaise

des volumes et de toute cette repoussante solidité, n'était-il pas temps en ce jour le plus inquiet d'un mois comme volatile et pareil à rien, que je descendisse enfin jusqu'au niveau de la mer et m'associasse aux derniers soupirs d'une réalité en train de disparaître et partout déjà en mal de sa propre image, préparée par l'aplanissement à l'effacement de tout contour ? D'un bout à l'autre de l'horizon il respire une prairie unanime et le règne minéral sans une protestation a cédé toute la place au végétal. L'eau se mêle à l'herbe, l'élément fait accueil à l'élément, et à la couleur pure le silence de toute matière. Flaques à demi rongées par le point d'un jonc vorace, canaux à perte de vue rectilignes, longs fils brillants qui divisent les polders, l'eau perce et sourd, universelle, et l'on s'étonne que le pied encore trouve support dans ce royaume du verre.

Durant que le rail insensiblement, — ou plutôt ne serait-ce pas son auxiliaire, le sommeil ? — m'entraîne vers Utrecht, je me prends à songer à toutes ces créatures de verre, à ces âmes captives, à ces formes vides, à ces aspirations translucides, que l'année dernière j'admirais à la rencontre de deux galeries au Musée d'Amsterdam, colorées du reflet des anciens peintres. Le verre, c'est du souffle solidifié, la frontière que se trace à elle-même, trahie par le dessin, l'expiration de notre haleine, et il n'est pas interdit de voir dans les irisations qui parfois se jouent sur cette bulle et dans l'arabesque qui la décore le chatoiement de notre imagination intérieure et le lacs de notre songerie. Le regard dans l'armoire d'un seul trait traverse un peuple de sylphes. Leur organe est cette bouche toujours béante vers le ciel et le corps du vase varie suivant le rôle qui lui est attribué : exhaler, recevoir, contenir, conserver. Cette flûte entre les doigts du gentilhomme amoureux de Rembrandt, mince tube pour la note contractée comme ce pertuis qui s'ouvre entre les lèvres du siffleur, quel meilleur instrument imaginer

pour un toast à l'idéal dans une effervescence
d'adjectifs ? L'inspiration dans le pied monte sous la
forme d'une spirale laiteuse. Et s'il faut s'ouvrir au bec
de l'aiguière, suffire par une capacité appropriée à l'effusion d'un liquide attendu, voici toute la série des cus-
todes, des calices, des corolles et des bassins, et là, sur un
pédoncule ténu, ce glaçon vingt fois replié, ce chiffon
d'eau, comme un pétale proposé à la communion des
farfadets ! Mais ce précieux liquide, il n'est pas fait seulement pour que nous l'absorbions, les yeux fermés, mais
pour que nous le conservions le temps qu'il faut à notre
considération, pour que nous l'évaluions, toutes papilles
éveillées, pour que nous le tenions à portée de notre lèvre
dans la prise d'une main judicieuse. Et c'est à quoi sert ce
vidrecome, ce « bokal » dont parle Schiller dans l'Ode à
la Joie, ce gros cylindre, récipient d'une liqueur suave et
forte dont les différents niveaux d'avance suivant le progrès de notre consommation, les lignes successives
d'équilibre, sont indiqués au dehors par des traits en
relief. Et bientôt la coupe est devenue pyxide, elle s'est
coiffée d'un couvercle, elle s'est voilée d'un dessin de
grésil, elle ne sert plus à notre usage, mais à notre
offrande, au milieu des trésors de la table et du dressoir,
elle s'élève comme le prêtre vide et dépouillé qui en fait
la présentation.

Le prêtre vide et dépouillé, mais ne sont-ce pas ces
pauvres vieilles églises catholiques qui m'attendaient à
Utrecht, que le protestantisme a éviscérées, ne leur laissant que la coque, et sur qui montent la garde de maigres
et vigilants clochers, toujours prêts à répandre sur une
ville qui est tout oreilles la prédication de l'heure qu'il
est ? Toute la verroterie éparse a monté en l'air et
s'égrène en gammes et petits airs entrecoupés, qu'une
brise tempérée emporte comme des duvets de saule.
Entre ces fiers orateurs l'humble ville à mi-voix jacasse
son babil de briques rouges et roses et redemande à ses

canaux les souvenirs du passé, l'émanation de ses défunts. Ce sont eux qui dans le grenier du Musée, sous les plus brillants atours et modestes bouffants de l'époque Orange-Nassau, m'offrent une solennelle réception, dont l'absence à l'orifice des enveloppes de toute espèce de visages et de mains est loin de diminuer le charme, bien au contraire. Tous les enfants savent que les greniers sont faits pour les fantômes. Il ne faut rien moins que ces fortes charpentes pour empêcher tous ces simulacres de s'envoler.

Les visages, c'est au-dessous qu'ils m'attendent, au milieu de ce profond édifice désaffecté, convenable tout à fait pour abriter le bric-à-brac d'un musée de province. C'est le vieux peintre Jan Van Scorel qui s'est chargé de les aligner sur le mur, il y en a je ne sais combien de rangées, où manque seulement celle qui, l'an dernier, m'avait tant impressionné à Harlem : désir de faire plus ample connaissance avec ce rêche primitif à l'ombre de sa ville natale ! Van Scorel a peint d'ailleurs autre chose que des figures d'hommes, il avait accompagné à Rome son compatriote, le pape Adrien VI, et plusieurs tableaux, entre autres une certaine vue de Jérusalem, portent témoignage de cette langueur et de ce dépaysement qui chez les peintres du Nord paraît être le principal résultat de leur contact avec l'Italie. (Tels aussi ces tardifs, Ter Bruggen et Paulus Bor, où la leçon de Véronèse se mélange si singulièrement au froid souffle du Zuyderzee et l'azur transalpin au sinople des polders.) Ce que j'aime, c'est cette idée d'avoir peint non pas des isolés mais des kyrielles, toutes ces figures à la file, des hommes l'un derrière l'autre en marche, pas les corps, rien que les figures, toutes ces têtes au niveau de la nôtre processionnantes, ce paisible regard latéral, la lecture sur tous ces visages échelonnés moins d'une expression que d'une conscience, et toutes ces âmes l'une derrière l'autre au cran d'arrêt. C'est abattu à grands coups et à grands pans par un ouvrier hilare et fort qui a le goût du travail dans le chêne et les matières dures. Et nous comprenons qu'une seule de ces figures ne nous aurait pas suffi, ce profil en appelait d'autres, il nous faut le rameau entier avec toutes ses pommes, toute cette action à la queue leu leu d'une humanité en marche vers la gauche, le passage d'un visage à l'autre, d'une âme à l'autre, l'épellement d'une succession, l'arrivée d'une série. Tout cela dans un petit moment va opérer une conversion et se retourner vers nous : à la place des pèlerins nous aurons des parvenus, à la place de la file pieuse des congréganistes l'étalage tonitruant dans l'insolence de la fortune acquise des bourgeois congestionnés de Van der Helst et de Frans Hals.

Rien d'autre à voir à ce palier qu'une étonnante nature morte, un poisson coupé en morceaux, d'un certain Gillig ; et par un escalier en spirale nous arrivons à l'étage au-dessous, où, dans une chapelle désaffectée, prie pour nous le peuple mutilé des saints de chêne et des madones de pierre, et où Jésus la tête en bas dégringole du prétoire de Pilate. Le voici un peu plus loin qui nous tend entre Ses mains avec un regard douloureux quelque chose qui ne saurait être que Son propre cœur. Mais, tout imprégnée de Sa parole comme le suaire de Turin l'est de Son corps, on conserve dans une vitrine la charte même sur un blanc parchemin par quoi commence l'histoire avec Dieu de ces barbares du Nord, le message de Rome au marécage et à la sylve, l'évangile qui les a évangélisés. Il demeure là entre de lourdes plaques d'or constellées de sardoines, d'améthystes et d'agates, suivant cette parole du Prophète jadis adressée au roi de Tyr : *Toute pierre précieuse Te sera en habillement* (Ez., x. I). A la bibliothèque, et comme la racine même de tous les livres, il y a un autre volume, plus vénérable encore, qu'on appelle la Bible d'Utrecht, quoiqu'il ne contienne que les psaumes, curieusement illustré à chaque page de croquis enlevés par un amateur carlovingien à la pointe du calame. C'est toute la vie militaire du temps de Charles le Chauve, racontée d'un trait élégant et précieux, alors que la chlamyde romaine encore se mêlait au harnais de l'âge nouveau. C'est curieux de voir ainsi s'agiter au travers des onciales majestueuses de cette écriture qui mieux qu'aucune autre mérite de se prêter à la Sainte Écriture, tous ces personnages griffonnés d'une race éteinte. Comme ils étaient grands et minces et comme nous nous sommes tous tassés et épaissis !

Il ne me reste plus à voir que le Musée diocésain où se trouve le fameux Chemin de croix du grand peintre flamand Albert Servaes et son terrible Christ au gibet, qui a scandalisé, on ne sait pourquoi, les bonnes âmes, et que l'on ne saurait comparer qu'au Dévot Crucifix de Perpignan.

Et maintenant en avant pour la forêt qui enveloppe Utrecht de son ample manteau ! La terre sous le pin et le hêtre, bruyère et sable, a pris un relief léger. C'est comme un bras, revêtu d'une étoffe aux larges lés que la Hollande élève faiblement pour se défendre contre l'Orient, ou du moins pour se le cacher. L'Orient, c'est l'Allemagne où la forge des Nibelungen s'est rallumée et où Mime à grand ahan de soufflet s'efforce de « remettre ça », de refaire l'épée rompue. J'ai vu à Doorn la tanière où le vieil Alberich panse ses blessures et prête l'oreille au vacarme lointain de la métallurgie. La Hollande, elle, n'a pas de forges, elle cultive les fleurs et parmi les champs de tulipes, sans souci des loups affamés, elle promène ses vaches innocentes. Contre les tanks et les avions elle compte sur le parfum de ses narcisses. Qui songerait à faire de la peine à cette charmante laitière ?

Et voilà finie ma journée d'avril en Hollande ! Au milieu de la nuit je suis réveillé par quelque chose de ravissant, et je n'ai pas longtemps à attendre pour comprendre que c'est l'antique clocher au-dessus de moi qui engage avec un confrère lointain une espèce de dialogue embarrassé. Car au dehors c'est le printemps et de nouveau la coupe de l'année s'est remplie d'une liqueur toute prête à déborder. Ainsi, c'est vrai ! le long hiver, et la pluie, et le froid, tout cela n'a pas été le plus fort, et, de nouveau, c'est le printemps qui tient à mes lèvres cette tasse de délices ! Mais tout à coup ce compagnon de mon insomnie, le clocher, a senti que de nouveau il avait quelque chose à dire. Le carillon s'est réveillé et toutes sortes de voix en l'air se disputent la parole. Mais, après un moment de ce bégaiement angélique, le silence se fait, solennel. Il va arriver quelque chose...

C'est l'avènement de l'heure.

Bruxelles, fin avril 1935.

La peinture espagnole

I

LA CHAIR SPIRITUELLE

C'est une foule à toutes les heures du jour qui se presse sur les marches du petit temple genevois, où des mains trop parcimonieuses ont réparti quelques-uns des trésors échappés, disons par miracle, et aussi par l'industrie courageuse de quelques mains françaises, à l'incendie espagnol. Mon Dieu ! Voilà donc ce que nous avons failli perdre ! Pleurons d'allégresse, mes frères, ici rassemblés des quatre coins du monde civilisé (je ne parle pas de ces parcs où les dictateurs retiennent sévèrement, à l'abri des coupables tentations de l'esprit, leur bétail à deux pattes), pleurons d'émotion, et enrichissons, en même temps que de nos larmes, d'un tribut de 2 fr. 30 ce comptoir débordant de billets de banque et de monnaies que nous avons à franchir avant d'être admis à l'intérieur de toute cette gloire du Siècle d'or. La première chose d'ailleurs qui nous arrive en plein visage, quand nous atteignons le palier, c'est une autre bénéficiaire de la générosité ambiante, qui a profité de toutes les facilités qu'a une femme, quand elle se met sur le dos, de se faire vallée, et qui accueille en son giron ce torrent jupitérien de billon et de valeurs volatilisées : Danaé elle-même !

Mon imagination complète ce tableau en y ajoutant un paysage que parcourt sous des lueurs menaçantes un convoi de camions. N'ai-je pas lu que la France a joué tout de même un certain rôle dans la difficile négociation qui a abouti au sauvetage de ce trésor des Hespérides ?

Aujourd'hui, comme dans le tableau de Vélasquez, Apollon s'est présenté dans la forge de Vulcain. A sa vue, le marteau sur l'enclume internationale a cessé de taper des pactes et des paragraphes ; et le patron, entouré de ses acolytes, considère avec étonnement le poète emperruqué qui vient leur proposer un foyer de lumière et de chaleur, autrement efficace que ces quelques braises ranimées par un soufflet poussif, où ils ont la prétention de façonner le glaive de Mars et l'armure de Pallas.

Négligeons ce palan dû au génie de Ribéra, grâce auquel quelques amateurs de bonne volonté s'efforcent de hisser saint Barthélemy hors de sa propre peau. Le chevalier blanc du Greco, surmonté de son noir protecteur, a choisi d'aller au ciel par des moyens plus simples, pas autre chose que ces yeux levés avec ferveur ! Et fermons les nôtres sur l'éblouissement de ce somptueux Tintoret, pénétré de toutes les sourdes ardeurs du soleil couchant, où Esther vient adorer Assuérus. Le cortège qu'il détermine est malheureusement isolé des incomparables rectangles qui lui répondaient sur la cimaise du Prado. Mais qu'elle est belle, quelle guirlande de pourpre et d'or à n'en plus finir elle allonge, avec l'aide de cette dame qui soutient sa traîne, comme Marie elle-même en marche à travers les Écritures, jusqu'à ce Roi penché à sa rencontre, qui se prépare non pas seulement à lui abandonner son sceptre, mais à lui verser son cœur !

Le hasard nous a bien servis, qui nous a fait commencer notre visite par la salle des Titien. Il n'y a pas de meilleur introducteur à l'art espagnol que ce poète, d'une volupté où l'esprit fait entendre à la chair l'appel de la béatitude. C'est le sens de ce tableau du Prado, ici malheureusement absent (autrement que dans la copie de Rubens, comparativement grossière, et que fait dans ce coin ce perroquet ?), où Ève va cueillir à l'Arbre sacré ce fruit de suc et de connaissance dont Adam, d'une main timide et émerveillée, effleure sur sa poitrine la promesse. Moins lourde, moins chaude, moins caressante et plus subtile, plus intellectuelle que la lumière italienne, il n'y a pas d'ambiance plus favorable que cette atmosphère aromatique et pure de la Mesa castillane pour laisser chanter, de toute la plénitude de sa substance et de toute la pulpe de cette chair vivante et respirante, cette créature immortelle en qui la sagesse divine elle-même déclare qu'elle a trouvé ses délices et qu'aucune enveloppe désormais autre que le soleil ne défend plus de la suave exhalation de la beauté. Tout ici est spiritualisé. Il est midi. L'heure bientôt va décliner et l'ombre en s'allongeant ouvrir le chemin à la tentation. Alors ne la laissons point fuir ! mais, comme pour cet Adonis de Madrid et de la National Gallery, saisissons plutôt à bras-le-corps pour la retenir, cette âme dans une chair qui essaie de s'arracher à nous.

Des trois beautés allongées qui font la gloire du Prado, chacune accompagnée de son musicien (la quatrième ayant disparu au moment de l'invasion française), Genève ne nous montre que celle-ci[1]. Ainsi, le concert des transpositions n'est pas complet, celui des couleurs, celui des lignes et celui des sons, et les variantes indispensables manquant au thème. Ici, au lieu du guitariste habituel, c'est un organiste attablé à son jeu de claviers et de tuyaux (que répète dans le lointain une perspective d'arbres maigres), qui est chargé de volatiliser en mélodie la phrase sacrée, sur elle-même scellée en un circuit infrangible, qui est l'âme, la « forme » de ce corps assujetti à l'éternité par le concours délectable des lignes, des plans et des volumes. Tout est immobile et tout circule dans ce corps qui s'expose en l'état solennel de son repos, et l'œil vers lui à demi tourné de l'artiste absorbe

1. Vénus, l'Amour et la Musique.

pensivement l'idée que ses doigts sur les touches s'apprêtent déjà à interpréter. Tout monte et tout descend vers le ventre. Tout ce que la nature en un puissant soulèvement gonfle, tout ce qu'elle est prête à déverser sur nous d'ambroisie et de moissons passe en un accord sacré, en une transition bienheureuse, à cette hanche suave, à ce corps au nôtre approprié. Ainsi cette longue ligne de collines que j'ai en ce moment sous les yeux :

> ... *Qua se subjicere colles*
> *Incipiunt et molli jugum dimittere clivo.*
> (VIRGILE, *Bucol.*, 9.)

Il est bien remarquable que ce paradis de la chair (j'ai cité Titien, mais je pourrais aussi nommer Véronèse, Tintoret et Rubens) ait été rassemblé par les souverains les plus purement et les plus ardemment catholiques qui aient jamais honoré le trône d'Espagne[1], à l'époque du plus grand développement de la mystique, celle de saint Ignace, de sainte Thérèse et de saint Jean de la Croix. On dirait que le monde spirituel est, sinon découvert, au moins reconnu et ouvert à notre désir sous les espèces de l'affection, en même temps que la grâce s'étend au corps humain, qu'elle pénètre, sous les espèces de la beauté. D'un côté, nous voyons triompher en Espagne l'art du peintre, l'intérêt à la réalité, au personnage humain, à un monde animé et déraidi sur lequel passe le souffle de l'esprit ; de l'autre, nous voyons s'ouvrir dans les cloîtres le chemin de la Nuit obscure et de la contemplation sans images. Et autre contraste encore ! D'une part, cette

---

[1]. Au moment où les capitaines philippins rapportaient à leur souverain toutes ces plantes merveilleuses que le Nouveau Continent réservait à l'Ancien, un autre conquistador, Vélasquez, allait dépouiller l'Italie des plus purs chefs-d'œuvre pour les accumuler en trophée dans les Galeries Royales.

lumière élyséenne et, pour ainsi dire, contemplative, dans laquelle les Vénitiens enveloppent la nature et les grandes attitudes de l'humanité, convient les êtres et les choses par l'invitation réciproque des lignes et des couleurs à la dignité de représentation et d'intelligibilité. Et, d'autre part, par-dessous, la basse fosse, le monde intense et vermineux de Breughel et de Jérôme Bosch, que chérissait Philippe II et où plus tard Goya opérera des descentes, le carnaval infernal des passions et de la démence, où des êtres épris de perversion essaient par toutes espèces de déguisements qu'ils s'empruntent l'un à l'autre d'échapper au regard et à l'image de Dieu.

Toute la gloire d'un monde, maintenant débarrassé de ses langes, qui respire par tous les pores la liberté des enfants de Dieu, le bonheur de se sentir une chose bonne, le délice enfin de coexister à l'horizon et de réaliser, de composer avec tout un visage capable de complaire et de parler et de rire à ce ciel qui est bleu, nous le trouvons dans ce sublime tableau du Titien, *La Bacchanale*, qui illumine la seconde salle. En voici la description.

Dans le coin à droite et de ce poste angulaire soutenant toute la composition, s'allonge, le bras renversé au-dessus de la tête comme l'anse d'une amphore, cette même femme nue que nous admirions tout à l'heure, cette créature de respiration et de béatitude. Et l'idée de la composition est que tout a été donné à l'homme comme une chose à boire, l'air bleu, le ciel bleu, la mer bleué, la campagne bleue, cette vigne qui s'enlace à l'arbre et qui là-haut au bout de la spire réalise une grappe merveilleuse, cette lumière enfin qui, dit l'Écriture, « a la science de la voix et qui a contenance de tout » et que nous absorbons à pleins poumons. Tout est éternel à la fois et tout coule. Tout coule, mais c'est dans notre gosier. Tout a été donné à l'homme pour s'en remplir à la mesure de sa capacité et tout autour se relève et s'approfondit comme vers un centre. Le centre, il est ici, à l'extrémité gauche du tableau, où nous voyons un homme à genoux et l'abdomen au vent qui tette un gros pot de terre, et son voisin pour finir, vu de profil, emporte vers l'extérieur une lourde provision du régal inénarrable. C'est ce gros nourrisson tout seul qui est chargé de l'acte proprement de boire et toute la composition, suivant la pente déterminée par le corps nu de la femme de droite, verse vers lui en une sorte de farandole tournoyante. Car cette oblique générale est chantée par des couples alternés de personnages, l'un vu de face et l'autre de dos. Et ici il y aurait à parler de ce mouvement des couleurs qui est leur rapport l'une à l'autre. Je le ferai à loisir une autre fois. Tout le monde comprend ce mouvement immobile des lignes l'une l'autre qui s'épousent, mais il y a aussi un mouvement des couleurs, elles ne sont pas une juxtaposition inerte, l'une profère l'autre, elle en opère présentation et aveu, elle vit de l'éclat qu'elle lui emprunte et qu'elle nourrit. Ainsi cette robe bleue à côté de cette chlamyde de pourpre. Mais au-dessus des remous solennellement bouillonnants de ce torrent humain, quelle est cette aiguière de cristal qu'une main élève pour interrompre la perspective euganéenne et cette ligne de la mer d'où s'élèvent les vapeurs de l'ivresse ? (Et je n'oublie pas cette voile blanche, apporteuse d'un message ultra-humain.) Le liquide qui y est enfermé et ce niveau qu'elle exhausse comme par une espèce de consécration, c'est l'horizon potable.

J'ai parlé de ce mouvement général descendant de la composition de droite à gauche et qui aboutit à ce Silène un genou en terre en train de se soûler. Mais au rebours, il y a un effort remontant qu'initie le corps puissant de cet homme nu de toute la longueur de ses muscles et de son bras recourbé en train de se faire source au-dessus de cette coupe tendue. (Ce mouvement est également repris et souligné par le penchement de l'aiguière et du liquide qu'elle contient.) Il se heurte, à travers le vide (où apparaît la voile splendide), à cet ivrogne en face de lui en état de rupture d'équilibre. Et cette femme accoudée qui tient derrière elle sans la regarder la coupe inspiratrice, voyez cette espèce d'instrument sous ses doigts, elle fait de la musique ! Il y a quelqu'un pour transformer en mélodie le jus de la vigne et il y a quelqu'un aussi au-dessous d'elle qui la contemple et qui s'apprête à joindre le chant à la détonation de la corde. C'est cette même idée de la femme et du musicien que je vous expliquais tout à l'heure. Et même cet enfant dodu qui relève sa chemise ; lui aussi, je pourrais vous l'expliquer si je voulais !

P.-S. — En regardant plus attentivement, je vois qu'il n'y a pas de guitare. Ce que la belle dame serre entre ses doigts, cela ressemblerait plutôt à un pinceau ou à un plectre, et sa compagne tient un pipeau. L'essentiel est que la musique soit là, elle y est sous la forme de ce bout de papier, rayé de portées et ponctué de notes. A Naples, il y a au Musée une autre scène d'ivresse, c'est le Bacchus de Vélasquez. Et Dieu me pardonne si, tel que je me le rappelle, ce que le dieu tient dans sa main, ce n'est pas un verre d'eau !

II

COMPOSITIONS

J'ai parlé dans un précédent essai du mouvement de la couleur. Et j'ai prétendu que la couleur n'est pas un état stable, pas plus que la flamme d'une bougie : c'est un état de combustion, une activité, une provocation autour d'elle à toutes sortes d'échanges. Je n'en veux pour preuve que ce tableau de Vélasquez, là, devant moi, le *Couronnement de la Vierge,* qui, jadis, m'avait tellement émerveillé au Prado, et que je retrouve ici, avec quelle joie ! C'est une composition triangulaire, qui s'évase de bas en haut. En bas, c'est l'ample robe bleue de la Vierge (quel bleu ! un peu apparenté à celui de Rubens) qui se termine, ou plutôt tout commence par cette pointe, par cette corne aiguë d'une étoffe en procès de transfiguration. *Quae est ista quae progreditur quasi aurora consurgens ?* Et au-dessus voici le rouge qui devait naître inévitablement de ce bleu, ou je dirais plutôt qu'il en est la requête intarissable, voici toutes les roses du matin, et au-dessus encore voici le matin lui-même, c'est le matin de l'Éternité ! cette colombe qui darde de tous côtés ses rayons ! Et de chaque part voici le Père et voici le Fils qui soutiennent la couronne au-dessus de la tête de Celle qui est agréée entre toutes les femmes. Leurs vêtements, et comment les appeler autrement que d'écarlate et de pourpre ? sont pénétrés de ce bleu qui les envahit, et comme notre œil, comme notre cœur, jouit de cette dissolution inextinguible d'une couleur dans une autre couleur ! Ce bleu, on dirait qu'il est aspiré, respiré, par ce rouge. C'est notre obscurité native qui est attirée jusques au cœur de la Trinité, jusqu'au centre de la fournaise, par la violence de l'amour. Et tout se conclut à la cime en une espèce d'explosion radieuse : *Veni, coronaberis !*

Un autre exemple de composition triangulaire, mais cette fois il s'agit de l'éventail plutôt que de la coupe, c'est ce petit tableau délicieux de Goya, la *Pradera de San Isidro* que l'on peut admirer dans une autre salle. En bas, c'est une joyeuse assemblée égayée de mantilles, de soies claires et de parasols, car il y a du soleil ! et de l'autre côté de cette longue rivière traversée par un pont de bateaux, il y a une ville lumineuse avec ses dômes, ses palais et ses clochers, qui s'offre à notre contemplation, appelons-la Madrid ! C'est le rêve ou le souvenir planant au-dessus de l'actualité.

La principale raison de la lugubre décadence où est tombée aujourd'hui la peinture est qu'elle n'a plus rien à dire. On croirait que son objet est de prouver que rien de ce à quoi le regard de l'homme peut s'adresser ne vaut la peine de l'arrêter et n'est capable de vaincre, jusqu'au sens et jusqu'à l'expression, le morne hasard d'exister. De là l'horreur de ce qu'on appelle les expositions : le morne spectacle de la bêtise, de l'ignorance et de la maladresse mises au service de la laideur, quand ce n'est pas de la folie. Comme nos romanciers, nos artistes, incapables de comprendre la nature, trouvent plus simple bassement de la calomnier, à moins que ce ne soit, d'une main à la fois prétentieuse et hésitante, d'en bâcler un grossier croquis, une diaprure qui ne s'adresse qu'à la rétine. Le peintre ne peut plus se décoller de la matière, c'est trop souvent un maçon, j'allais dire un goujat, le pinceau ne lui suffit plus, il lui faut le couteau et la truelle. Rien de répugnant comme ces tartines de fiente, ces crépis d'un mortier rugueux et calcaire, qui ont remplacé l'huile grasse, chaude, lumineuse, prudente, transparente, délicate, des anciens peintres, ce rayon au bout de leurs doigts aussi capable de caresser un épiderme que de froisser une étoffe, que de modeler un volume et de suggérer sous les avancements de l'apparence tout ce qu'il y a derrière. Nos lourds et débiles gâcheurs pour qui tout est terre, ils n'ont jamais senti la piqûre du désir, la soudaine infusion de l'autorité, le besoin de parler, l'exigence de la vision à sortir, le cri comme la corde sous l'ongle qui convoque les apparences, qui crée à l'intérieur d'une forme une communauté pourvue d'une âme et d'un sens, qui arrête le mouvement en une réciprocité de services, qui construit autour de l'idée une espèce de phrase concentrique soutenue sous le chatoiement des vocables de prosodie et de syntaxe.

Ainsi rêvais-je en considérant ce tableau de Rubens, le *Jardin d'Amour*, dont j'avais déjà vu, si je ne m'abuse, une réplique à l'Orangerie. Le voilà, ce mouvement concentrique dont je parlais à l'instant ! Et la chaire présidentielle, si je peux dire, au milieu, c'est cette grosse femelle, parvenue à l'autorité de doyenne, qui l'occupe. Est-ce vous, Marie de Médicis ? Est-ce vous, Anne d'Autriche ? dont de larges empèsements, dans les cadres à côté de gaze noire ou de dentelle blanche, amplifient l'épanouissement ? Elle lève vers le ciel un œil en pleurs et d'autres larmes en triple rangée, autant que d'amants sans doute, ruissellent sur sa gorge rebondie. D'autres commères à des degrés voisins de maturité se pressent en corbeille autour d'elle, mettant leur expérience en commun, et mêlées d'amours avec qui l'on voit qu'elles entretiennent l'aigre contestation du souvenir. Mais voici le présent. Comme d'agiles corsaires qui ramènent leurs prises vers le port, de fins cavaliers, enlaçant une proie souriante et ravie, l'entraînent vers ce sénat à quoi déjà leur candidature est posée. D'autres couples, au lieu de se rapprocher, s'éloignent dans une ombre que rien n'empêche de croire tragique.

Mais un peu, détournons-nous de toute cette chair dont le Flamand nous bourre parfois l'estomac jusqu'à la régurgitation, et voyons à l'œuvre, sur elle, cet esprit qui est la flamme.

C'est d'abord, au fond de la salle tendue de ces incomparables tapisseries qui l'obscurcissent un peu de leur splendeur, le tableau de Rogier Van der Weyden qui donne, je serais tenté de l'affirmer, à ce grand artiste, la première place parmi les maîtres de son temps et de son pays. Je disais tout à l'heure que tout le tableau, qu'il s'agisse des lignes, des masses ou des couleurs, est un état d'équilibre, de mouvement suspendu, une combinaison arrêtée au juste point par la volonté de l'artiste. Ici ce groupe humain de neuf personnages réalise, autour du corps mort, qui s'abandonne à eux, de Jésus-Christ, un équilibre d'idées et de sentiments. D'un côté, et soutenant tout le poids des espèces sacrées, ceux qui savent et qui comprennent, les savants et les docteurs (celui-ci dans cette enveloppe ample et décorée, est-ce la liturgie ? est-ce la théologie ?) et à l'extrémité, toute recourbée sur les pieds de son Dieu, mais debout, cette espèce de Muse de la méditation chrétienne. Et, d'autre part, à gauche, ceux qui pleurent. La Vierge d'abord, comme foudroyée, dont le mouvement répète celui du cadavre au-dessous d'elle. Puis saint Jean qui se penche sur elle et dont le mouvement, complémentaire à cette courbe à l'autre bout de la Muse, initie une ligne qui, passant par l'épaule et le bras soulevé du Christ enveloppe toute la scène. Au-dessus, deux femmes, l'une blanche et l'autre noire, dont l'une pleure et dont l'autre compatit. C'est à ceux-là que le Christ, qui confie à l'autre groupe son poids et ses membres, abandonne sa tête, son cœur, son bras. Entre les deux il établit dans le sens horizontal, du fait de son corps aux axes disjoints, une couture aussi admirable que celle dans le sens vertical de la fameuse *Descente de Croix*, de Rubens. N'oublions pas, au-dessus, de l'un et l'autre côté de la croix, ces deux acolytes, et la main de l'un désigne et arbore la triomphale inscription : en qui je vois une figure des Deux Testaments ; l'Ancien, c'est une échelle progressive avec ses échelons.

Et le moment est venu de parler du Greco, dont les toiles, quelques-unes des plus médiocres, remplissent deux grandes salles, tandis que Zurbaran et Morales, je ne parle pas de Murillo, sont pauvrement représentés.

On a fait beaucoup de littérature ingénieuse autour du Candiote. On a parlé de son enthousiasme religieux, de l'allongement mystique de ses personnages (au rebours du conseil de l'Évangile qui nous dit qu'avec tous nos efforts nous ne pourrons ajouter une coudée à notre taille), de cet œil qui va toujours en haut à l'imitation de la flamme. Tout cela est juste. Mais alors d'où nous vient, au milieu de ces étranges bonshommes, cette gêne ? Quelques rares succès, oui, mais jamais une impression de plénitude, je ne dis pas d'une surabondance, jamais celle d'un homme qui s'est laissé faire, d'une joie désintéressée, aucune sécurité, l'artiste est toujours présent, l'effort est toujours sensible, l'opérateur qui expectore à grand ahan son ectoplasme. Il y a dans cet art quelque chose de confiné. Le soleil n'y pénètre pas. Il ne s'agit pas d'épouser les intentions latentes de la nature pour les mener à bien. Il s'agit de seconder une ascension par une architecture. De la flamme, certes, mais aussi de la fumée, mêlée de crépitements sulfureux. Et ces étranges couleurs, je dirai détonantes, que le pinceau va chercher dans les régions les plus hasardeuses de la palette, ces tons froids qui touchent à la limite du supportable, ce tapis par exemple de velours grenat d'une saveur à la fois acide et glacée, ces incursions dans le domaine dangereux d'un certain vert vénéneux (parfois saisissantes, je le reconnais, comme cette *Vue de Tolède* qui est à New-York), et dans le plus mauvais tableau de la collection, la *Vision de Philippe II*, ces courtes pinçures dissonantes, un certain bleu, un certain jaune tango par exemple, qui non seulement ne répondent pas à l'ensemble, mais qui l'insultent comme des moxas et nous mettent les nerfs à vif.

Le message du Greco dans l'art espagnol est celui du baroque, qui est un des aspects de la Contre-Réforme. L'essor gothique de la foi qui allait directement au ciel par la verticale a rencontré opposition et la ligne qui le traduisait a subi, comme un ressort, une compression qui, à son tour, produit une énergie réactive. De là ce goût désormais pour la voûte, pour le dôme, pour la colonne torse, pour le muscle, pour tout ce qui se tend et se tord et se bande, pour tout ce qui est capable de supporter, de vaincre, de soulever. Le géant catholique, d'une poussée d'épaule, essaie de remettre droit le char penchant de la Chrétienté. La théologie prend la forme de la plaidoirie, de la controverse et de l'apologétique. La dévotion elle-même admet un nouvel ingrédient qui est l'effort personnel, raisonné et méthodique. Aide-toi, le Ciel t'aidera, c'est la devise de saint Ignace, par opposition à celle des protestants, qui se déchargent de tout sur la grâce et sur le sentiment. Sainte Thérèse, saint Jean de la Croix (la *Montée au Carmel*, titre significatif !) nous donnent les règles d'une espèce de gymnastique de la prière. Il s'agit de prendre connaissance de soi-même et de ses forces (les colonnes torses !), il s'agit de s'asseoir sur les reins, il s'agit de monter, ou plutôt de remonter. Et ce Greco, que voici, il n'y a qu'à regarder, eh bien, c'est le peintre de l'effort ! Ce n'est pas celui de la paix ! Il ne cherche pas, comme nous enseigne le Petit Office, en toutes choses le repos. Si on le compare par exemple aux Memling qui processionnent sur une autre paroi, quelle différence d'atmosphère ! La femme n'a aucun rôle à jouer dans ces exhibitions athlétiques, et j'allais presque dire, l'âme non plus, en ce qu'elle a de tendre et de réceptif : il ne s'agit que de la volonté sanglée par l'ascèse et durement sollicitée par la vocation.

Au milieu de ce purgatoire déchaîné qui nous entoure, il y a cependant un chef-d'œuvre. Il paraît que c'est le portrait de je ne sais quel capitaine et au-dessus saint Louis son patron. Le militaire, à genoux et les mains jointes, est entièrement recouvert du grand manteau blanc des chevaliers de Calatrava. Quant au saint (sans auréole) il est armé de pied en cap de cette armure noire qu'affectionne l'artiste et qui est l'uniforme habituel de ses saint Maurice et de ses saint Martin. Laissons de côté ces identifications. Pour moi, il ne s'agit pas du capitaine Untel, mais d'un bien autre guerrier, ni plus ou moins que saint Ignace de Loyola lui-même, à l'heure de sa conversion. Et ce personnage au-dessus de lui, qui de l'un de ces mouvements désaxés que je décrivais tout à l'heure, d'une main essaie de l'arracher au sol, de l'entraîner en avant, et, de ces deux yeux élevés avec ferveur, de l'élever à ce Seigneur qu'il interroge, qui est-ce ? sinon encore Ignace lui-même, parvenu, si je puis dire, au travers de sa chrysalide, à l'état adulte. Le voici, réalisé et debout, le capitaine de fer de cette milice qu'il a fondée et instruite à la plus grande gloire de Dieu. Chaque partie de son corps a reçu l'ajustement approprié. Il a assumé, l'une jointe à l'autre, toutes les pièces de cette panoplie spirituelle que nous décrit saint Paul. Il est inexpugnable et tout noir, comme saint François-Xavier quand il apparut dans le soleil de l'Inde, et que les idoles d'un bout à l'autre de l'horrible péninsule furent agitées d'un long frisson. Voici le conquistador de Dieu, le nouveau Cortez, le nouveau Albuquerque, le nouveau Charles-Quint ! Mais il fallait ce séjour et cet agenouillement sous le grand manteau lumineux de la Grâce, pour qu'en sortît comme un long insecte articulé et lisse ce meurtrier de Satan : Enfer, je serai ta morsure !

Mais les œuvres les plus caractéristiques sont ces toiles tout en hauteur, la *Pentecôte* et la *Résurrection* (toutes deux : deux mètres soixante-quinze sur un mètre vingt-sept). Ce sont des placards d'un brun fumeux où des statures entassées et allongées vibrent de bas en haut à la façon de l'air ardent.

Dans le premier c'est une espèce d'apôtre tordu et violent, écartant ses bras comme deux branches, qui sert de pied à tout le candélabre. Au-dessus, avec la Vierge au milieu, s'aligne la rangée lumineuse des compagnons. Des flammes, comme jaillissant de la fontanelle, éclatent sur leurs crânes qui ont bien moins l'air de descendre du ciel que de puiser leur âcre pointe à ce sarment à qui leur tige est greffée. Là dedans aucune allusion à la réalité, aucune recherche de l'expression individuelle, c'est un violent appel d'air, ou d'âme, si l'on veut, c'est un autodafé. On a allumé ces flambeaux.

Le second tableau, la *Résurrection*, n'est pas moins curieux. Il est fait de deux corps, continuant les mêmes lignes et dardés du même mouvement, l'un renversé, celui de ce gardien, et l'autre qui monte, celui du Christ. Mais comprenez qu'ils ne s'arrachent pas l'un à l'autre, animés d'une traction inverse. Ce sont les pieds du soldat simplement qui ont pris le dessus, qui se sont envolés littéralement pour suivre le Christ, suivant l'invitation de la Sulamite : *Trahe me !* et tant pis pour cette tête qui n'arrive pas à démordre de la terre ! Un long Dieu, capable de rejoindre la terre au ciel, se dégage de cette humanité culbutée.

Des autres compositions, le *Baptême*, qui s'évapore en fumerolles, et la *Trinité*[1], encombrée par un ange

---

1. L'idée est belle cependant. Cet ange, c'est celui dont il est question dans la seconde partie du Canon de la Messe, qui porte jusque dans le sein de la Sainte Trinité les espèces du sacrifice transsubstantiel.

pondéreux, qui a plutôt l'air de graviter à la manière d'un astéroïde que de planer à celle d'un esprit, je préfère ne pas parler.

Jusqu'ici, nous sommes demeurés dans les sphères idéales de la mythologie et de la révélation. Pénétrons maintenant avec Vélasquez au sein de la réalité profane. Ou plutôt, avancez maintenant dûment costumés, vos armes et attributs à la main, ou ne serait-ce qu'une fleur et un mouchoir, tous ceux qu'il a pu contempler avec ses yeux d'homme, par excellence, du monde ! Je sens bien que pour parfaitement m'expliquer, il m'aurait fallu déjà parler du portrait, soit de chacune des unités de ces alignements qui actuellement se proposent avec pompe à notre admiration. Cette petite infante blonde, par exemple, qui, dans le cadre voisin, s'échappant volumineusement de ces énormes tentures de pourpre, en entraîne avec elle, drapée sur cette cage où elle est prise, une nuance attendrie, la voici maintenant au centre de la parade, et deux de ses compagnes, l'une à genoux qui avance les mains, l'autre reculant avec révérence, la présentent cérémonieusement à une cour éventuelle dont ce bon gros chien allongé au premier plan devance la fidélité et l'hommage. (Pour toute récompense, il y a ce petit lutin qui lui administre un bon coup de pied quelque part !) Il n'y a que cette grosse naine à la figure brutale (la politique, je suppose !) qui ne se laisse pas impressionner et dont la main droite n'aime à prendre conseil que de la main gauche. Par derrière, ces deux serviteurs obscurs et le peintre lui-même, son pinceau suspendu au-dessus de la palette, ont l'air d'attendre le jugement du public. Le rideau vient de se lever. Ce double portrait royal par derrière dans un cadre, c'est une génération déjà qui s'efface. Et le peintre lui-même se retire discrètement, on le voit au fond qui se dessine sur ce carré lumineux de la porte ouverte. Cette série de cadres sur les côtés et en arrière, pour donner des repères à la profondeur, où l'on ne peut rien distinguer (sauf celui du dessous dont je parlais où émergent encore deux effigies), tous ces carrés qui se répètent sur le vantail même de la porte, c'est le passé, ce sont tous les chapitres de l'histoire du pays et de la dynastie, et le peintre est en train diligemment d'en ajouter un nouveau sur ce châssis, qui nous est montré à l'envers. « Et alors, bonne chance, petite fille ! moi je prends congé. »

Et l'autre grande composition de Vélasquez dont je veux encore vous parler s'appelle les *Filandières (las Hilanderas)*.

Au moment où cette femme à gauche, que nous appellerons l'Ange (et, en effet, il y a derrière elle comme un mouvement d'ailes confus), tire ce rideau cramoisi (et de la gauche à la droite il y a, interrompu par le noir de cette robe et le vert de ce jupon, passage par diverses nuances d'un rouge jusqu'à l'autre), nous avons, comme dans les *Menines*, une rangée de cinq personnages, des femmes qui occupent le devant de la scène. L'ange qui se penche au-dessus de l'antique travailleuse ne parle pas, on dirait plutôt qu'il étudie sur ce visage réfléchi l'effet de son regard et d'une parole qui vient à l'instant de cesser. Entre ces deux paires d'yeux et ces lèvres correspondantes, il y a comme un fil invisible inaugurant cette diagonale du haut en bas que nous voyons répétée, quatre fois dans ce coin du tableau (et je ne parle pas d'une cinquième que crée ce rayon sur la seconde scène dont nous parlerons tout à l'heure). Le même fil sans doute qu'élicite entre ses deux doigts de la quenouille tournoyante l'ouvrière mystérieuse à la tête enveloppée dans un linge qui ressemble un peu à la coiffure du sphinx. Redressant quelque peu cette diagonale, les deux montants de cette échelle appuyée contre un mur, domaine vacant de l'imagination, par où notre activité s'élève et descend : et dans le coin opposé un paquet de laine accroché qui est la matière brute sur quoi s'exerce notre travail. C'est le premier groupe. Et cette femme assise, au milieu, avec ce corps avalé et ce visage obscur et ce bras droit qui tombe de toute sa longueur, station, poids, durée, j'y verrais une image de la méditation. Ce qu'elle tient dans la main gauche, je ne le distingue pas. Est-ce le peigne de l'analyse ? Est-ce le programme de l'œuvre à exécuter ? Mais le fil issu du groupe créateur, voici le second groupe à droite qui le recueille pour l'élaborer. Et la diagonale infratendante, voici cette robuste artisane au corsage blanc sur qui se concentre la lumière, qui la relève presque jusqu'à l'horizontale, d'un bras fort et de doigts déliés. Le mouvement vertical de la roue à gauche, prosodiquement le moulinet à droite de la dévideuse le transforme en horizontal, pour aboutir à ce lourd peloton, ou sphère, dans sa paume, la ligne devenue volume. C'est tout comme nous autres écrivains ! Et saluons cette commère qui nous tourne carrément le dos, mais dont nous apercevons de profil, cette dernière figure de la rangée, celle que j'appellerais la mémoire ou l'éditeur, qui recueille les fruits, toutes ces lignes compactes, qu'elles soient de laine ou de pensée et typographie, dans un panier.

Voilà pour le premier plan. Mais par derrière s'édifie dans un enfoncement lumineux, exhaussée de deux marches, une espèce de scène où l'œuvre enfin réalisée est exposée aux regards. Voilà à quoi aboutit cet atelier et cette filature de l'inspiration, qui maintenant propose à notre complaisance le résultat, cet épisode d'un monde fictif. On y reconnaît un héros empanaché, une belle dame, et deux amours qui voltigent dans le ciel changeant, de quoi suffire à je ne sais combien de poèmes et de romans. Un groupe de jolies femmes considère cette perspective et l'une d'elles a la politesse de se retourner vers l'auteur collectif, je parle de ce groupe de filandières que je viens de décrire ; qui ne sont autres que la chaîne de nos différentes facultés. J'oubliais le chat qui sommeille aux pieds de notre méditante, mais il ne dort que d'un œil !

Un autre alignement encore : cette fois, c'est une famille, la *Famille royale des Bourbons d'Espagne*, affichée j'allais dire mise en scène par le majordome Goya y Lucientes pour le bénéfice de ce public torrentiel qui essuie sa précarité balnéaire à la permanence de cette rouge vitrine. Elle est tout entière incendiée, comme par une torche, par ce personnage écarlate tout flamboyant de plaques et de pierreries et l'ordre solaire de l'Espagne au travers de sa poitrine qui est Sa Majesté le roi Charles IV, et son fils au-dessous de lui rutile d'une incandescence à peine amortie. Je ne parle pas de la face sous la perruque blanche, c'est le soleil couchant de la monarchie, la braise qui jette une ardeur suprême ! Soies, gazes, broderies, diamants, toute l'assemblée est saupoudrée de feu et de sel, tout pétille, tout bourdonne comme une guitare heurtée de l'ongle et du pouce sous le pinceau du magicien que l'on devine là-bas dans l'ombre, reculé derrière son châssis. Mais le personnage principal au centre de la composition qui s'ordonne tout autour d'elle, celle que le souverain, tourné vers elle de trois quarts, présente au public et, débonnaire cocu, illumine comme un phare du rayonnement de sa bedaine royale, c'est la reine Marie-Louise. Elle tient à la fois de Clytemnestre et de je ne sais quelle blanchisseuse au visage ravagé par l'âge, les passions et les intempéries. Au fond, on voit qu'elle a peur, mais qu'elle essaie de toute l'énergie de ses pauvres moyens, de faire face à une situation qui la dépasse. Que ces deux enfants, une fille et un fils, qu'elle tient, sans doute pour se donner contenance, par la main, ne nous donnent point le change ! Ils ne suffisent pas à obstruer la brèche qui s'est faite dans le principe héréditaire. Car, n'en doutez pas, cette personne gênée, effarée, en état permanent de retour d'âge, que le descendant des Bourbons, aussi convaincu et à l'aise dans sa livrée fulgurante que s'il était son propre domestique, présente majestueusement à l'avenir, c'est la démocratie elle-même, et cette fée au second plan, cette Alectô, qui accuse en caricature les traits de son auguste parente, ne nous laisse pas d'ambage sur les arrière-pensées du destin. Cette jeune femme à sa droite, en profil perdu, c'est l'Infante, au nom de toute la jeunesse, qui se tourne vers sa mère pour la regarder. Le reste, ces figurants compassés et falots, qui s'alignent de chaque côté (et l'on dirait que les personnalités s'atténuent jusqu'à s'effacer, à mesure qu'on va du centre à la périphérie), c'est rien, c'est l'ameublement, c'est le rebord du plat ! Il n'y a que ce marmot entre les bras de sa nourrice, décoré comme tous les camarades, du Grand Cordon de la Légion d'Honneur, qui m'intéresse ! Il rit, ma foi, de tout son cœur et jusqu'à mouiller ses langes !

III

PORTRAITS — TAPISSERIES

Portraits. — Le premier qui nous accueille au panneau de l'un des salons d'entrée, c'est celui de *l'Empereur Charles-Quint* par le Titien. Le peintre l'a représenté, la lance à la main et la visière levée, sur un cheval lancé au galop. Le voilà parti à la conquête de l'horizon, il dévore l'espace, et cette longue perche va en avant de son désir et de son pouvoir ! C'est bien l'homme dont la devise était : *Plus ultra !* celle de notre Louis XIV étant au contraire : *Nec plus ultra !* Et, de ce dernier, s'il fallait allonger le sceptre, ce serait pour en faire une toise, celle dont il s'est servi pour mesurer les bâtiments et les jardins de Versailles et de cette France étoilée, celle de Le Nôtre et celle de Vauban. (Et en effet, bien des gravures le représentent déambulant majestueusement au travers de ses propriétés avec cette longue canne dont les suisses de nos églises ont hérité[1].)

Le Titien nous a montré son héros galopant sur la sombre Germanie. Mais ici on l'a mis au centre de ses exploits, en plein soleil, en plein midi. Je parle de ces tapisseries démesurées, d'une blancheur toute pétillante de points d'or, qui représentent l'expédition de Tunis. Le Seigneur, entre autres libéralités, lui a donné cette

---

[1]. Et lui-même, sans le savoir, l'avait reçue des potentats assyriens.

Méditerranée, nous dit le psaume LIX, comme un bassin pour se laver les pieds. Tout est clair, tout est lisible autour de nous comme une page d'histoire déclamée d'une voix retentissante. Ses galères, élevant comme des ailes leurs rangées de rames, fendent les flots subjugués, et l'on voit de toutes parts, célébrés par de grandes inscriptions latines, des guerriers sur un rivage sans ombre qui assaillent des murailles, qui s'avancent sous une forêt de piques, qui déchargent des feux de salve sur ces cavaliers enturbannés à toutes brides qui brisent sur leurs rangs infrangibles ! Et qui sait si ces points d'or, que je vois éclater de toutes parts dans la trame moelleuse de ce tissu blanc, ne sont pas l'écho minuscule de ces détonations attardées ! C'est un épisode de la lutte sacrée contre l'infidèle, qu'un fils de saint Louis, par un marché qui aux contemporains ne parut pas moins monstrueux qu'aujourd'hui celui de Hitler avec le bolchevik, introduisit dans la Méditerranée. Il est convenable qu'avant d'entrer dans le sanctuaire du génie espagnol, suprême héritier de celui des Croisades, on étende ces vastes tapis sous nos yeux, j'allais dire sous nos pieds.

Une compagnie silencieuse nous attend, d'êtres, pour s'imposer à notre attention, confiants en eux tout seuls, et non plus justifiés comme les acteurs de la *Capitulation de Breda* par une scène en dehors de nous où ils tiennent leur partie. C'est à notre seule intention que, tournant le dos à l'actuel, ils se présentent à cette fenêtre carrée, chaussant, si je peux dire, le halo de l'éternité. Tu es pris, mon bonhomme, et tu ne peux plus te retirer ! le spectateur virtuel qui t'a ici attiré te happe, et une confrontation entre lui et toi s'établit, où l'impossibilité désormais de passer, de te dérober à l'indifférence, n'est pas sans t'assurer l'avantage. Il s'en va et tu persistes. Tu es affiché pour toujours, tu constitues un texte, quelque chose pourvu d'un recours ou titre perpétuel à l'existence. Tu ne cesses pas de fournir un thème à cet œil de l'intelligence qui est dirigé sur toi. Tu es qualifié à la durée par quelque chose de beaucoup plus important que ton mérite intrinsèque. Quelque chose, bon gré, mal gré, a été attiré à la surface qui est l'âme subsistante, ce qui de nous s'exprime quand nous consentons à ne rien dire. Ainsi l'infante de Vélasquez dans ses atours magnifiques. Ainsi ce cavalier du Greco qui porte son nimbe sous le menton et qui se met la main sur le cœur comme pour dire : « C'est moi ! » Ainsi ce cardinal de Raphaël dont on dirait qu'il s'est saisi lui-même par le bout de son long nez pour s'extraire de ses méditations canoniques.

Lecteur, je viens de consacrer plusieurs pages à te parler de compositions, tout ce groupe d'hommes et de femmes, animaux aussi, objets et le site par derrière, qui, du fait de ce mot qu'ils ont ensemble à proférer, solidifient, pour ainsi dire, la durée et se servent du mouvement pour avancer une proposition immobile. Mais le corps humain, mais le visage humain à lui seul, est aussi une composition, une expression issue de moyens concertés, ce nez, ces yeux, cette bouche dans une certaine dépendance, la porte de l'âme, une construction due à l'appel intime au sein de nos puissances d'une sourde nécessité, un moment réalisé dans le temps de notre aptitude à naître. Voici présente l'entéléchie que nous sommes, l'apparition à l'heure exacte de ce personnage irremplaçable, en connivence avec le destin. Quelque chose à la fois d'écrit et de parlant, plus clair que le grimoire fatal enregistré au creux de notre main senestre. Le peintre se fait le complice et l'adjudant de cette activité en nous de l'étincelle séminale, de ce besoin en nous d'expression qui a ajusté nos articulations, réglé nos proportions, végété notre chair, dosé nos humeurs, allumé nos passions, tempéré notre tempérament. L'agile pinceau avec goût, avec passion et avec prudence, va, vient, glisse, appuie, insiste, propose, insinue, impose, il va chercher sur la palette une touche après l'autre de cette substance colorée pour authentifier la forme vide que notre cœur, épousant le modèle, a d'avance projetée sur la toile tendue. Et, certes, tout en nous tient ensemble de l'occiput à l'orteil, et l'âme qui a agencé tout cela, imprégnante et imprégnée, trônant sur le cœur qui bat, ne fait de nous, comme on dit, qu'un individu et la présence avec autorité de ce bonhomme debout. L'artiste en sait plus long sur nous que nous-mêmes. Il respire notre émanation. Il nous possède à la fois du dehors et du dedans. Il sait à la fois ce que nous avions à faire et ce que nous faisons là, à cette place dans l'atmosphère, réduits par le cadre à une solitude idéale, et séparés pour le témoignage qui nous est propre du répertoire de nos possibilités : « *Amica mea, soror mea,* viens et montre-moi ta face, car elle est belle », il épouse cet appel, il n'y trouve rien à redire, oui, même quand il s'agit de cette Menine difforme que je décrivais tout à l'heure, ou de cette Mégère de Goya, ou de ce nain Primo, campé devant nous par Vélasquez, si fièrement coiffé d'une auréole de ténèbres[1], et qui essaie de réintégrer, par l'intermédiaire de cet énorme bouquin qu'il compulse, le pot-au-noir, qui est ce godet à ses pieds, de la volonté créatrice. Car ce n'est d'aucune créature que nous dirons qu'il aurait mieux valu qu'elle ne fût jamais née. Le peintre, dès qu'il l'envisage, sent qu'il n'aurait pas pu se passer d'elle.

Le visage humain, on n'a qu'à regarder, est une géométrie. Elle a pour mesure et pour pilier cette perpendiculaire qui est le nez, qui est comme le verrou de la symétrie dichotome dont est fait notre individu[2]. Au-dessus et au-dessous, selon des axes parallèles, la droite de la bouche, instrument du goût et de l'appréhension (avec la

---

1. La tête est normale, mais les mains sont celles d'un enfant.
2. Chez les races jaune et noire, le nez joue un tout autre rôle et il est l'élément d'une tout autre architecture.

double rangée de dents entre les lèvres et ce dard à la fois et palette de la langue par derrière) et celle de l'appareil visuel d'où part ce trait vers l'objet (la bouche comme l'œil, ayant un rôle à la fois d'entrée et de sortie). Du dialogue de ces trois organes montés, enchâssés, sur notre boîte crânienne — et ne négligeons pas la machinerie entre-croisée de ces cordages destinés à manœuvrer le puissant étrier de la mâchoire — résulte ce qu'on appelle la physionomie, qui, musicalement, s'exprimerait par un certain tempo. Ainsi, dans ces longues effigies du roi Philippe IV, cher à Vélasquez, une certaine lenteur solennelle à émaner qui résulte de l'accord entre cette lourde lèvre luisante et cet œil amorti.

Le visage avec la tête forme un enclos sphérique qui prend différents aspects suivant le jeu de ses profils, suivant sa présentation au rayon tangentiel ou direct et diversement incliné de la lumière, et suivant le caprice de cette spirale en qui les plans se relient aux volumes, à qui la direction de notre attention ou intention propose des foyers changeants. Ainsi, dans le profil de cette étude de Vélasquez (une jeune femme), c'est la volute de l'oreille, reproduite par celle de la coiffure, qui épanouit toute la composition. Ce court visage de moine dans cette pochade du Greco obéit, suivant des diagonales invisibles, à une espèce de loi carrée. Et le trait que rétorque l'œil acéré de cette femme peinte en pied par Zurbaran ne nous atteindrait pas si juste au centre de notre réalité s'il n'était décoché par cette série d'arcs que forment la joue avalée, le bras qui se recourbe et les longs plis en s'élargissant de la jupe relevée.

Les portraits peuvent, d'une manière générale et sommaire, se diviser en deux catégories, dont l'une comprendrait l'art flamand et hollandais, l'autre l'école espagnole. Dans l'une, le modèle est regardé, et souvent il se sait regardé, il se laisse regarder, il se fait regarder. Et je pense par exemple à ces deux portraits de Rubens dont je parlais tout à l'heure, ces deux reines épanouies, si pleinement installées dans leur grandeur de chair, opulences si royalement offertes à l'adoration ! Dans l'autre cas, c'est le modèle à son tour qui fournit non plus au regard, mais le regard lui-même : fixé, fixant quelqu'un, quelque chose, nous peut-être, qui a fait lever ces figures, qui les a mises en marche, car le peintre presque toujours les représente debout, ou enlevant un cheval cabré, ou en train de se tourner vers nous, comme ce nain et cette Casilda que je mentionnais tout à l'heure. Et, revenons-y ! mais ce modèle qui se sait regardé, qui se fait regarder, qui se fait accroire, qui pose, qui fait exprès d'être là à notre intention, mais c'est tout l'art de Van Dyck et de ses faibles succédanés, les peintres anglais de la fin du XVIIIe siècle. Et ce sont aussi tous ces galants, tous ces jolis cœurs et ces belles dames de l'époque Louis XV, qui jouent la comédie de leur propre existence, et qui causent plus qu'ils ne parlent, plus qu'ils ne se laissent parler. Ils se complaisent à plaire. A moins que le peintre ne prenne sa revanche d'un pinceau sournoisement critique et ne souligne cruellement le subterfuge d'une intonation goguenarde. Il y a aussi les modèles de Philippe de Champaigne, qui ne sont pas si loin de ceux de Le Nain, assis de tout le poids de leur personnalité dans la conscience de leur conscience et se donnant à eux-mêmes le spectacle de leur justification. Chez Georges de la Tour, voici ce rat de cave ou chandelle qui les éclaire par derrière. Les musées sont encombrés de ce vieillard du Tintoret ; lui-même, plein de ténèbres, qui est comme le gardien et le préposé de ces édifices d'architecture et de corps que ce lion de la peinture élève au-dessus de l'eau dormante des lagunes jusqu'à la voûte du ciel où le heurt de son imagination détermine les ronds concentriques du Paradis. Et je laisse de côté la piété minutieuse de ces enlumineurs du Moyen Age, qui dressaient honnêtement procès-verbal de cette physionomie en toute loyauté que le donateur ou la donatrice consacrait à Dieu sous la recommandation d'un saint visible ou invisible. Ce sont des ex-voto.

Rembrandt ne peint pas un personnage qui se prête avec complaisance à son étude, il essaie de l'attraper, de le surprendre. Il l'introduit dans un atelier machiné. Il le soumet à des éclairages latéraux et artificieux qui éliciteront de lui ce que je demande, qui l'interrogeront, qui mettront en relief et en lumière tel trait de sa physionomie, qui en fournisse la clef, ou, en tout cas, de tel problème à moi personnel. Je pose mes conditions, je choisis mon point de vue. Et si Rembrandt, comme il lui arrive souvent, se prend lui-même pour modèle, c'est en tant que thème qu'il soumet à toutes sortes de cuisines et d'accoutrements, pour voir ce que ça donnera. Il a besoin de ce support que quelqu'un fournit à sa propre imagination. Non point son fils Titus ou cette servante Hendriks, mais quelqu'un qui est parvenu d'une certaine manière à la lumière, quelque ambassadeur de l'ombre à qui il demande ses lettres de créance *(credentials)*. Quant à Frans Hals, il a moins pour idée d'enfermer ses modèles dans un cadre que de les lâcher dedans. Ils se carrent, ils se dilatent, ils font du bruit. Ils déboutonnent un tapage d'étoffes, de mouvements et de couleurs dont sont les symboles la guitare par exemple de ce jouvenceau, qui chante à plein gosier, ainsi que l'attirail de tambours, de drapeaux et de pots à boire qui accompagne le déballage des corporations. Tout ce fracas se réduit dans les deux tableaux de Harlem des Régents et des Régentes à la sévérité puritaine et presque macabre d'une reddition de comptes. Ce n'est plus cet étalage de collerettes, d'armes, de rubans, de mollets rebondis et de trognes émerillonnées. C'est un bureau. C'est une table où l'on apporte sinistrement des livres et des chiffres. Quant à ces deux Flamands qui sont Rubens et Jordaens, on ne peut pas dire qu'ils étudient leur modèle, ils l'exploitent, ils le cultivent. Il mûrit comme un fruit sous leur pinceau vermeil. Ils arrivent à l'expression par la plénitude. C'est de la mythologie en action. Leur galerie de portraits est une espèce de potager humain. Les horticulteurs de Bruges et de Gand ne sont pas plus habiles aujourd'hui à obtenir telle variété de rose cramoisie et de succulente légumineuse.

Tout différent est le portrait espagnol. Le peintre, chapeau bas (il s'est souvent représenté lui-même dans un coin de la toile), introduit son modèle, il lui laisse son autonomie, cette espèce d'agilité qui lui est propre. C'est à nous de nous arranger avec lui. Cette Casilda de Zurbaran dont je parlais tout à l'heure, ou cette autre grande dame de Vélasquez, macérée dans une espèce de passion ascétique, ce n'est pas quelqu'un de capturé, c'est elle qui a profité de cette porte ouverte et qui, suspendant ce pas hautain et nullement défunte, nous mesure de l'œil. Comme sa femme de chambre lui a ajusté cette toilette, le peintre n'a fait que se charger du reste. Elle s'avance à notre rencontre. Elle n'est pas évoquée, c'est elle qui nous provoque. Hors du passé, hors du présent, le personnage est appelé à prendre position en avant de lui-même, il a un rôle en quelque sorte offensif à jouer pour lequel il a façonné son visage et son attitude, il s'arrache à la toile de fond, à ce paysage que ce cheval cabré a l'air d'enlever, d'emporter avec lui à ses sabots, il se donne ou plutôt il s'impose à nous dans tout l'avantage des armes et du costume, il profite à plein de cette plate-forme verticale qui est la toile tendue. Presque toujours il y a torsion. Même si le corps de profil fait semblant de passer ailleurs, le visage dirigé vers nous se réfère à notre impression. Nous assistons à l'ascension de ces corps minces qui fusent (le *Saint Pierre* du Greco), et le long fusil que laisse retomber la main dédaigneuse de Philippe IV mesure l'altitude à quoi l'orgueil invite la nature. Dans les portraits du Greco, la fraise, la manchette, qui isolent le visage et la main, séparent l'âme du corps vêtu de noir et la dédient à l'impulsion austère que lui impriment les yeux et ces cinq doigts en qui, au bout de nos membres, s'effrange la flamme vitale.

Mais dans ces deux portraits que Goya nous a donnés du dernier Bourbon, ce qui va en avant, ce n'est pas l'âme, c'est l'abdomen, dans l'un accoutré d'une peau tachetée d'animal féroce, qui fait penser à la fable d'Ésope, dans l'autre, d'une écarlate qui brait, c'est le cas de le dire, à tue-tête, une tête à la fois convaincue et bonasse de majordome. Et j'ai gardé le souvenir de ces deux fées dont l'une brasille et l'autre étincelle : l'une pas autre chose, messieurs et mesdames, que la mégère, la carabosse, la pie-grièche, la sorcière, que j'ai eu l'honneur de vous présenter, il y a un moment, dans cette grande composition de la *Famille Royale* : l'autre, dont le torse fuse, lui aussi, mais c'est d'un ample soubassement de jupes et de satin et se termine, autour de la tête, par une espèce de pétarade ou de pyrotechnie un peu folle d'épis, de dards et de fleurettes. Passons devant les effigies de peintres et de poètes dont l'œil tragique nous reproche d'être vivants, et cueillons sur le corps de la double maja, l'une vêtue et l'autre non, cette fleur, chez l'une nacrée de l'épiderme, et chez l'autre aérienne et chatoyante de la gaze et de la soie. Ce n'est pas le visage seul, c'est tout le corps que la coquette tourne, darde vers nous, et l'on dirait que l'artiste l'a tout entière caressée et enveloppée, non seulement de la pointe de son pinceau de martre, mais d'un souffle lumineux, — s'il est vrai que, comme d'eau celle d'un blanchisseur chinois, il y a des moments où la bouche d'un créateur est remplie pour le projeter d'un amidon de lumière, et la lumière lui sort par tous les pores !

Fini des portraits. Il me reste à parler des quatre sublimes tapisseries que Charles-Quint avait voulu seules emporter, comme dépouille suprême de sa gloire, dans sa retraite de Saint-Juste, et dont la splendeur est telle qu'elle efface presque à mon gré tout le reste de l'exposition. Et n'était-il pas convenable que ce Flamand, ce descendant de la dynastie Bourguignonne, emportât avec lui pour en envelopper sa sépulture, cette Toison d'or, cette toison des Hespérides ?

Le papier blanc, c'est le champ où le poète acharné, sillon à sillon, ligne à ligne, lettre à lettre, vers à vers (ou disons que comme un ver à soie[1] il se presse soi-même comme à travers une filière) poursuit d'une plume aiguë l'avancement de sa pensée vermiculaire. La toile tendue sur le châssis carré oppose une paroi virtuelle et sensible à cette vision physique simultanée que le peintre d'une main, partout présente à la fois, lui placarde. Mais la tapisserie, c'est de la laine ! ne se prête pas à ce jeu magique de reflets, d'attrapes et de miroitements. Elle ne luit pas, elle s'imprègne, elle a bu, elle absorbe intérieurement. Quand l'épouse scélérate abat Agamemnon à coups de hache comme un taureau, il s'écroule la tête la première dans la piscine lustrale, l'époux jadis sacrificateur de sa fille, ce n'est pas seulement le sang héroïque qui jaillit, mêlé à celui d'Iphigénie égorgée, c'est Ilion tout entière immolée qui vomit cette exhalation écarlate et le linge documentaire en a absorbé la pourpre indélébile. C'est un témoignage authentique, l'impression irrécusable d'un fait extravasé, qui désormais flotte comme un drapeau, arboré au-dessus de tous les siècles, ce vélum rouge tendu au-dessus de la cuve du théâtre antique où fermente la figure, une fois pour toutes, de toutes les

---

[1]. Un ami fantaisiste prétend qu'idéographiquement soi et soie, c'est le même mot, s représente le fil, o le cocon, i le ver et le point sur l'i l'œil ou trou (dans soie, le représente le brin maintenant prêt à s'entortiller).

passions humaines. Ainsi encore, si je puis parler sans inconvenance, l'image achiropite, bannière de notre foi, que nous vénérons sur le suaire de Turin. La tapisserie, c'est du souvenir fixé, le travail permanent que telle image, tel spectacle, concerté ou pas, accomplit à l'intérieur de la mémoire, l'état d'équilibre que tel ensemble, une fois envisagé, atteint dans notre magasin mental (ainsi ces resserres du Temple, gazophylaxia, dont il est question dans les Livres Saints). N'y cherchez pas un détail minutieux, il s'agit d'une atmosphère (un peu comme ces gaz musicaux que lâchent les grandes orgues) répartie en larges tons, témoignage d'un ébranlement de nos sens (et c'est cette multitude de points), qui, peu à peu, sont revenus, dûment qualifiés, à la stabilité. C'est une espèce d'architecture colorée, une disposition de masses, une vision obtenue par la stagnation. Il n'y a pas des gestes, il y a des attitudes, il n'y a pas de paysage, il y a un rideau, il n'y a pas de personnages, il y a des présences incorporées à une trame, un aplatissement d'ombres décalquées. Tout tient ensemble, tout ne fait ensemble qu'un morceau avec industrie obtenu par un fourmillement de points. L'image totale est proférée par l'effet d'une propagation, d'une vocalisation innombrable de tons, comme celle qui émeut un vaste feuillage. Ce n'est pas notre œil seulement qui est intéressé, c'est tout ce qui en nous est la peau de notre sensibilité. Nous ne lisons pas une affiche, nous nous enfonçons dans une qualité moelleuse, comme celle qui, dans la nature, est l'emploi de la mousse et de l'herbe, et de la feuille, et cette étoffe de l'eau insaisissable. Car l'œil et l'oreille sont les organes de l'intelligence, mais c'est par le toucher que nous parvenons à l'étreinte, qui est une compréhension, et ces deux sens premiers que j'ai dits ne sont après tout que les délégués de tous les autres. Nous ne nous échappons plus par une fenêtre, nous sommes enveloppés dans les replis d'une légende, que nous réintégrons, dès que nous avons ouvert la porte et allumé le flambeau, nous habitons, nous endossons un site intérieur, un épisode de la terre et de l'humanité. Nos pensées ont trouvé une base et la mélodie de nos jours une basse. Notre chambre devient un tabernacle, et c'est à dessein que j'emploie ce mot, à l'exemple des Livres Saints qui nous disent que, pour ce lieu qu'IL avait choisi d'habiter avec les hommes, Dieu avait prescrit des tentures de diverses couleurs où, par l'art du brodeur, étaient représentées toutes sortes de choses : l'Être profond à travers le phénomène.

Les quatre grandioses tapisseries dont je m'occupe maintenant et qui garnissaient les murs d'une des premières salles du musée de Genève, représentent différentes scènes de la vie de la Sainte Vierge. Ce sont la Mission de l'Ange Gabriel, l'Annonciation, la Naissance du Christ et le Couronnement de Marie. La Vierge occupe la position centrale qui s'étend de la terre jusqu'au ciel, elle est entourée à droite et à gauche, en bas de deux scènes empruntées aux récits prophétiques et, en haut, de deux autres qui retracent les réalisations de l'Évangile. Fabriquées par Jeanne la Folle, mère de Charles-Quint, à la fin du XVe siècle, elles sont, nous dit le catalogue, tissées d'or, d'argent, de soie et de laine. L'aiguille industrieuse par derrière, cousant, rattachant tout d'un bord à l'autre, a réuni, en chacun de ces panneaux, quatre aspects correspondants du plan humano-divin, tout le drame de la Rédemption, le ciel et la terre rejoints sur le même métier, le Créateur d'un seul tenant avec Sa Créature glorifiée, tous deux associés au même fil qui va chercher à tous les coins de l'Histoire Sainte les collaborateurs de sa fleur et de ses racines. Ces grandes pages établies devant nous, elles sont trop vastes pour que l'œil les absorbe d'un seul coup. Il ne les lit pas non plus mot à mot et ligne à ligne comme celles d'un livre. Voici ces visages blancs comme des hosties, irradiés d'une espèce de lumière intérieure, voici cette manne humaine épandue au travers de l'étoffe théologique, qui nous invite à un entrecroisement de références, telles ces initiales enluminées qui émaillent la prairie des livres d'heures. A tous les coins de l'aire sacrée nous prêtons l'oreille à des conversations simultanées qui se partagent l'élucidation de la Bonne Nouvelle. De cet enfant, entre les bras de Siméon, notre œil pointe jusqu'à ce Verbe, là-haut, assis à la droite du Père, qui tient une couronne dans Sa main transpercée et, de là, il redescend jusqu'à ce groupe de lions, je veux dire de prophètes barbus, qui se partagent en rugissant une proie de lettres hébraïques. Et c'est ce même Verbe abrégé, comme dit Isaïe, qui tient aux pages de ce petit livre que l'Ange, de haut en bas, par un chemin diagonal, est venu porter à la Sainte Vierge, ce Petit Office que, dans trois des panneaux sur quatre, elle ne cesse pas de tenir dévotement entre ses mains bien qu'elle le sache par cœur. Et nous aussi, toutes sortes de mots qui sont des exclamations, se forment dans notre âme à la suggestion de cet alphabet, réparti, comme aux jours de Balaam la caravane des promesses, entre ses quatre cantonnements. Que tes tentes sont belles, Israël ! Nous n'attachons pas notre attention à une scène sans que toute une armature de rapports en zigzag entre en mouvement et que tout ne se mette à communiquer autour de nous, comme une toile d'araignée quand un souffle l'ébranle. Le Verbe apporté du ciel par l'Ange y remonte avec Marie, qui emporte avec elle l'innombrable balbutiement du textile. Il est dit de Marie qu'elle conférait toutes choses dans son cœur. De quoi est le symbole ce petit livre (dont il est question également dans l'Apocalypse) qu'elle épelle entre ses dix doigts. Moïse est descendu du Sinaï avec les deux tables de pierre où tout se trouve écrit par le dehors, mais Marie, celle que toutes les générations (et peut-être qu'il ne s'agit pas uniquement des hommes, mais tout ce qui a été appelé à l'honneur de naître) ont appelée bienheureuse, monte au ciel, ayant épuisé toutes les pages et rubriques de ce recueil secret, de cette lettre d'amour où son époux l'invite par les noms de toutes les choses qui existent. Viens, dit-il, mon épouse, ma sœur, ma colombe. Et quel autre nom te donner encore ? tous ceux que tressera l'un à l'autre la litanie de Lorette. Et montre-moi ton visage, car il est beau, et fais-moi entendre ta voix comme elle est douce ! Mais que je n'entende point douloureusement de ta bouche ce mot par lequel Salomon termine son cantique : Fuis, *fuge !* L'heure a changé, le moment est venu. Viens, tu seras couronnée ! Et que peut-elle répondre, sinon : Me voici ! Celle dont la vie entière n'a été que l'explicitation d'une totale bonne volonté. Me voici donc, dit-elle, et de tous côtés se propage à travers l'univers, à larges plis de tissu, et de pourpre, et d'or infus, et de velours bleu, l'onde immense du *Magnificat*.

Ægri somnia

Depuis que je suis malade et ne puis plus bouger de mon lit, attentif entre mes quatre murs au progrès et à la dégradation d'une certaine clarté intérieure et hagarde qui est cette journée pareille aux autres journées, je reçois beaucoup de visiteurs. Le malade est toujours là. Il est comme un triste piquet au milieu d'un fleuve qui attire et recueille toutes les flottaisons du courant. Parmi eux il y en a un que je n'avais pas revu depuis mon temps du Japon. C'est sans doute les fouilles que j'ai opérées ces jours-ci au milieu d'un tas de vieux papiers qui l'ont dégourdi. Il a l'air d'une mouche d'hiver.

— Tiens, c'est vous, cher ami ! Vous avez bien mauvaise mine !

— Et vous-même alors ! Je vous conseille de parler !

— Vous rappelez-vous nos conversations du Japon et nos grandes discussions sur Richard Wagner ?

— Ce n'est pas de Wagner que je voulais vous causer aujourd'hui. Je sais que vous êtes maintenant à l'abri de ces prestiges germaniques. Je n'ai pas pu m'empêcher de ricaner quand j'ai appris que vous aviez écouté à la radio presque d'un bout à l'autre la *Mort d'Isolde.*

— Oui... C'est bien mélancolique de voir une personne que l'on a chérie tout à coup férocement réalisée devant vous par la main impitoyable de la vieillesse ! La tristesse se mêle à l'ironie. Et savez-vous ? je me demandais si ce n'est pas la musique allemande tout entière qui allait être entraînée dans la catastrophe du Walhall.

— J'ai la même crainte inavouable.

— La vérité est que d'être ou n'être pas chrétien, cela change du tout au tout notre position à l'égard de cette réalité idéale qui est le domaine de la musique. Je m'en suis aperçu quand je me suis converti et que du coup Colonne a perdu ma clientèle au profit du Roi David. C'est à se demander si toute la musique que nous avons aimée n'est pas un médiocre et prétentieux substitut de cette vérité incomparable jadis perdue et maintenant, par une chance inouïe, retrouvée ! L'amant repoussé et battu de l'intempérie, abritant comme il peut sa guitare sous un manteau troué, ne peut avoir la même attitude que l'époux qui, fût-il veuf, ne cesse pas de voir un or pur étinceler à la base de son annulaire.

— Alors toutes ces lamentations sur le Paradis perdu et ces essais d'amateur pour le remplacer...

— Quel intérêt au fond cela a-t-il pour nous, à présent que nous, nous sommes de l'autre côté du seuil ? Quelle nécessité de nous retourner à nouveau vers ces déserts dont nous avons épuisé les mirages ? Nous avons retrouvé le pain et le vin et nous n'avons plus besoin de cet épais mélange que Wagner nous offre dans un calice suspect.

— Cette musique en somme, ce serait Agar que le Père des Fidèles n'a pas hésité à congédier au profit de Sara. Qu'elle erre donc à son gré sous la tente des hérétiques ! Mais je répète que ce n'est pas de Wagner que je voulais vous parler aujourd'hui.

— Alors, n'est-ce pas, c'est encore de notre cher Japon ?

— Si vous voulez, et de cette image que vous décrivez quelque part de deux bambous parallèles qui confrontent musicalement leurs nœuds.

— Je vois que la musique à laquelle vous êtes sensible aujourd'hui, c'est celle sans aucun mouvement ou son que l'on imbibe par les yeux.

— Nous n'avons que faire du mouvement quand il s'agit pour comprendre de contempler. Il n'y a pas de mouvement si rapide et si divers qu'il échappe à la continuité, et que le regard ne puisse, interpellé, saisir.

— J'avais déjà presque lu sur vos lèvres le mot : *arrêté*. *Interpellé* vaut mieux. Un mouvement n'est jamais arrêté.

— C'est à propos de cette Exposition Rubens où je suis allé à votre place que j'ai mis ensemble quelques réflexions pour vous les apporter toutes fraîches.

— Merci ! Rien qu'entendre le nom de Rubens, cela me fait du bien. C'est un électuaire pour la pensée que ce sang respirable, que cet hydromel miraculeux dans la main de la déesse de la maturité, que cette chair sacrée à l'abri des intempéries qui rayonne de sa propre lumière, que cette couleur de la femme, que cette corbeille portée jusqu'à nos lèvres, que ces roses humaines, que ce visage vers nous glorifié, à grands pans et plis d'étoffes et de campagnes verdoyantes, vermeil comme l'azur !

— Je trouve écrit sur une page de mon catalogue : *Rubens, Les nuages*.

— Les nuages... Et pourtant ce Flamand n'a rien de vaporeux, il n'y a rien de plus palpable et moelleux que ces torses et ces membres pétris en pleine glaise par une main de, autant que peintre, sculpteur.

— Je voulais dire que Rubens a dû beaucoup regarder les nuages au-dessus de l'Escaut et ces cortèges pompeux dans le ciel, colorés par l'heure déclinante, vers quoi la cathédrale ne cesse de décocher sa flèche. Le pouce dans le trou de la palette, il a compris ces lentes ambassades de beaux volumes ronds qui se déplacent avec complaisance, ces chars volants, ces entassements de trônes, ces râbles de géantes, ces musculatures et ces abdomens, ces escadres gonflées par le zéphyr, cette Joyeuse Entrée à coups de trompette d'une impératrice invisible que la mer du Nord introduisait vers lui.

— Il n'y a que notre Europe de l'Ouest qui offre de tels spectacles. A partir du Mi-Atlantique, tout fait place à l'électricité, tantôt un banc stagnant de vapeur galvanique et tantôt l'enfer arctique déchaîné ratissant le gravier humain avec un peigne de fer. Et quant à l'atmosphère de l'Extrême-Orient, je n'ai pas à vous la rappeler, c'est une ambiance uniforme de porcelaine et de lait.

— J'ai lu avec intérêt ce que vous dites, dans un certain petit livre orange, de la *Ronde de Nuit* de Rembrandt qui, du premier plan jusqu'au fond de la toile, n'est que l'étude de ce mouvement qui désagrège progressivement un ensemble. Eh bien ! la *Grande Kermesse* du Louvre, c'est juste pareil la même chose.

— Cette toile, aurai-je le plaisir, n'est-ce pas, de lire un jour quelque part, qui a inspiré certain mouvement de la symphonie en *la* ?

— Il n'y a qu'à la montrer à ces ignorants comme vous qui prétendiez tout à l'heure — je vois que vous protestez — que la peinture arrête ce qu'elle saisit. C'est un plaisir aigu pour l'âme de jouir à la fois de la permanence et du mouvement. Ainsi ces statues grecques qui ne réalisent pas seulement un corps debout, mais l'action incessante qui aboutit avec unanimité de toutes parts à cette érection. Ainsi ce tableau que j'ai vu chez vous qui représente une femme en train de se réveiller. Même une nature morte bien comprise, cet ensemble d'objets du fait de leur réunion symbolique, elle a mouvement et sens. C'est le jambon de lui-même qui se met sur cette assiette vide qui l'attend. Un mouvement avec quoi nous sommes invités intérieurement à nous mettre d'accord. Dans la *Kermesse*, il y a à gauche un entassement de gens immobiles, assis, couchés, en train de manger, de causer, de s'embrasser. L'enfant boit au sein et le vieillard à la bouteille. Au-dessus d'eux quelques musiciens étreignent des cornemuses rebondies. Et le branle commence. Ce n'est d'abord qu'un pied qui se lève, un bras au-dessus de la tête qui s'avance en arceau à la rencontre de la commère, tandis que l'autre bras avec force entraîne un corps qui cède. Puis tous ces couples en une passion accélérée se mettent à tourner sur eux-mêmes. Le jarret détache le corps de la terre, l'homme en une prise irrésistible enlève sa partenaire. Collé de deux corps l'un à l'autre, le couple se cherche sans réussir à se trouver. Et le tout se termine par ces deux paires à droite qui s'enfuient en courant vers la campagne vide. C'est toute une symphonie spirituelle et sensible d'un seul coup. Une suite nous apparaît en tant que simultanée. Tout bouge sans bouger et l'idée sous le regard reste immobile. Tout est présent à la fois[1].

— Ce que j'aime dans Rubens, c'est son sens théâtral, ce que j'appelle le génie de l'exposition.

— Alors vous auriez dû voir ce magnifique morceau que je ne connaissais pas et que le catalogue appelle *Les Miracles de Saint Benoît*. Il est bâti tout entier sur des rapports de lumière qui font songer à l'orchestre divisé de Berlioz. En haut dans le ciel il y a un paquet éclatant d'angelots tout nus sous les pieds de la Trinité. En bas un groupe qui réunit toutes les formes de la misère humaine, un pestiféré, un démoniaque, des gens qui hurlent vers Dieu et se tordent les bras. Et dans le coin un cheval cabré qui hennit vers la vision céleste. Et voilà

1. Dans le *Jardin d'amour*, qui est ou qui était au Musée du Prado, nous avons le mouvement inverse, centripète au lieu de centrifuge. Deux couples, solennisés par de magnifiques atours, se dirigent vers le cœur de la composition, qui est fait d'un amas serré de femmes mûrissantes. Dans l'un, c'est la maîtresse qui entraîne son amant par le bras ; dans l'autre c'est l'amant qui enlace sa propriété. De tous côtés par terre et dans le ciel, de petits cupidons poussent les élus vers le baquet central où, au lieu de la grosse duègne qui élève vers le ciel un regard éploré, on ne serait pas étonné de voir une main tenant un sablier. Dans le fond, ce bâtiment à prétentions monumentales, où brûle une torche solitaire sous des voûtes obscures, a une allure assez sinistre.

suivant des indices différents les trois taches lumineuses. Au milieu sur une espèce de jetée ou de promontoire, saint Benoît suivi de ses moines. Il est tout noir, revêtu de ce capuchon et de ce froc qui anéantissent la personne. Et entre ce torrent là-haut de corps purs, comme répandu par une corne d'abondance angélique, et le groupe des désespérés tout en bas, il élève une main médiatrice. Toute la droite de la composition est remplie par ce que les traités d'ascétique appellent le monde, c'est-à-dire un groupe de seigneurs et de guerriers affublés de costumes de carnaval sous l'étendard frivole qu'Ignace a décrit dans sa célèbre méditation. La brigade orgueilleuse frappée d'effroi recule en désordre sous ce geste énorme qui n'est pas fait pour elle et qui réunit le ciel à la terre.

— Je vois. C'est encore mieux que la scène précédente. Ici nous avons tout un drame, toute une histoire, qui se compose autour de cette main pressante, fait de la conversation et du rapport de ces trois taches lumineuses. Cela me rappelle une esquisse de ce même Rubens, un combat de cavalerie qui s'arrange autour d'un coup de pistolet, seule note rouge au milieu du camaïeu.

— Je n'aime pas qu'on m'interrompe. Vous avez bien compris ce que je vous ai expliqué ?

— Je tâche ! Je tâche !

— Alors mettez votre doigt dans l'oreille gauche pour empêcher que ça parte pendant que je profite à tue-tête de votre oreille droite.

— C'est fait ! Me voilà comme Jeannot lapin avec une oreille au port d'armes et l'autre rabattue pour mieux écouter. Ouvert et tendu par un bout, désert et désaffecté de l'autre.

— Tenez-la bien dressée, cette oreille, pendant que de mon côté je lève le doigt pour vous expliquer les vases chinois, ce qui petit à petit, par le moyen de la conclusion, nous ramènera à l'exorde.

— Quelle horreur que la manière dont on conserve dans les musées cette glorieuse céramique ! On les entasse dans des vitrines alors que chacun de ces êtres sublimes, comme ces grandes femmes que l'on appelle à juste titre incomparables, appelle autour de lui une certaine étendue de solitude et de silence. Ces héros de la contemplation et de la pensée que l'on traite comme des saucières dans un vaisselier ! c'est comme ces navigateurs de l'immensité que l'on voit dans les jardins zoologiques, tristement pliés dans des cages !

— Vous avez fini ?

— Toutes ces nudités métaphysiques ainsi empilées en vrac, cela me rappelle une ignoble toile de ce malheureux peintre appelé Ingres, que l'on appelle *Le Bain Turc*, où l'on voit une masse de femmes nues agglomérées l'une à l'autre comme une galette d'asticots.

— Si c'est vous qui avez la parole...

— Au lieu de cette absurde et dégoûtante promiscuité, comme ce serait mieux de choisir entre ces vases les plus beaux, les plus purs, et de les placer au milieu d'un de ces salons du Louvre pleins de chefs-d'œuvre, comme pour en faire l'offrande et la dédicace : ou à l'entrée peut-être dans quelque vestibule solennel en tant qu'annonciateurs et députés de l'exhalation.

— Ce n'est pas l'avis de ce collectionneur, ou disons, empileur américain, chez qui j'ai vu les plus nobles sujets qui existent traités comme de simples pots de chambre.

— Un vase en réalité, il ne suffit pas de le regarder, de tourner autour, il faut le tenir dans ses mains et non seulement des deux yeux, mais de ces dix sens que nous avons au bout des doigts, le comprendre, palper, jouir, apprécier le volume. Il faut pendant des jours et des jours, au sein de quelque ermitage qu'il remplit de sa présence et de son rayonnement, avoir partagé les sentiments de ce veilleur. Au lieu de cela une dame innocemment y met des fleurs quand elle n'y fourre pas une lampe !

— Les fleurs, la lampe, après tout, cela ne fait que compléter par l'essai d'une grossière proposition matérielle la vocation intérieure dont est plein ce réceptacle vide.

— Maintenant allez-y de votre exégèse. Je suis à votre merci.

— Nous parlions de ce mouvement dans la fixité qui est l'objet de l'art. Et nous avions trouvé comme exemple la statue antique qui réalise ce miracle d'un être pour l'éternité devant son créateur debout sur ses deux pieds.

— Mais le vase chinois...

— Mais le vase chinois, mais le vase chinois est une merveille plus secrète ! Il ne ressemble à rien de ce que nous rencontrons dans la nature ou du moins il ne s'y rattache qu'à la manière de l'idée avec le désir. Et d'autre part il est dégagé de tout service profane, tandis que le vase grec par exemple est fait pour l'usage, pour puiser, pour contenir, pour répandre quelque chose. L'essence du vase chinois est d'être vide.

— Juste comme ce *Oui*, cher ami, que je mets à votre disposition.

— L'importance du vide, c'est toute la philosophie, c'est tout l'art chinois. Le vide en tout être, c'est le chemin mystique, c'est le *tao*, c'est l'âme, c'est la tendance, c'est l'aspiration mesurée, à quoi le vase donne sa forme la plus parfaite, réalisant la thèse d'Aristote que l'âme est la forme du corps. Considérons-le dans son gabarit le plus typique. Le vase comporte trois parties : le récipient ou panse, le col plus ou moins allongé, qui représente l'aspiration, et la corolle plus ou moins épanouie qui est l'expansion vers l'invisible, le débouché ou, si vous aimez mieux, l'abouchement avec l'esprit.

— Le tout fait de cette lumière solidifiée, de cette argile spirituelle que l'on appelle porcelaine.

— Fragile comme un rêve, indestructible comme une idée.

— Le rapport de ces trois parties que vous dites donne naissance à une variété de types aussi infinie que ceux de l'humanité : chez l'un prédomine la corolle, chez l'autre le rétrécissement comme de quelqu'un qui avale, chez le troisième le magasin intérieur.

— Ce vase, sorti de la main des Sages, n'a donc rien d'une idole. Ce n'est pas un être humain, grossièrement solidifié sous sa forme schématique. C'est l'âme en silence qui célèbre son opération. C'est le souffle en acte, la poitrine à pleins poumons qui s'approprie l'esprit, l'être délicieusement élastique qui se tend et qui s'épanouit vers Dieu. Voici dans sa robe pure l'officiant sacré au milieu de notre sanctuaire domestique. Tout cela est en mouvement, tout cela n'est que mouvement, et cependant quand nous mettons la main sur cette froide paroi, nous ne touchons à rien qui soit susceptible de changement. C'est rond comme une définition parfaite. L'éternel est inclus dans le passager. Quelqu'un à la fois évident et occulte. Un être mystique créé par l'art, à la fois symbole et stylisation[1].

— Bien. « Mettez cela dans votre pipe et fumez-le », comme dit le proverbe anglais. Je le fais. Et maintenant nous pourrions nous disputer l'un à l'autre les répliques d'un dialogue où il serait question de l'élément *couleur*, que vous avez négligé. Le vase n'est pas toujours fait de blanc et de lumière, d'une opposition au trivial et quotidien de l'immatériel. L'âme aussi est susceptible d'être qualifiée par la couleur. Il y a le bleu qui est le ciel, il y a le rose qui est l'aurore, il y a le rouge qui est le sang, il y a le vert qui est le printemps. Et enfin il y a toute l'infinie variété des scènes et sujets, fleurs, fruits, animaux, personnages, paysages, que ces pures colonnes transparentes exhalent au travers de leurs parois, comme la mémoire à

---

[1]. *Dead things with inbreathed sense able to pierce.* (John MILTON : *On solemn music.*)

travers la chair. Et l'on pourrait aussi distinguer deux sortes de peintures, celle qui vient s'appliquer comme du dehors sur une surface, ou attention, appropriée, ou celle, comme je le disais qui au dehors émane de l'intérieur.

— Mais il y a surtout le fait que le vase n'est pas toujours conçu pour être cette aspiration solitaire, ce gonflement de la chair profonde par l'esprit, ce héros de l'étendue métaphysique dont nous avons parlé. Il peut être constitué en tant qu'élément de comparaison, dans un rapport avec d'autres formes : ainsi par exemple ces garnitures, dites des cinq pièces, là-bas, qui sont celles des autels familiaux. L'attitude puissante et ramassée du brûle-parfum qui semble se cramponner à la terre pour mieux en offrir au ciel la combustion dans les nuages d'une fumée essentielle est faite pour contraster avec le pur élan de cette paire qui de chaque côté du brasier rivalise de silence et de son, et que j'appelle les préposés à l'Ode, les acolytes du sacrifice, les musiciens qui flanquent l'holocauste, ces deux bouches en même temps ouvertes et impuissantes à se fermer[1].

— Je vois que nous revenons peu à peu à mes deux bambous verts.

— La musique est-elle toujours faite d'une suite de sons et d'accords, ou plutôt n'est-elle pas essentiellement nombre et mesure, une manière intelligible et délectable de répéter l'unité, une succession mélodieuse de rapports et d'intervalles ? une perception intellectuelle ?

— En vous écoutant, ma pensée se reporte à un certain paysage de Li kung ling que j'ai vu autrefois à la Freeer's Gallery, à Washington, où un paysage réel se mêle délicatement à un paysage imaginaire, peuplé de sages et de bienheureux qui passent de l'un à l'autre. Un certain pont sert d'intermédiaire entre les deux.

---

1. Une autre interprétation du vase serait l'exaltation d'un certain plan intérieur, d'un niveau spirituel.

— Je me rappelle ce jardin noir et blanc qu'on eût dit composé par la flûte.

— Ces sages et ces bienheureux, quel est leur rôle, sinon de créer aux endroits stipulés des verticales, des interpositions sur le long fil du site élyséen ? Ainsi le doigt qui en s'appuyant à la place juste sur la corde produit la note.

— C'est un plaisir de causer avec vous, nous sommes tellement d'accord ! On dirait ce jeu de société où deux jeunes filles se frappent tour à tour dans leurs propres mains ou dans celles de l'autre. Si j'étais musicien, j'écrirais là-dessus un petit morceau.

— Cette basse, cette « tenue » de l'horizon sur laquelle l'homme debout fait coche et cran, c'est l'élément essentiel de la peinture chinoise. C'est là-dessus que se promène comme un plectre l'accident mélodique, disons par exemple ce paysan qui traîne un buffle derrière lui. Dans un certain rouleau Sung que je connais, l'horizon est remplacé par une longue pièce de soie autour de qui s'affairent, les unes de face et les autres de dos, de délicieuses jeunes filles. L'œil de gauche à droite lit ce thème d'un seul coup avec plaisir comme une phrase habilement ponctuée.

— Mais il arrive aussi que tout un tableau soit constitué par des rapports de taille et de distance entre les divers personnages. Ce n'est pas comme dans les tableaux européens une oblique continue que se passent l'un à l'autre les divers acteurs engagés dans un ensemble scénique, une volute enroulée dans un mouvement : ici c'est fait avec des êtres d'inégale longueur dont chacun est isolé dans son propre cartouche. Je pense à cette composition en pyramide du Ku k'ai chih qu'on appelle *L'harmonieuse vie de famille*.

— Et alors nous revenons à la Freeer's Gallery et à ce paravent que vous admirez tant, cette fois il s'agit d'un paravent japonais.

— Je me souviens ! Les personnages sont espacés sur quatre lignes horizontales comme les lignes d'une portée, la première qui est une barrière, et les trois autres, les lignes successives d'un paysage : quelque chose trois fois de suite étudiant et reprenant son parallèle avec soi-même. Tantôt un seul, tantôt deux et tantôt trois, mais les espacements divers, les masses relatives, les hauteurs correspondantes, constituent quelque chose d'aussi lisible et chantant que la musique. Ici le mouvement ne provient que de rapports statiques qui se font appel l'un à l'autre et de ces intervalles exquis qui séparent les moments. C'est l'espace tout entier qui se met à moduler jusqu'à l'expression par une série de justes présences[1].

— Eh bien, pour terminer je vais vous raconter une petite histoire. C'est celle d'un vieux peintre qui pour mettre le point final à sa carrière, avait résolu de rédiger un tableau qui constituerait pour son âme « une espèce de séjour définitif ». Après une longue retraite, il apporta le rouleau de soie à l'Empereur, qui, entouré de sa cour, se mit à l'examiner. Chacun avait compris tout de suite qu'il s'agissait d'un chef-d'œuvre. Mais alors pourquoi ce subtil sentiment de déception et de gêne, comme d'un défaut qui élude la localisation ? L'un, à part soi, incriminait le dessin ; l'autre la couleur. Il aurait été bien embarrassé de préciser. Mais on sentait partout l'influence d'une déficience fée. L'Empereur, dans les termes les plus délicats et les plus mesurés, se fit l'interprète de l'impression générale. Le vieillard, les mains dans ses larges manches, l'écoutait sans mot dire. Quand

---

1. Et rien n'empêche le lecteur de se souvenir ici de cette sublime tapisserie de Narbonne, récemment exposée à Paris, qui représentait la Création du Monde par la Trinité. Au centre de chacun des Sept Jours, on voit les Trois Personnes sous forme de trois Pontifes exactement semblables et revêtus de robes pareilles. Dieu crée le monde en étant Trois. En Lui-même et au dehors. Il vit le nombre Trois.

la critique eut pris fin, il s'inclina respectueusement, puis, comme je vais le faire moi-même à l'instant, engageant mystérieusement son pied à l'intérieur de la toile...

...il disparut.

— « *..Il disparut !* » Tiens c'est vrai ! lui aussi il a disparu ! Quel original ! Je voudrais bien savoir ce qu'on a fait de la peinture.

2 février 1937.

*Vitraux
des cathédrales de France
XIIe et XIIIe siècles*

Un adage avait cours autrefois dans les écoles qui déclarait magistralement que la nature ne fait pas de saut. Et puis les savants, essuyant leurs lunettes, se sont aperçus qu'elle ne faisait guère que cela : je veux dire que dans l'histoire de l'art, comme dans celle de la nature, une brusque initiative succède à une lente composition de moyens. Et voici, tout à coup d'un seul coup, quelque chose de nouveau, ce qui est bien contrariant pour les tenants de l'évolution progressive. Ainsi le vitrail. Il est impossible, si d'ailleurs la date de son apparition qui est ce grand XIIe siècle, le siècle des Croisades, ne nous y contraignait, de ne pas voir dans ces croisées lumineuses une transposition géniale, et, autant que l'on peut s'en rendre compte, soudaine, de la mosaïque byzantine. Des textes obscurs, balbutiant les noms d'Adalbéron et de saint Léger, semblent indiquer des essais antérieurs à l'An Mil. Il y a quelque chose à Augsbourg qui semble dater du milieu du XIe siècle. Mais c'est au temps des Chansons de Geste qu'autour de nos cathédrales toutes neuves éclate d'un seul coup et de toutes parts en France, pour les revêtir d'une tunique diaprée comme celle de Joseph, dans la perfection immédiate de la réalisation, le paradis de la couleur illuminée. Notre pays, dit le vieux chroniqueur, s'était revêtu d'une blanche robe d'églises.

C'est vrai. Mais par-dessus l'aube sacerdotale, il y a la chasuble et le pluvial. Par-dessus la pierre il y a l'or et l'esprit septiforme ! C'est fini enfin des catacombes, des contraintes et des humiliations de la persécution et de la barbarie ! Le moment est venu de chanter hardiment en plein soleil. Une dépouille gît à mes pieds, dit la Fiancée du Cantique, c'est celle du paganisme, ne revêtirai-je pas celle-ci ? Et saint Paul : je ne veux pas être dépouillé, mais être revêtu par-dessus.

Je viens de citer la Bible, mais n'est-ce pas à ces textes essentiels qu'il convient d'abord de nous référer, si nous voulons comprendre l'esprit qui n'a cessé d'animer et d'inspirer intérieurement les constructeurs et les décorateurs de la Maison-Dieu ? Les livres sacrés nous indiquent dans quel détail Jéhovah lui-même a expliqué et dessiné comme de ses mains, aux yeux de Moïse et Salomon, les instruments et la forme architecturale de son culte, répondant à une profonde intention symbolique. Mon cœur, est-il dit au Livre des Rois, et non seulement mon cœur, mais mes yeux, seront là chaque jour et tous les jours. Et le prophète Zacharie : Sur la pierre que j'ai mise devant Jésus il y a sept yeux. C'est ce cœur et ce sont ces yeux dont la présence et le regard immanents n'ont cessé pendant de longs siècles de dicter leur devoir aux architectes chrétiens, qui partagent avec le Créateur la charge d'interpréter l'Éternité, et de végéter, comme dit l'hymne de saint Fortunat, le nouveau rite sur l'antique document. La révélation chrétienne est venue apporter la dilatation et la lumière dans les cavernes obscures où ruminaient les anciens dieux en compagnie des animaux nocturnes. Le livre des Paralipomènes nous dit que quand Salomon eut consacré le Temple, un feu descendit du ciel qui dévora les holocaustes et les victimes : et la majesté du Seigneur, celle même qui s'était manifestée sur le Sinaï, emplit toute la maison. L'apparence de la Gloire de Dieu, nous dit l'Exode, était comme un feu ardent. C'est ce feu flamboyant qui se reflète sur les parois dorées et diaprées des églises byzantines. C'est lui-même qui sert de parure à cette Jérusalem céleste dont l'Apocalypse nous dit qu'elle est descendue sur la terre comme une fiancée, revêtue de soleil, avec la lune (qui est changement) sous les pieds[1]. Et le psaume 44 continue la description, si exacte que rien de plus beau ne saurait venir à nos lèvres à la louange de nos sublimes cathédrales : La Reine se tient debout à Ta droite dans un vêtement tissé d'or, tout enveloppée de variété. La myrrhe, l'aloès et la cassie (qui sont la transposition dans le domaine de l'odorat de toutes ces couleurs exquises et de ces baumes visuels) s'exhalent de tes vêtements, du milieu des demeures d'ivoire. Et quel ivoire plus beau que notre blanche pierre qui est comme la moelle des os de la France ? Quel froment plus digne de servir d'habitation au froment éternel ?

L'idée essentielle du vitrail est telle :

Dans l'Église chrétienne, aussi bien que dans le Temple ancien, il y a l'autel d'abord où s'accomplit le sacrifice, établi sur une plate-forme surélevée à laquelle on accède par des degrés (quinze de nos psaumes portent le nom de graduels) et puis il y a les portes, directes ou latérales, précédées, comme d'une ombre architecturale, par des porches qui donnent au peuple fidèle accès au sein de l'édifice ; les colonnes en procession immobile qui accompagnent et mesurent sa marche ou tout autour du chœur solennisent son assistance ; le transept, qui au pied de la plate-forme et des deux ambons qui servent à l'énonciation de l'Évangile et de la doctrine, pourvoit une espèce de parvis ou de réservoir ; les tours retentissantes qui couvrent la ville de leur ombre et de leur

---

[1]. Toute pierre précieuse, dit Ézéchiel, forme son enveloppe : la sardoine, la topaze, et le jaspe. Et le psaume : Tu as posé sur sa tête une couronne de pierres précieuses.

bronze et proclament Dieu à l'horizon, les dimensions de l'édifice, assez haut pour la prière, assez large pour la fraternité, assez allongé pour la perspective. Comment les fenêtres destinées à introduire la lumière jusqu'au fond de l'arche sainte, auraient-elles échappé à une signification spirituelle ? C'est l'ouverture que Dieu Lui-même recommande à Noé de ménager au sommet de son bâtiment, *in cubito*. Dans le Cantique des Cantiques, l'Amante dit de l'Amant divin qui fait le siège de son cœur, qu'Il regarde par tous les trous, qu'Il pénètre par toutes les fissures. C'est pourquoi l'Église a imaginé de définir par le moyen d'un cristal transparent cette limite immatérielle par où elle prend jour sur l'espace extérieur et où se traite commerce entre deux indices différents de densité, celui de l'âme profonde recueillie sur elle-même et celui de la lumière alentour immédiate. La mer de verre qu'ont décrite les Prophètes sous les pieds du Tout-Puissant, cette couleur mystérieuse du saphir, la voici qui s'y est immergée tout entière. L'eau et l'âme ont consommé cette alliance que jadis elles se sont vouée au-dessus des fonts baptismaux. Dieu a fait habiter avec nous le déluge, dit un psaume. Nous sommes ensevelis avec le Christ au fond de cet abîme pacifique, nous résidons en silence au milieu de cette liquidité merveilleuse, nous respirons ces mystères. Tu as fendu mon sac, dit le psaume, et Tu m'as enveloppé d'allégresse, afin que ma gloire chante vers toi.

L'instinct créateur est partout le même, qu'il s'agisse de l'insecte dans la chrysalide, de l'enfant dans le sein de sa mère ou de l'artiste qui sent le moment venu de réaliser ce que l'Esprit lui enjoint. Il ne s'agit pas de fabriquer, mais de créer, et l'on ne peut rien créer que dans un état de sommeil vigilant et de ce que j'appellerai une clairvoyance aveugle, où le besoin seul engendre l'activité. Ainsi les inconnus, quand les murs de la vieille basilique se furent dilatés, qui comprirent que sous un climat nouveau ils avaient à pourvoir par des moyens à trouver à une nécessité pressante qui était de sauvegarder et de circonscrire entre Dieu et nous un milieu commun. Il fallait que l'âme se sentît chez soi et que la retraite et le recueillement lui fussent assurés. L'espérance à l'abri du tourbillon, dit le Prophète, et l'ombre au sortir de la canicule et de l'intempérie. Comment admettre la lumière au sein de notre cavité essentielle ? La première idée était de la prendre tout en haut, suivant le conseil donné à Noé. La seconde, si l'âme en bas se sentait trop douloureusement opprimée et contenue par la pierre, était de tendre un rideau entre elle et le monde extérieur, quelque chose d'analogue à ce Voile de la Vierge que l'on conserve précisément à Chartres. A cet objet, quoi de plus propre que le verre ? et puisqu'il est transparent, pourquoi ne pas confier au rayon arrêté lui-même le soin d'illuminer et de glorifier ces alignements solennels de fonctionnaires sacrés qui secondent dans les basiliques de Byzance et de Ravenne la procession des colonnes et de remplacer l'or ambiant par un éclat personnel ? Ces hautes fenêtres là-haut aménagées, quoi de plus naturel que d'y placarder, dans un cadre tout prêt, les Rois, les Prophètes, et les Apôtres ? Mais plus bas, à hauteur d'homme, ce serait gênant d'avoir ces habitants gigantesques d'un autre monde, ces saints qui sont faits pour que nous ne puissions les voir qu'en levant les yeux à bout portant et mêlés à nous. Alors quoi de plus naturel que d'afficher là, pour le bon peuple qui apporte ici sa clientèle émerveillée de dévots et de pèlerins, toutes sortes d'histoires amusantes et édifiantes ? Toutes les histoires, toutes les légendes pieuses de la grande épopée chrétienne, où la vérité surpasse encore la fiction, elles vont justifier leur titre de Légende dorée, on va les afficher sur de la lumière, on va les transcrire en caractères de couleur sur de grandes pages lisibles pour tous, telles que jadis les peintures murales de l'Égypte, et l'on voit très bien un guide, une baguette à la main, promenant son groupe ébahi et révérent de pèlerins d'une image à l'autre.

« Vitrail n° 30. — *Histoire de saint Silvestre, pape.* » En haut, messieurs les maçons, donateurs. Ici Cyrius reçoit Silvestre enfant — et Cyrius reçoit Timothée — Timothée est décapité, je veux dire qu'on lui coupe la tête. Saint Silvestre paraît devant Tarquinius qui le fait jeter en prison : Tarquinius, c'est celui en vert. Tarquinius s'étrangle avec une arête de poisson. Ici, je ne comprends plus très bien, mais ça ne fait rien. Deux hommes qui causent. Deux chiens, ce sont deux chiens. Les médecins ayant ordonné à Constantin de prendre un bain dans le sang, fraîchement répandu, d'un grand nombre d'enfants, 3 000 enfants furent rassemblés : mais Constantin pris de pitié les rendit à leurs mères. L'empereur Constantin assis. Un magicien juif pour prouver sa doctrine fait mourir un taureau en lui parlant dans l'oreille. Saint Silvestre ressuscite le taureau : ce miracle convertit Hélène et plusieurs assistants, etc... » Tout cela, pour un public populaire, c'était du pain et du vin. Tout cela se gravait dans les imaginations, c'est le cas de le dire, en traits de feu. On en avait pour bien des veillées sous le chaume à se répéter ces histoires éclatantes et polychromes. Magnifique héritage, plus tard humblement recueilli par les almanachs de colporteurs et par les images d'Épinal[1] !

Voilà ce que nos ancêtres ont su faire avec de la lumière. Ils faisaient des vitraux et avec les vitraux, ils faisaient de la piété. Nous, nous ne savons plus faire que de la photographie !

Aujourd'hui, promeneurs désœuvrés et bien inférieurs aux croquants du Moyen Age, nous ne savons plus lire ni

---

[1]. Les esprits forts se moquent, mais cela n'empêche pas que depuis quatre siècles on abrutit les enfants avec des anecdotes insipides comme celles du caillou de Démosthène et des coquilles de noix de Denys le Tyran. Montaigne n'en tarit pas.

comprendre, et nous accueillons en ignorants, à la fois intimidés et récalcitrants, éblouis et mécontents, ces torrents de joyaux multicolores que déversent sur nous les verrières dans un éclaboussement de pourpre et de miracle. Heureusement que par-dessous ces histoires sublimes et naïves, désormais pour nous indéchiffrables, il s'agite à notre entour une espèce de monde phosphorescent, comme une Bible latente qui demanderait à prendre expression. Et je songe à ce paradigme, d'ailleurs absurde, dont jadis nos professeurs de philosophie nous ont rebattu les oreilles. Ils prétendaient que le hasard suffit à tout expliquer et qu'après avoir remué suffisamment les lettres de l'alphabet, ce qui nous sauterait aux yeux, ce ne serait pas, comme on pourrait le croire, la bêtise des pédants, mais l'*Iliade* elle-même ! Ainsi au sein mystérieux de la cathédrale, il se trame, il bouillonne, il se cuit un poème qui, sans mots, repaît le cœur en apaisant l'intelligence. Tout cligne, tout balbutie, tout est en proie à un fourmillement préliminaire. Il y a en gestation un vocabulaire qui refuse en se précisant d'exclure aucune interprétation. Il n'y a parole et langage, dit le psaume, dont la voix ne se fasse pas entendre. Peut-être que je comprendrais mieux, si Dieu, pour me parachever les oreilles, se servait de cette braise ardente qui purifia les lèvres d'Isaïe et dont l'image de toutes parts autour de moi, au sein d'une espèce de matière stellaire, étincelle en escarboucles. Mais hélas ! je me compare plutôt à cet âne qui vielle que l'on voit au mur de la cathédrale, à qui ne manquent pourtant pas les pavillons acoustiques, et qui ne s'en sert, la bouche distendue par la bonne humeur, que pour savourer son propre braiement soutenu par le nasillement de ce bourdon rustique dont il tourne la manivelle. Remarquons plutôt à l'angle de la tour cet ange que depuis des siècles, il tient affectueusement sous son regard et qu'on appelle l'Ange du Méridien, à cause de ce cadran solaire et de cette heure solennelle qu'il exhibe, j'allais dire qu'il enseigne, aux fidèles qui s'apprêtent à franchir le seuil sacré. Ce style oblique sur l'azimut, c'est le rayon qui à l'intérieur de l'édifice assume tous les angles de l'incidence, et le cercle lui-même, c'est celui qu'il va décrire en tournant pas à pas de l'est à l'ouest : c'est la palette. Et cependant, j'ai compris un peu ! Ce temple qui pour quelques précieux moments m'a reçu et dont la Genèse dit qu'il est terrible, c'est Béthel, c'est la maison de Dieu avec l'homme, et cette splendeur innombrable et diverse qui m'entoure, cet espace tout entier fait de piqûres, cette activité silencieuse, en plein jour, comme celle du ciel étoilé, c'est la Grâce, c'est le langage de Dieu avec l'homme, qui, pour se faire entendre ne juge pas convenable de se servir d'autre chose que cette lumière qu'Il est. La harpe de David sous la forme de cet orgue énorme est suspendue au mur latéral. Dieu n'en a pas besoin, cet instrument ne ferait que nous assourdir et que délayer misérablement sous le jeu des claviers et des tuyaux (comme des rayons creux) la sèche et juste mélodie de ces notes et de ces accents à la fois persistants et rédivifs qui conversent en un langage fait d'extinctions et de reprises, comme une étoile que l'on aurait oubliée, et de nouveau on la cherche, elle est là !

Le fils d'Adam, qui, à genoux dans une église, tourne la face vers son Maître, il a Dieu devant les yeux de son esprit, il est orienté devant Lui vers une présence, mais ses oreilles latéralement de chaque côté de sa tête, sont sensibles à une compagnie. Il adore face à face l'Unité ineffable, mais ce Dieu qui est là est le Dieu des armées, et le fils de la femme qui se présente à Lui sait qu'il n'est pas seul dans un désert, mais qu'il est associé à un nombre vivant, à une plénitude intellectuelle et physique, à une infinité qui doit sa forme moins à une frontière extérieure qu'à un rapport interne. De quoi est l'expression autour de lui, ce rideau de verre, cette confession ardente faite de couleurs pulvérisées et de points lumineux, qui ont valeur moins d'un récit que d'un hymne simultané et d'une explosion permanente. Ce qui n'était que pigment sur la terre est glorifié dans le ciel par le moyen de la transparence.

La *soledad sonora*, dit Jean de la Croix, la *musica callada*.

Mais non, c'est autre chose ! La musique, soutenue et nourrie par les accords, elle forme une suite, une mélodie, une phrase. Elle est continue, mais ici tout est simultané, tout pétille ensemble, tout travaille à la fois, tout est concert sans rien qui commence ou qui finisse. Tandis que sur terre la couleur est une production de la chose en tant qu'interrogée par le rayon, minéral, plante ou être vivant, son moyen de se réaliser extérieurement sous ce regard, ici la voici pure et détachée de l'objet, comme si le sentiment était décollé de nos organes. Ces panneaux de verre coloré autour de nous, c'est la matière qui sent, c'est la matière abstraite sensible au rayon intellectuel, c'est l'accident miraculeusement isolé de la substance, nous sommes enveloppés par de la sensibilité, combien fine, instable et délicate ! Disputant au rayon son propre titre à l'obscurité, elle fournit la rançon d'une teinte, ce rouge, ce bleu, ce vert ! Ce que la forêt au printemps ou en automne avait essayé de faire avec la variété infinie de ces feuillages en voie de mûrir ou de mourir, émanations et reflets, ou filtre, et reflet de reflets, le voici fixé et suspendu autour de nous, pas d'ouverture sur laquelle un voile ne soit tendu, et sinon la pourpre, au moins cette grisaille, cette eau triste comme une brume verdâtre piquée de points écarlates. Voici le paradis retrouvé. Nous sommes enveloppés et pénétrés de son murmure latent, de ses ténèbres éclatantes, de son conseil innombrable. A notre droite et à notre gauche, nous avons conscience de lui.

Car cela n'est pas en repos ! Cela vit et cela palpite, cela dort et cela rutile, cela s'allume et brûle, éclair ou braise, rubis, émeraude et cobalt, et sous le trait qui le perce comme le sang dans les poumons vivifié par l'oxygène, dégage l'essence et l'âme, témoigne par la combustion de la vertu intrinsèque. Toutes ces couleurs ensemble, tous ces points divers, tout cela ne reste pas immobile, tout cela chauffe et chante, et du seul fait de sa variété produit un prodigieux ramage ! Mais ce n'est pas tout ! Le soleil qui était à droite, maintenant, c'est le soir, il est à gauche : qui était bas, le voici qui est monté pendant que son rayon descend ; la fleur du Midi s'éteint tandis que le lion du Nord se met à rugir et à flamboyer, et que la pourpre succède à l'hyacinthe : et il y a toutes les heures de l'Office qui se succèdent ainsi depuis Laudes jusqu'à Complies ! Je suis resté une heure en contemplation devant cette Vierge bleue, dans un halo de myosotis qui est intronisée en haut de ce que l'on appelle la Belle Verrière. Tout le cri splendide et pur de cette heure entre les heures qui est dix heures du matin le lendemain de Pâques, cette fraîcheur lustrale, cette joie dehors, que l'on sent comme une conscience nettoyée, l'accident du nuage qui arrive et qui s'en va, tout cela était traduit aussitôt, tout cela était comme un visage peu à peu qui s'anime et qui sourit, et puis qui est devenu sérieux, et de nouveau voici ce divin sourire qui s'apprête à reprendre au milieu des anges agenouillés ! C'est ainsi que la fumée survit à l'holocauste, c'est ainsi que l'âme d'un vieillard ne s'embrase pas à la manière de celle d'un jeune homme, et que le consentement pur, au fond du cœur déblayé, succède à une longue ferveur.

Mais j'ai l'impression que cette instabilité du feuillage mystique, sans parler de la changeante inclinaison de la journée et de l'incessante modification de notre ciel français, n'est pas seulement l'effet du babil des couleurs divisées, de la variéte des tons, mais de celle des tensions. Le verre oppose à la lumière une résistance et une résistance diverse suivant le pigment dont il est imprégné. Il transforme l'instant en durée. Chaque couleur est douée d'un indice d'opposition qu'il s'agit pour le rayon extérieur de réduire et de pénétrer. Elle arrête le soleil, elle l'oblige en résistant à insister et à persister. Chacune de ces planches transparentes qui garnissent les parois de l'édifice, je parle surtout de celles du bas, est un concert de résistances. L'artiste français de cette langue d'oïl, où les nasales et les diphtongues jouent un rôle si délicat et si savant parmi toutes les virtualités de l'e muet, imposant la discrétion et le dièse au fracas des syllabes latines, a senti la nécessité de masquer çà et là, avec de l'obscur et du sourd, un brasier trop clair et de mêler à la saveur intellectuelle de la lumière, le retard de la méditation et je ne sais quelle amertume pénitentielle. Le lecteur comprendra ce que je veux dire s'il me laisse le prendre par la main et l'inviter à contempler à la droite des sept grandes croisées triomphales de l'abside de Chartres, celle, je crois, qui a été donnée par les marchands fourreurs et cet accent somptueux de la giroflée à côté de ces outremers et de ces azurs légers que relève une acidité de citron[1]. A la flamme il faut non seulement des salamandres ; mais çà et là, pour en parer le coup trop vif, un écran. De là ces espèces d'empâtements d'émaux, ces emplâtres comme d'une terre ardente et humidement réfractaire, que l'artiste a plaqués sur certaines baies, surtout celles du rez-de-chaussée, laissant aux supérieures leur salubre éclat de trompette et aux roses leur épanouissement d'orchestre. Textes mystérieux et scintillants ponctués d'astres brefs ! pourpre de Tyr agrafée de rutilants cabochons, soieries de la Reine de Saba, manteau de juin où luisent des lampyres et le soupir à côté du cri ! Ame chrétienne, tel est donc ton monde intérieur, tel est ton silence, tel est le tabernacle devant Dieu où tu es invitée à

1. On ne lui comparera pas, dit Job, la topaze d'Éthiopie. Et le psaume : J'ai chéri tes commandements, par-dessus l'or et la topaze.

te recueillir, cependant qu'à toutes tes fenêtres monte la garde[1] un firmament fait d'espérances, d'existences, d'impulsions, de souvenirs, de paroles médicinales, de pensées tour à tour qui naissent et qui s'éteignent, de l'encouragement des saints et des assombrissements du repentir, un tissu sacramentel de pardons et de péchés, d'obscurcissements et d'élucidations et cette immense autour de toi fermentation de la vérité !

Mais si, au lieu de s'exposer passivement, et pour ainsi dire de toute sa peau, à cette illumination confuse, quelqu'un étudie de près ces parterres verticaux, il n'y distinguera guère que deux catégories de motifs : ce factionnaire de l'éternité que je supposais tout à l'heure emprunté au protocole byzantin et la réserve : je veux dire, se détachant sur un dessin décoratif, une espèce d'écu, ou de médaillon, assez analogue aux armoiries héraldiques, et rien n'empêche de songer également aux boucliers des gardes de Salomon, où s'inscrit comme sur la rétine une petite scène. C'est une transposition des arts patients de la miniature. Et l'on se rappelle aussi ces statues de porche où le prophète ou le saint maintient sur sa poitrine une espèce de disque qui résume emblématiquement son message et sa vocation. Ainsi au portail d'Amiens la Chasteté qui exhibe un phénix et la Sagesse une racine mangeable. On dirait la concentration, comme sur un miroir concave, d'un menu spectacle que l'artiste a collé tel quel sur un cadre préparé. Puis le principe s'est développé. Le rond s'est agrémenté d'accolades gothiques, et puis il s'est multiplié et le simple bouton est devenu églantine et quatre-feuilles, quatre cellules communicantes, une espèce de cloître décoratif réparti sur un attrait intérieur. Et enfin est survenu, dévelop-

---

[1]. C'est Argus aux cent yeux surveillant sa prisonnière divine. Se rappeler ce passage sublime de Sénèque le Tragique où Junon sur le faîte du palais de Thèbes voit tout le ciel constellé des trahisons de son époux.

pant l'idée de ces culs-de-lampe qui là-haut surmontent çà et là les verrières, l'épanouissement suprême qui est la Rose ! Elle est là-haut au-dessus des portes ainsi qu'un paon qui roue, incandescente ! La rose romane d'abord, encore lourde, où le verre ne fait que boucher les trous de la pierre. Puis le verre devient l'élément principal ; c'est le Buisson Ardent lui-même qu'il s'agit de transposer ! Et nous avons Amiens avec ces longs pétales ou raquettes s'inscrivant dans un hardi zigzag calligraphique. Nous avons Paris dont le double soleil est le plus pur et le plus beau de tous. Et enfin nous avons Saint-Nazaire de Carcassonne où la Rose a cessé d'être multiple et qui ne garde plus de la montrance architecturale qu'un triple dessin de corolles concentriques inscrites dans un rayonnement rectiligne. Mais la Rose ne serait pas complète sans cette frise lumineuse au-dessous, qui lui sert à la fois d'émanation et de support, pareille à ces franges du vêtement de la Fiancée mystique dont parle le psaume 44, une rangée seule, comme à Paris, ou comme à Amiens, deux rangées superposées, une espèce de déversoir !

Cet iris tout autour de nous, dit l'Apocalypse, pareil à la vision de l'émeraude. Pour lui faire plus de place encore, pour donner plus de champ et d'ouverture à cette mer de verre, mêlée de sang, c'est-à-dire, d'âme vivante, dont parlent les prophètes, l'Arche antique, du dehors soulevée et soutenue par ses contreforts, n'a cessé de s'exhausser et de se dilater. Amiens avec les quarante-cinq mètres de sa nef, Beauvais avec les quarante-huit mètres de son chœur, marquent l'effort suprême de cet enthousiasme vertical et de cette ascension vers la lumière. Ouvre ta bouche, dit le psaume, et je la remplirai. Ainsi a fait ce grand être architectural dont j'ai décrit ailleurs le développement.

Et puis, d'un seul coup, tout s'est éteint ! Contre les attaques de l'hérésie, l'Église s'est défendue avec de la lumière. Le moment n'est plus de jouer avec elle, de la diviser, de la colorer et de l'égayer. Qu'elle entre à flots toute blanche, dans un sanctuaire resserré par la dévotion autour d'un dogme précis élucidé par l'apologétique et commenté par l'éloquence ! L'essentiel est devenu de voir clair, de mettre la foi en plein jour, d'ajuster le regard sur le sacrifice, d'appuyer la prière sur le sacrement. De là l'importance décorative donnée dans les églises baroques à la chaire, aux confessionnaux et à l'autel que surmonte un baldaquin. L'Église n'est plus comme au Moyen Age une sublimation de la Cité : elle est devenue un engin spécialisé du salut, une happeuse d'âmes.

Et nous arrivons aux temps modernes, à nos temples concordataires et bourgeois, congelés et contractés par la défiance et par la consigne, ornés de transparences à l'huile de ricin, qui servent à un public pétrifié par les convenances et les conventions le breuvage de chasteté et le pain de misère !

Heureusement que dans le vitrail comme dans l'architecture, une révolte s'est produite, ou plutôt une révolution, encore grossière et maladroite, mais qui donne place à l'espérance. Le signe le plus curieux en est cette église du Raincy, qui n'est qu'une ébauche informe, mais riche de suggestions. Un architecte génial, reprenant où il s'était arrêté, c'est-à-dire à Beauvais, le mouvement au travers de la muraille écartée, de l'âme vers la lumière, a eu l'idée de donner le verre lui-même comme enveloppe à son oratoire. C'est en somme l'idée de la Sainte-Chapelle. Ici la cage a été réalisée avec des moyens pauvres et à peu près au petit bonheur. Et l'on se prend à rêver aux possibilités de l'avenir, à ce moment où, avec tous les moyens techniques à notre disposition, on a recommencé à s'intéresser au verre.

Tout d'abord, je veux espérer que les artistes modernes ne vont pas s'attarder à refaire du Moyen Age. S'ils ont une leçon à en recevoir, que ce soit le parti de

Jan Steen, *Comme les vieux chantent, les petits gazouillent.*
Musée Fabre, Montpellier.

Jordaens, *Les quatre évangélistes*.
Musée du Louvre, Paris.

Le Greco, *La Pentecôte*.
Musée du Prado, Madrid.

Vélasquez, *Les filandières*. Musée du Prado, Madrid.

Goya, *La famille de Charles IV*. Musée du Prado, Madrid.

Photo © Lauros-Giraudon.

Zurbaran, *Sainte Casilde*.
Musée du Prado, Madrid.

Photo © Réunion des musées nationaux.

Photo © Giraudon.

Rubens, *Les miracles de saint Benoît*.
Musées royaux des Beaux-Arts, Bruxelles.

Chintreuil, *L'espace*. Musée d'Orsay, Paris.

Vermeer, *La ruelle*. Rijksmuseum, Amsterdam.

Frans Hals, *Les régents*. Musée Frans Hals, Haarlem.
Frans Hals, *Les régentes*. Musée Frans Hals, Haarlem.

Photo © Collection Viollet.

Rembrandt, *La ronde de nuit.* Rijksmuseum, Amsterdam.

Titien, *Vénus, l'amour et la musique*.
Musée du Prado, Madrid.

Vélasquez, *Le couronnement de la Vierge*.
Musée du Prado, Madrid.

travailler directement sur la matière, c'est-à-dire sur les morceaux de verre eux-mêmes, et non pas de copier platement des cartons. Rien n'est plus funeste à l'art, qu'il s'agisse d'architecture, de sculpture ou des autres techniques, que cette séparation entre artiste et praticien. Ainsi se prive-t-on de toute fantaisie, de toute liberté d'interprétation et de cette source bienheureuse d'inspiration qui est le maniement direct de la matière. Entre la couleur peinte et la couleur transparente, entre les lois du carton et celles du vitrail, il n'y a pas seulement différence, il y a presque opposition.

Mais en tout cas, c'est le nouveau, c'est la vendange du XXe siècle, qu'il s'agit de préparer et de réaliser. Le Moyen Age, il s'en faut, n'a pas tout dit. Le souci de raconter pour l'édification des fidèles des histoires lisibles n'était pas étranger, ainsi que je l'ai indiqué, aux grands imagiers du XIIe siècle, et je suis loin de blâmer les artistes du XVe et du XVIe siècle qui ont accentué ce caractère didactique. Si les abominables vitriers du XIXe siècle méritent un châtiment, c'est pour d'autres crimes que celui-là. Il ne s'agit pas uniquement de réaliser des tapisseries décoratives, mais de travailler aujourd'hui comme hier pour la gloire de Dieu, et pour le bien des âmes. Il n'y a aucune raison de ne pas nous servir du verre pour réaliser dans le courage et dans la joie des poèmes lumineux et instructifs. Tout d'abord, on pourrait se demander s'il n'y aurait pas moyen de parfaire une certaine unité dans la décoration verrière de l'édifice. Les croisées de nos cathédrales ont été garnies, autant que l'on peut s'en rendre compte, en dehors de tout plan et de toute palette préconçus, la Sainte-Chapelle seule faisant exception. Alors pourquoi n'imaginerait-on pas une église où les parois de verre suivant des passages calculés de dessins et de couleurs seraient consacrées au développement d'une seule idée ou thème ? J'avais imaginé par exemple celui du Fleuve qui tient une telle place dans les

Livres Saints. L'artiste tout en haut de l'abside indiquerait en traits lumineux cette Jérusalem céleste que nous dépeint le prophète Ézéchiel et au-dessous, une énorme vasque à triple bec canaliserait ces eaux qui s'en échappent émissaires. Trois courants, donc, l'un tombant en vapeur étincelante irisée par l'arc-en-ciel au-dessus de l'autel, les autres se répartissant sur les parois en un double fleuve où vient boire toute la Création : au travers de ces douze divisions du temps dont parle l'Apocalypse (22,2) dont chacune porte un fruit spécial sous son feuillage curatif. Tous deux se réuniraient au-dessus de la porte d'entrée en une sorte d'ébullition et de jet d'où se dégagerait l'Image de l'Immaculée Conception, celle-là avant le monde qui se jouait en présence de l'Éternel et qui lui servait de modèle et de témoin. Pourquoi ne pas composer des peintures où s'uniraient dans un commerce intime l'histoire et le dogme, les deux mondes et les trois Églises ? Pourquoi ne pas se servir de tous les thèmes que nous fournit la nature, les arbres, les feuillages, la mer, les animaux de toutes sortes, les glaces, les tropiques ? Tout cela comporte une interprétation spirituelle. Pourquoi ne pas feuilleter au profit des simples les albums merveilleux que la science met aujourd'hui à notre disposition ? Pourquoi en l'honneur des saints représenter platement les faits et ne pas nous servir des symboles, comme l'art jusqu'à nos jours l'a toujours pratiqué ? Un programme merveilleux s'offre aux talents. Il ne s'agit que d'oser. Il ne s'agit que de se mettre en marche. Il ne s'agit que de croire en Dieu.

Paris, avril 1937.

Le chemin dans l'art

Le Chemin est l'expression matérielle d'un rapport à travers une distance, le moyen permanent d'une communication et l'invitation, vers un but ou dans une direction, à un pas. L'esprit dans une espèce de métaphore instantanée envisage deux idées à la fois, mais il faut toutes les ressources de la patience et de la syntaxe pour établir de l'une à l'autre, suivant toutes les étapes avec art de la ponctuation, un ruban praticable d'écriture. Le Besoin, un pic, une pelle, un levier, une hache et souvent un glaive, à la main, marche devant l'Humanité dans cette ligne que d'avance l'œil avec intelligence, prenant acte de l'horizon, a reconnue. C'est la nature souvent, qui, mettant sous nos pieds tout un système de pentes, de cols et de paliers, nous engage, bien plus on dirait souvent qu'elle nous entraîne, et il n'y a pas moyen de lui résister. Les animaux eux-mêmes connaissent ces sillons tracés d'avance, et l'on m'a montré à travers les Alleghanys un *buffalo trail* qu'utilisaient pour leurs migrations de l'Est à l'Ouest les peuples quadrupèdes. Les continents ne forment pas une plaque invariable et immobile. Il y a une balance entre les climats et les saisons, il y a une respiration qui est le vent, il y a des passages réguliers dans le ciel et je ne dis pas seulement celui des étourneaux et des canards, il y a l'appel de la mer, il y a surtout cette complaisance générale et complexe de la terre à la pente, qui donne lieu aux fleuves. Tout est fonction du poids et d'un mouvement longuement médité qui finit par se réaliser. Il y a un besoin général de l'autre chose et de l'autre part.

Que dire de l'homme ? Son devoir est de ne pas rester immobile. Il a pour principe un point de départ. Du lit à la table, de la table à l'atelier, de l'amant à l'épouse et du berceau à la tombe, il y a un chemin essentiel dont ses pieds sont assoiffés, inéluctable. Son Dieu, le nom propre qu'il lui a convenu de se donner est la Voie et il est crucifié comme un poteau indicateur entre quatre directions. Le Bouddha est accroupi sur lui-même. Il n'a qu'un ventre et pas de pieds. Il est occupé à renier. Mais au contraire Siméon le Stylite au haut de sa colonne est comme une sentinelle éternellement mobilisée dans la halte. Il ne tient plus à rien. Il est le départ personnifié. Il est le citoyen de Partout. Il n'a plus d'habitation permanente. Il est là et il n'est pas là. Il cherche. Il tient le moins possible. Quand le soleil se lève, il tend une main amicale à saint Georges à toute vitesse sur son cheval flamboyant.

L'Église catholique elle-même, cette solidification du carrefour, elle n'est pas autre chose qu'un chemin, de la porte jusqu'à l'autel et du parvis jusqu'à la pointe du clocher. Et l'autel lui-même n'est qu'une étroite plate-forme, surmontée de cierges aigus et de flammes d'où la matière prend l'essor pour se transporter dans la catégorie du divin. — Le temple païen, au contraire, ou bien c'est une boîte close destinée à contenir ou à emprisonner quelque chose de redoutable et d'inconnu, comme Athènes quand elle capte les Érinnyes : ou bien, et c'est peut-être la même chose, car on est moins prisonnier de quatre murs qu'on ne l'est d'une géométrie, c'est une série d'enceintes superposées et concentriques, des plateaux l'un par-dessus l'autre que remplit l'exclusion de tout le créé, ces intérieurs du désert dont parle Moïse, la gradation de la solitude au renoncement et du renoncement à l'absence et à la possession de l'absence, l'offrande au néant d'une coupe vide. On se rappelle ce mot de saint Paul disant que Dieu appelle à Lui ces choses qui ne sont pas. De là la présence partout dans les sanctuaires de l'Inde et de la Chine de l'étang, de l'eau qui est l'élément même du mouvement, artificiellement immobilisée. Dépouillée d'activité, elle ne l'est pas de regard et de reflet. Elle est la déléguée de l'homme à la contemplation. Elle cuve le présent. Et au-dessus de ces piscines et de ce niveau fondamental, la pyramide amenuise jusqu'à l'unité qui est le terme et la clef, toutes les ressources de la forme contre l'écroulement, tous les théorèmes, toutes les équations, toutes les infrangibles confrontations de l'abstraction et de la logique, tous les cadres de la philosophie et de la société. Il a obstrué mon chemin, dit le poète hébreu, avec des pierres carrées. On pourrait dire, avec des carrés de pierres.

Mais à l'intérieur même de ces cadres l'homme vit, il bat, il vibre, il respire, il se rétrécit et se dilate, il communique avec lui-même et avec tous ces êtres qui d'une manière ou de l'autre prennent à lui et conspirent avec lui contre la dispersion. Rien ne ressemble davantage à un corps avec ses ateliers, ses nerfs et ses conduites, ses magasins et ses voies de circulation, qu'une maison avec ses chambres, ses corridors et ses escaliers, ses antennes, ses fils téléphoniques et lumineux, sa cuisine, ses communications avec les réserves, et le sous-sol, et autrefois au-dessus de tout cela il y avait le pigeonnier pour s'envoler de toutes ses ailes, sans parler de la cheminée qui fume ! Tout cela ne fait qu'un complexe de vaisseaux ouverts, de chemins repliés et entrelacés. La chambre elle-même, notre contenant momentané, avec tous ses meubles, la chaise, le fauteuil, le lit, la table, le miroir, la bibliothèque, le prie-Dieu, elle est là pour offrir à l'insecte humain toutes les variétés d'occupation, tous les passages du suspens à l'attention, de la vacance à l'activité et de la nudité à l'habillement et à l'équipement. Elle est un réservoir intime de changements et d'attitudes.

De là, l'attrait curieux qu'ont pour nous les petits tableaux hollandais. Il est tout à fait vrai que ce sont des intérieurs et c'est à l'intérieur qu'ils nous aspirent. L'image au fond de notre souvenir imprimée a acquis une valeur inaltérable. Le reflet a imprégné le miroir et de plusieurs choses ensemble à jamais a fait une plaque lisible. Ces fleurs et ces fruits sur une table, cette carafe et ce verre à côté à moitié plein, ce jambon et ce pain sur une serviette, ce malade dont on nous fait tâter le pouls, cet homme et cette femme associés par la conversation et par la musique, ces convives autour de la bouteille et de la soupière, ils attaquent directement à travers la rétine l'intelligence et la mémoire, ils prennent l'importance solennelle d'une chose impuissante à s'effacer, ils sont l'enseigne allégorique de notre échoppe intellectuelle, ils blasonnent au cours de notre durée un moment d'arrêt, ils éclairent par le moyen de l'allusion les mystères de notre cuisine psychologique. Ces chambres en enfilades, ces ruelles et ces corridors de Pieter de Hooch et de Vermeer, ce rayon intravasé, ce miroir comme un œil secret où se peint quelque chose d'extérieur et d'exclu, ils nous invitent mieux qu'un traité d'ascétisme, au recueillement, à l'exploration de nos profondeurs et à l'inventaire de nos arrière-boutiques, à la conscience de notre intimité, à l'attouchement de notre secret ontologique, à ce regard qui précède le pas à travers ces chambres prenant jour sur un jardin clos (comme le charmant petit musée de Harlem) qui se commandent l'une à l'autre, à cette vérification de notre ensemble cellulaire. Ce chemin qui a servi autrefois à entraîner l'Enfant Prodigue et à le dissiper du côté de l'horizon, le Philosophe de Rembrandt l'a replié en lui-même, il en a fait cet escalier cochléaire, cette vis qui lui sert à descendre pas à pas jusqu'au fond de la méditation. Je te prendrai par la main, dit la Fiancée du Cantique, et je t'introduirai jusqu'au fond de cette cave où mûrit le vin. Cette cave dont la vieille femme de Nicolas Maes dans le tableau de Bruxelles a la clef. Elle pend au-dessus d'elle à côté du buste de Pallas, cependant que de la main, les yeux fermés, elle continue à lire ce livre sur ses genoux où, du haut de ce rayon derrière elle, semblent se déverser d'autres livres, chargés d'une composition invisible.

Cela, c'est ce que j'appellerai les chemins d'exploitation, tous ces méandres d'un édifice, d'une ville, d'un jardin, tous ces détours qui n'aboutissent qu'à se rejoindre comme des lignes mélodiques, et qui ne font qu'assurer notre communication avec nous-même ; les axes de notre possession et de notre habitude. Ainsi le jardin à la française fait d'avenues et de perspectives rectilignes qui d'un seul coup d'œil assurait au seigneur souverain le spectacle et la jouissance de son domaine, d'une nature à lui rapportée et ordonnée. Le jardin anglais au contraire est là pour nous assurer des réserves de hasard, de surprise et de secret. On n'aime pas toujours à se voir jeter tout en pleine figure. On se lasse de l'évidence. — Et j'ai parlé abondamment du jardin chinois et du jardin japonais.

Mais le vrai chemin, celui qui fait frémir dans son brodequin le pied de l'explorateur, et sur sa pédale l'orteil du bicycliste, et dont l'amorce exaspère jusqu'à la crépitation de l'étincelle secrète cette rugissante auto prête à le dévorer, c'est ce torrent immobile qui part de n'importe où pour arriver nulle part. Dahin ! Dahin ! C'est l'appel qu'il adresse à l'âme comme le poids fait au corps. Ruysdaël et Courbet en ont surpris une anse au milieu de la forêt, un lacet au flanc de la montagne. La vision de la route, cela répond en nous à quelque chose d'irrésistible et peut-être à ce qu'il y a de plus profond et l'on comprend le mot de Tertullien : Toute notre affaire en ce monde, c'est d'en sortir le plus tôt possible. Cet instinct migrateur qui remue les oiseaux et les poissons, qui ne leur permet de s'accomplir qu'autre part, pourquoi l'homme en serait-il dénué ? L'appel du soleil couchant, le Seigneur n'en a pas déshérité ce fils d'Agar dont il est dit dans la Genèse : Et Dieu fut avec l'enfant et il grandit : il habita dans le désert et il devint un tireur d'arc. C'est pourquoi on a fait les routes aujourd'hui si lisses, si tentantes, si droites, qu'il n'y a positivement pas moyen de leur résister et l'on a garni les villes de tant de poteaux indicateurs que ce serait vraiment bête d'hésiter et de rester accroché ou attardé un seul moment à leurs attractions frivoles. Je n'ai jamais regardé sans un battement de cœur ce tableau hollandais qui ne représente pas autre chose qu'un vilain chemin tout droit, au pied seul de l'homme ou du cheval praticable, un vilain chemin tout droit dans une campagne plate entre deux rangées d'affreux arbres tourmentés et dilacérés par l'hiver ; mais qui a ce charme incomparable de finir dans l'infini et de n'aboutir à quoi que ce soit de visible. Ah, je le reconnais ! c'est celui que j'ai suivi bien des fois dans mon adolescence, tout seul sous la pluie et parfaitement heureux d'être tout seul, le cœur plein d'une espèce de hourra sauvage ! Et aujourd'hui que je suis vieux, c'est avec la même levée en moi d'applaudissement et de satisfaction farouche que je regarde la trace que j'ai laissée derrière moi et qui fit le tour de toute la terre. C'est vrai, j'ai réussi ! j'ai enfoncé l'horizon et il n'y avait personne à côté de moi pour m'aider et m'accompagner. Et si l'on m'avait dit alors que personne jamais ne s'apercevrait de moi, rien ne m'aurait rendu plus heureux ! Tout ce que la grammaire et le bon usage autour de moi m'enseignaient, tout ce que les professeurs de force ont essayé de me bourrer dans l'estomac, c'est vrai, je l'ai rejeté avec enthousiasme ! J'ai préféré l'inconnu et le vierge, qui n'est autre que l'éternel. Le bonheur d'être catholique, c'était d'abord pour moi celui de communier avec l'univers, d'être solide avec ces choses premières et fondamentales qui sont la mer, la terre, le ciel et la parole de Dieu ! et ensuite, possesseur d'une tête, d'un cœur, de deux mains et de deux jambes, d'insulter glorieusement à la face de tout mon temps, de tout l'art, de toute la science, de toute la littérature de mon temps ; de toute cette civilisation laïque, mécanique, matérialiste et mérétrice : et moi-même cet ennemi pire que tous les autres, d'en être venu à bout en grinçant des dents ! Tout ce qui pouvait m'arrêter, je l'ai traversé ! et c'est avec contentement, c'est avec un consentement et un repaissement de tout mon être que je considère ce chemin au travers de toutes les routes banales qui n'est pas autrement fait que de mes propres pas ! Ainsi le berger dans le tableau de Breughel, à toutes jambes, qui laisse derrière lui dans la glèbe un long sillage et comme un écheveau d'ornières entremêlées. Ce n'est pas le loup qui le poursuit, ce sont ces mains invisibles de toutes parts qui voudraient l'arrêter et le retenir. Comme il court ! Viens tout seul avec moi dans la montagne, dit l'enfant, et, tu verras ! je te donnerai une fraise !

J'aurais beaucoup de choses encore à dire de la route, tout ce dont m'a instruit une double semelle, à expliquer ce que c'est que le détour, la courbe, la bifurcation, le carrefour, la montée, la descente, le pont, la corniche, l'avidité d'arriver et de partir, la faim du kilomètre, le long ennui solennel des paliers interminables et sacrés comme le devoir, le désespoir de l'impasse et de ce sentier engageant qui finit tout doucement dans la jungle, allons, il faut revenir en arrière ! Cette unanimité avec la direction au centre de tous nos instincts qu'on appelle l'orientation, ce rythme de la marche qui peu à peu discipline la pensée, ce pacte austère avec la ligne droite (elle n'est droite que pour nous seuls !) qui est le vrai

Tao des sages Chinois. Repoussons tout cela au fond du tiroir.

Car je n'ai parlé jusqu'ici que de ce chemin apte au pied, mais il y a aussi (et je ne saurais omettre ce chemin approprié à l'esprit qui le guide par les étapes de la logique ou qui l'emporte sur les ailes de l'analogie et de la comparaison) une flèche inductrice de l'œil et elle est appelée perspective. On comprend le ravissement qu'elle inspira à ses inventeurs, quand pour la première fois la muraille impénétrable cuirassée des mosaïques s'entr'ouvrit et fit don au regard du progrès et de la distance. O divine perspective ! s'écriait Paolo Ucello, celle qui se prolonge dans le temps, comme dans l'espace et qui rejoint l'immédiat à l'éventuel, le présent au futur et la réalité au rêve par l'aiguisement du désir. Il y a plusieurs perspectives : celle qui traduisant le rapport des distances par celui des élévations et l'éloignement des objets par leur rapprochement entre eux est praticable, si je peux dire, à la bonne volonté, celle qui accueille et qui relance l'intérêt et nous conduit sans heurt de la rampe à la toile de fond à travers toutes les commodités du panorama. Ainsi au Louvre ces deux toiles de Chintreuil pour lesquelles personne ne m'empêchera de ressentir la plus vive tendresse. Et la seconde perspective est celle qui supprime les transitions et qui laisse à l'imagination le soin de passer de ce premier plan tangible et détaillé à cette cité là-bas apparentée aux nuages et à ces montagnes tout au fond glorieusement coiffées et de neiges qui gorgent notre espérance en enflammant notre courage. Entre l'avant et l'arrière quelque chose d'inattendu a émergé et le développement a fait place à la correspondance ou au contraste. Mais par ce chemin ou un autre l'esprit de degré en degré obéissant à des lignes convergentes monte du foncé au pâle, du particulier au général, du distinct au continu, du matériel au spirituel, du quotidien au permanent et à l'éternel, et de la suggestion balbutiante à la formule établie. Ainsi dans les peintures chinoises le paysage en étages ou zones superposées représentant des états successifs de l'exploration par l'œil et par la pensée de notre séjour en lignes et en tons de plus en plus simplifiés. Entre le rez-de-chaussée détaillé comme une miniature où convergent les Sages, où le bûcheron conduit son cheval, où le pêcheur amarre son embarcation, et ces prodigieuses métaphysiques, ces définitions verticales, qui là-haut établies dans la nue percent le ciel de leurs pinacles d'émeraude et de cobalt, dans cette ascension vers l'hiver, il y a un passage qui n'est pas toujours fait de pentes, d'escaliers et de ponts, mais d'un arbre tordu, d'une cascade, d'un vol d'oiseaux qui s'élève à la rencontre d'un dieu qui descend. Toute la peinture chinoise ne fait autre chose que nous inviter à monter. Et l'on songe à ces versets de psaumes : *Il a disposé des ascensions dans mon cœur. J'élèverai les yeux vers ces montagnes d'où me viendra le secours.* Ainsi chez les Japonais par-dessus l'amusant tohu-bohu de la vie quotidienne, le glorieux Fouji, toujours isolé par le brouillard, comme le trône même du Tout-Puissant.

Et le nom de Bach jaillit malgré moi sous ma plume, car il n'en est pas de plus approprié à nous faire comprendre ce nouveau chemin à quoi tourne maintenant notre propos et qui est celui sans aucun toucher de l'orteil que nous ouvre la musique. Quand la fugue débute sur la portée et nous entraîne avec elle, imprimant direction et rythme à ce qui en nous tend l'oreille avec désir à cet ordre : En avant ! en même temps que nous prenons le pas et que nous réalisons le dessin, nous voyons, nous sentons, nous devinons, où l'on nous conduit, et tout notre être par avance appréhende le programme auditif avec son ressort et ses reprises, ses conditions, ses renforts et ses obstacles. Ainsi ces fanfares, ces cuivres, ces cymbales et ces tambours, qui toujours ont été puissants à créer un courant régulier au sein des foules stagnantes et clapotantes, cela à juste titre s'appelle une marche, et il y a aussi le galop. Ainsi la danse qui nous entraîne avec elle dans ses arabesques et nous suggère tous les moyens, inutilement, d'échapper à nous-même et à cette femme entre nos bras inséparable ! Et je ne parle pas de cette flûte irrésistible qu'écoute le malade, et qui, quand une famille en larmes s'attache à le retenir, c'est en vain, il échappe ! Il lui faut obéir à cet instrument persuasif et à ce dièse étrange sur la lèvre d'Hermès psychopompe. Le chemin, le vrai chemin des âmes, c'est la quadruple corde sur le manche qui se propose à l'ongle et à l'archet ; c'est le parallèle de la douleur et de l'amour, de la vie et de la chanterelle, et c'est aussi le clavier, c'est l'escalier horizontal avec ses marches noires et blanches, c'est l'ivoire sensible qui se déploie d'octave en octave et se déchaîne sous la foudre innombrable du virtuose et fournit à notre allure, à cet ange impondérable au fond de nous éperonné, toutes les nuances de l'attention, de la vitesse et du retard, ce pas languissant tour à tour et cette course éperdue, si ce n'est l'assaut furibond et cette position conquise que l'on se confirme à soi-même à grands coups de talon ! La main droite a gravé la phrase dans l'ivoire et elle indique impérativement le trajet à la main gauche qui l'écoute à regret et qui déjà formule ses réserves, ses conditions et je ne sais quel sourd propos, trahi par des apartés, qui tout à l'heure trouvera le moyen de s'imposer. Mais qu'elle se lamente ou se révolte tant qu'elle veut ! Orphée ne se lasse pas d'aller chercher au fond de l'enfer Eurydice bon gré mal gré et de l'entraîner vers le soleil ! Mais tout à coup c'est lui-même qui s'interrompt et dont se lasse l'arc aigu et cette vibration extatique de l'insecte divin au sein de l'évidence ! et le voici qui prête l'oreille au rappel de l'ombre, à ces noces plutoniennes, à ce coup solennel en plein cœur, à ce tambour des Corybantes ! Et souvent entre la main droite et la main gauche, il me semble entendre une discussion comme entre des voyageurs à un carrefour. L'une décrit à l'autre, soit tout haut avec éloquence, soit tout bas à cette oreille de l'âme que l'on appelle le contrepoint, le chemin qu'elle a choisi. Et son discours me rappelle ces scènes du Nô japonais où le protagoniste raconte au chœur l'itinéraire qu'il a suivi, et celui-ci en répète et enregistre dans sa mémoire chacune des étapes. Car il est long pour un habitant de l'autre monde d'arriver à retrouver l'ancien. Mais voici les deux mains qui repartent ensemble, sans que la main droite toutefois ait le champ libre et le cavalier ne fait pas tout ce qu'il veut de sa monture. Mais son élan s'est brisé et la route s'est obscurcie. Toutes deux s'arrêtent, elles écoutent et l'on n'entend plus sous un ciel menaçant que deux ou trois notes là-bas qui tintent, quelle tristesse ! quelle nostalgie ! là-bas, de l'autre côté de la forêt impénétrable et de la fatale tranchée, dans le pays inaccessible !

Inaccessible ! Mais il y a encore quelque chose de plus inaccessible que l'avenir, c'est le passé. Un certain pont rompu coupe ces expéditions que tant d'artistes ont voulu organiser à la recherche du Temps perdu. Il n'est plus temps, dit l'horloge. Arrivés à la vieillesse, nous sentons que nous avons fait la plus grande partie de notre route, les oreilles closes et les yeux égarés. Toutes sortes de chances à droite et à gauche s'offraient mystérieusement à nous que nous avons échappées. Toutes sortes de passants inestimables nous ont croisés que nous n'avons pas reconnus. Toutes sortes de paroles nous ont été adressées que nous n'avons pas comprises et de nouveau quand il est trop tard, nous en percevons sinon le sens, à tout le moins l'inflexion. C'est dans ce pays de la mémoire que la musique nous invitant à fermer les yeux, dirige ses explorations, c'est là qu'elle retrouve notre trace effacée et qu'elle ranime une flamme précaire sur la cendre de nos campements éteints. Énée tend vainement les bras à cette ombre qui ne lui est rendue que pour s'effacer. C'est l'amère poésie des retours que Beethoven a exprimée dans une de ses plus douloureuses sonates, c'est celle qui d'un bout à l'autre inspire le poème du vieil Homère, ce Nostos dont chacun de nous à son tour a réitéré le sévère vestige. Ainsi le soldat après la Grande Guerre qui revient dans son village et il étreint dans la nuit cette femme, la sienne, qui se refuse à toute parole et dont le visage est couvert de larmes ! La même et ce n'est plus la même.

Quelques exégèses

JAN STEEN

Un tableau, c'est autre chose tout de même qu'un découpage arbitraire dans la réalité extérieure. Du fait du cadre, il y a un centre qui résulte de l'intersection des deux diagonales. Et l'art du peintre est de provoquer l'œil du spectateur à un report, à une discussion entre ce centre géométrique et donné, et celui qui, par le fait de la couleur sans doute et du dessin, — mais d'autre chose surtout ! — résulte de la composition, un centre, je devrais dire plutôt un foyer, créant un tirage, un appel commun venant de l'intérieur et adressé à tous les objets divers que le cadre oblige à faire quelque chose ensemble ; et pourquoi ne pas employer le vrai mot, un *sens* ! qui constitue ce qu'on appelle le *sujet*. C'est ce mot d'ordre muet, et non pas les quatre baguettes dorées, qui empêche les éléments convoqués à la fois parents et disparates, de ficher le camp, et qui fait du nombre un chiffre. Il ne s'agit pas précisément d'une combinaison matérielle, il s'agit d'une idée, rebelle ou non, à la formule.

Regardez ce tableau avec moi de Jan Steen. Vous le trouverez à l'exposition du Musée de Montpellier en ce moment ouverte à l'Orangerie, entre un paysage de Wouwermans et un autre, prodigieux, de Cuyp : c'est le trou royal creusé par le soleil qui se couche à travers une nature en dissolution (telle est du moins à mon sens la signification de cet édifice en ruines sur une rive menacée).

Le centre de la composition, c'est par exemple chez Vermeer la pupille de l'œil de cette jeune femme, la pointe au bout de dix doigts effilés de l'aiguille dentellière, ce pouce du médecin sur le pouls de la malade, l'ongle sur la chanterelle, cette fiole, ce verre, que le dégustateur fait tourner dans un rayon de soleil.

Et voici Jan Steen ! Précisément il y a ici aussi un verre, la tulipe de cristal qu'élève cette superbe femme renversée dans sa robe de soie chatoyante. Un fil d'or à travers le vide y tombe échappé de cette cruche que là-haut bien haut élève triomphalement le bras d'un serviteur. Toute une assistance à gauche et à droite participe à cette citation spirituelle, à ce trait vivifiant, à ce mince éclair que de par-dessus dans le cristal pisse une source suspendue et fragile. A gauche il y a la bonne femme enivrée dont je parlais, soutenue et confirmée par ce conseiller bienveillant qu'authentifie la barbe blanche et ce chapeau noir en forme de cloche. A droite tout un groupe étroitement aggloméré dont le centre est cette grand-mère en casaque rouge qui d'un œil et d'un doigt ravis déchiffre sur un papier cette ligne sans lettres : rien de moins sans doute que la bonne nouvelle qui justifie cette réunion ! Et le reste du paquet humain est fait de cet enfant accroupi qui retourne vers nous son visage, de cette maman qui donne le sein à son poupon et de cette cornemuse gonflée de musique entre les bras de son entrepreneur (et n'oublions pas dans l'ombre ce bonhomme qui fume sa pipe, il s'en fiche, il est heureux !). Au-dessus de vagues peintures qui représentent sans doute le monde extérieur oblitéré par cette minute de confort intime.

Du vieillard à gauche à la vieille femme de droite, il y a correspondance : l'une lit, mais l'autre savait déjà.

1937.

NICOLAS MAES

Dans mon *Introduction à la peinture hollandaise* j'ai beaucoup parlé de Nicolas Maes. C'est un artiste singulier et assez mystérieux qui vers le milieu de sa vie changea brusquement de répertoire et de manière ; à l'intersection se place ce délicieux portrait de jeune homme au chapeau noir qui est une des gloires de ce charmant Musée de Bruxelles. L'œuvre de cet homme dans sa dernière phase nous apprend beaucoup sur les secrets de composition des ateliers de son pays et notamment sur cette qualité mystérieuse des scènes que fixe leur pinceau et que j'appellerai le *suspens*. Je pense en particulier à ce thème qui lui est cher d'une servante descendant un escalier (National Gallery). Mais on retrouve la même préoccupation chez les fabricants de natures mortes, et éminemment chez Rembrandt *(La Ronde de Nuit)* : qui n'est nullement, comme on le croit, un isolé parmi les peintres de son pays. Le rayon oblique de la lumière qu'ils utilisent (par exemple dans ces intérieurs d'églises) est le même. Il va passer.

Un ami bibliophile d'Amsterdam, M. Koopman, m'envoie pour mes étrennes une excellente reproduction de *La Rêverie* de Nicolas Maes (au Musée d'Amsterdam). C'est une vieille femme, les yeux fermés, les mains jointes, coiffe et guimpe blanches, manches rouges bordées de noir qui prie toute seule devant ce repas solitaire qu'elle s'est préparé à elle-même. Il y a deux pains, l'un intact et l'autre entamé, un pot de soupe, il est bien chaud, à côté de cette assiette blanche, un pichet, et attention ! sur le rebord de la table un couteau oblique dont le manche surplombe le vide. Au mur dans un enfoncement les objets symboliques, chers à notre Nicolas, qui sont un sablier, deux livres, l'un fermé, l'autre ouvert, deux clefs, et une sonnette en qui je n'ai aucune peine pour ma part à voir symbolisée la Résurrection des Morts. Mais toute l'explication de la composition est dans le coin de droite en bas.

C'est presque invisible, un chat, qui de la patte attire à lui la nappe, déterminant ainsi, dans une direction accentuée par le couteau, un triangle dont l'évasement embrasse toute la composition, la géométrie lumineuse du bas correspondant au déversement ténébreux de la partie supérieure.

Ici donc, comme dans beaucoup de tableaux hollandais, il y a à la fois immobilité et mouvement, un état d'équilibre miné par l'inquiétude, dans l'espèce la patte avide du chat.

22 décembre 1938.

WATTEAU
L'Indifférent

Non, non, ce n'est pas qu'il soit indifférent, ce messager de nacre, cet avant-courrier de l'Aurore, disons plutôt qu'il balance entre l'essor et la marche, et ce n'est pas que déjà il danse, mais l'un de ses bras étendu et l'autre avec ampleur déployant l'aile lyrique, il suspend un équilibre dont le poids, plus qu'à demi conjuré, ne forme que le moindre élément. Il est en position de départ et d'entrée, il écoute, il attend le moment juste, il le cherche dans nos yeux, de la pointe frémissante de ses doigts, à l'extrémité de ce bras étendu il compte, et l'autre bras volatil avec l'ample cape se prépare à seconder le jarret. Moitié faon et moitié oiseau, moitié sensibilité et moitié discours, moitié aplomb et moitié déjà la détente ! sylphe, prestige, et la plume vertigineuse qui se prépare au paraphe ! L'archet a déjà commencé cette longue tenue sur la corde, et toute la raison d'être du personnage est dans l'élan mesuré qu'il se prépare à prendre, effacé, anéanti dans son propre tourbillon. Ainsi le poète ambigu, inventeur de sa propre prosodie, dont on ne sait s'il vole ou s'il marche, son pied, ou cette aile quand il le veut déployée, à aucun élément étranger, que ce soit la terre, ou l'air, ou le feu, ou cette eau pour y nager que l'on appelle éther !

Paris, le 18 décembre 1939.

LA LECTURE
par Fragonard

Dans le livre intéressant que M. François Fosca vient de consacrer aux frères de Goncourt, j'ai trouvé une charmante eau-forte de l'un d'eux reproduisant ce chef-d'œuvre de Fragonard : *La Lecture*. Un homme lit, et comme il convient au lecteur, à l'auteur aussi peut-être d'un roman (serait-ce simplement celui de sa propre existence !) il tourne carrément le dos à la réalité. C'est son rêve au contraire qui s'épanouit et se présente à nous, mais tout à fait de face, du fait de cette jeune femme assise : je parle de cette robe aux larges plis et aux reflets chatoyants, mais l'attention de la pensive qui ne nous livre qu'un profil effacé est tout entière, là-bas, par derrière, adhérente au site imaginaire qu'elle hésite à joindre ou à quitter. Accoudée et comme pendante au balustre d'un invisible bassin. Mais le lecteur a cessé de lire, il interroge, les lignes ont disparu de ce petit livre qu'il tient entre les mains, et la sonorité d'une phrase non prononcée emplit toute la scène.

Ce sont de tristes tableaux, ceux auxquels il est impossible de prêter l'oreille.

Brangues, 8 juillet 1941.

JORDAENS
les IV Évangélistes

Je ne puis dire que j'aie un goût particulier pour la peinture de Jordaens. Ce n'est pas refus de ma part aux sujets préférés de son pinceau, ces « bambochades », comme disait superbement le Grand Roi. Mais ces bamboches ne sont pas à l'échelle, et de ce fait elles prennent une outrance désagréable, n'étant pas sauvées, comme chez Téniers et les Hollandais, grâce à la petitesse des figures et à l'intervention de l'atmosphère, par l'agilité du dessin, et ce sens merveilleux, et, comment dirai-je ? exhilarant, de la composition et de l'équilibre dans le mouvement. Dans le *Jour des Rois* par exemple on ne peut considérer sans une certaine répugnance ces grosses figures entassées dans un éclairage louche qui donnent une impression d'étable humaine[1]. Mais l'Esprit souffle où il veut, et je connais de Jordaens deux toiles qui s'égalent à ce que Rubens a fait de plus beau. L'une est cette *Abondance* qui est la gloire du Musée de Bruxelles, l'autre est le tableau des *Quatre Évangélistes* (au Louvre) dont vous pouvez voir ici la reproduction.

Saint Jean est au centre drapé tout entier d'une

---

1. J'ai complètement changé d'avis sur ce tableau, qui est un chef-d'œuvre.

1946.

chlamyde qui rappelle ces larges étoffes dont les prêtres s'enveloppent quand ils vont toucher aux espèces sacrées. De toute l'attention de son âme, il n'écrit pas, il lit et nous le voyons de profil. Je ne sais si l'art humain nous a jamais montré une figure plus sainte, plus pénétrée à la fois d'autorité et de ferveur virile, que cet ami de Jésus dans son austérité juvénile. Il élève et porte à ses lèvres un doigt de cette main sacrée qui a touché le Verbe (l'autre main est ramenée sur son cœur), et l'on se rappelle ce verset premier de l'Épître : « Ce que vos yeux ont vu, ce que nos mains ont touché du Verbe de vie. » Il ne lit pas seulement, il officie. J'entrerai à l'autel de Dieu, comme dit encore aujourd'hui chaque prêtre à l'Introït, vers le Dieu qui réjouit ma jeunesse. Et c'est aux lèvres de ce jeune homme que les trois vieillards, les trois Synoptiques, qui l'entourent et qui l'appuient, puisent confirmation de leur message. Oui, disent-ils, c'est vrai ! Saint Matthieu au fond, la barbe dans la main, au nom de toutes les générations de l'Ancienne Loi, qui a l'air de se souvenir et de méditer. Saint Luc derrière lui, le front baissé et qui sait tout d'avance, de ce bras qu'il élève il écarte le rideau. Écoute, Ciel ! et toi, ô terre, tends l'oreille à la bonne nouvelle ! Et enfin, le dernier, cet Évangéliste au poil frisé de taureau, au front têtu, à la puissante mâchoire, et la plume à la main, qui se prépare à écrire, c'est l'action, c'est l'intelligence avec force toute prête à se transformer en prédication.

Jean lit Dieu, Matthieu se remémore et médite, Luc ouvre le rideau, Marc agit.

Et ceci fut peint, nous dit-on, par un pilier de popine qui finit dans la peau d'un renégat !

Brangues, le 13 janvier 1941.

La cathédrale de Strasbourg

La nappe est mise sur l'Alsace. Non plus la nappe hivernale, — et d'ailleurs ce n'est pas une nappe ! Ce serait plutôt un rideau, une tenture qu'un bras sévère tire sur la campagne pour lui indiquer que maintenant c'est fini, que c'est sérieux et qu'elle a six mois pour se préparer dans la mortification et le cilice et le suaire à pousser une autre année. Ou dirai-je une couverture ? un édredon de plume, sous lequel on se blottit, à la chaleur de son poêle intérieur, — et encore on est bien heureux soi-même d'exister, car dehors il n'y a plus rien du tout, c'est la fête aux corbeaux ! Et si par hasard vers le mi de la journée, il y a un rayon de soleil, c'est pour nous montrer que, c'est vrai ! il n'y a plus rien que cette housse abstraite à perte de vue étendue sur le détail habité, ce retour au blanc qui est une espèce de néant visible. Il n'y a plus que la grande chandelle rouge de Strasbourg au-dessus de l'Alsace, au-dessus de la longue bande alimentaire, au-dessus de ces millions de lampions noirs qui hérissent le repli des Vosges. Et précisément, comme je fais la traversée de Sainte-Odile au Hohwald, grand Dieu ! voilà un de ces épouvantables blizzards comme il en cuit dans le pétrin du Nord, qui nous arrive dessus : ça va bien ! Je n'ai pas d'objection ! J'aime ces violences salubres qui rincent à fond notre marécage ! C'est comme ces épisodes jadis des fiançailles barbares, où quelque gai luron, terriblement ivre, traînait sa belle amie par sa couette de cheveux jaunes à travers les escaliers de son château en lui bourrant amicalement les côtes à grands coups de soulier... L'air, qui tout à l'heure n'était rien, est maintenant rempli de ce tourbillon, de ce torrent à toute vitesse de petits anges enragés qui nous piquent de leurs becs pointus. Il a envoyé son cristal comme de petites bouchées, dit le psaume, voulant exprimer ce grand vent de l'Esprit, ces rafales de la farine prophétique, qui balaient les Livres Saints. Mais ici ce n'est qu'un revenez-y de l'hiver, qui veut nous montrer qu'on n'en a pas encore fini avec lui, qu'il a encore des dents pour nous mordre dans le gras ! Et demain ce sera le soleil pour de bon, qui se mire dans le canal de la Marne au Rhin, tout le ciel débarbouillé, le printemps, toutes ces girandoles de glace, tous ces gros paquets de ouate aux branches l'un sur l'autre qui s'effondrent, et la vraie neige maintenant, la vraie nappe radieuse d'un bout de l'Alsace à l'autre, rose et blanche, je dis rose, blanche et verte, et la première cigogne, méditant sur sa roue de charrette, elle n'a qu'une patte, c'est comme la cathédrale !

C'est vrai, la cathédrale n'a qu'une patte, mais ça suffit, et l'on a parfaitement bien fait de l'empêcher d'en avoir deux, car c'est trop que de deux pour une cible unique. Dieu m'a posé comme une flèche choisie, dit le prophète. Celle-ci est partie, elle vibre ! Et moi, je suis en bas comme ce petit architecte en pierre que j'ai vu au musée, qui s'est mis à genoux devant son œuvre, afin probablement de la rendre plus haute, et qui la parcourt de la base au faîte, la tête renversée ! La flèche est partie et c'est lui qui l'a décochée ! Et là-haut, tout à la pointe extrême en sorte qu'il n'y ait plus au-dessus que la croix, qu'est-ce que je vois ? Est-ce un nid de cigogne encore ? est-ce, dis-je, cette pomme, la même que le Séducteur tient entre ses doigts sous le porche, dont nous allons avoir tout à l'heure à nous occuper ? est-ce le custode précieux des Rois Mages pour le montrer à l'horizon, empli de myrrhe et de manne ? pour l'exhausser au-dessus de la Forêt-Noire ? Qu'est-ce que tu écris sur la page du Ciel, Sagesse de l'Église ? La pensée qui part de la cervelle n'est pas plus prompte à voler par le nerf jusqu'à la pointe aiguë de la plume que je ne le suis à obéir à cette invitation verticale qui aboutit à la foudre[1].

Le devoir vertical, la vocation verticale, c'est cela qui a planté dans le ciel échevelé de l'Est cette grande quenouille à l'ombre de qui l'industrieuse Strasbourg file son écheveau de rivières et de canaux et traduit d'une main dans l'autre sa poignée de caractères typographiques. Ce n'est plus ici cette austère construction théologique, couleur de pensée (ô château et dimension de la Foi ! châsse spirituelle, solidification du mystère par l'architecture : et, au delà, voyez ! déjà ça devient tout plat et inconsistant, il y a la mer ! Déjà c'est elle, dites, cette ardoise bleu-grise à larges lambeaux qui coiffe toute la petite ville !), dont j'évaluais l'autre jour à Saint-Étienne de Caen les assises superposées. Elles sont nettement séparées ; l'une au-dessus de l'autre par des traits que l'on dirait tracés à la règle, ça ressemble à un traité de saint Anselme[2]. Et les niveaux montent comme des paragraphes, poids sur poids, dans les deux tours carrées qui équilibrent la façade. Mais déjà, plus haut, voici qu'apparaissent et s'étirent ces longues ogives, qui sont la nostalgie du ciel. Autour du donjon central, contre-buttant ce vaisseau, cet

---

1. *Sa corne sera élevée dans la gloire.* Ps. III. 9.
2. Et en effet la tradition veut que ce soit Lanfranc, le continuateur de saint Anselme à l'Abbaye de Bec, Lanfranc, le théologien et l'homme d'État, le compagnon et le conseiller de Guillaume, et l'un des fondateurs de l'Angleterre, qui ait jeté les plans de l'Abbaye-aux-Hommes. Et quant au Conquérant, il ne reste plus de lui qu'une dalle au milieu de l'église, avec son nom et son glorieux titre, et, dessous, l'os de sa cuisse !

appareil destiné à transformer la clarté diffuse en vision intérieure, on a pourvu aux ascensions de la pierre. Ça monte en pointe à tous les angles du plan. C'est beau à regarder de loin, cette cité de géants, ce conciliabule encapuchonné de docteurs, ce collège de prêtres ! Et comme chaque tour est coiffée d'un système de quatre guérites tournantes, on dirait un établissement de moulins destinés à exploiter le grand vent qui vient de la mer. Ainsi un article de saint Thomas portant à sa cime suspendu tout cet ensemble d'arguments affilés qui répondent de tous côtés aux objections. Et je n'ai pas parlé des profonds arrières, de cette abside à triple étage, de cette sangle, de cette ceinture de muscles qui bande et qui érige vers le ciel ce puissant corps fait de conscience, de croix et d'interjections !

C'est ainsi que du fond de la Normandie le Diacre à la dalmatique d'hyacinthe fait signe à son frère l'Évêque rouge qui au milieu du Rhin a planté son pied et sa crosse. Et c'est ce bâton, cette crosse, cette barre, ce piquet, ce rayon solidifié pour mesure dans sa main, ce serpent raide ramassé par Moïse dans le limon d'Égypte, qui est le principe de construction et d'ornement du haut en bas de la demeure qu'il s'est construite : la tige, la branche, le *yardstick*, l'étalon de mesure détaché de la muraille pour en mieux reporter les élévations successives. Et je pense aussi aux stries de l'averse, aux câbles des échafaudages, à ces stalactites de glace qui pendent aux branches et aux gouttières. Précisément, au-dessus de ce triangle qui coiffe le porche central, l'architecte en plante cinq ou six, comme par une inversion vers le ciel de la loi de gravité. Des franges et l'on sait dans l'Écriture le sens mystique de la frange (*fimbria*) qui est le prolongement délié et comme la sensibilité du vêtement[1].

---

1. Ainsi dans le Deutéronome 22, 12 : « *Tu feras des cordons en manière de franges aux quatre coins de ton manteau.* » Les Pharisiens dans l'Évangile sont accusés de « *magnifier leurs franges* » (Matth. 23-5). Et le psaume 44-5 parle de « *cette fille du Roi qui est toute entourée de variété avec des franges d'or* ».

Mais tout à côté, au porche voisin, ce même bâton, il est devenu une lance aux mains des Vertus personnifiées qui s'en servent pour transpercer les vices correspondants, elles pèsent dessus des deux pieds, afin de leur faire vomir leur nom sous la forme d'une banderole. Il faut reconnaître d'ailleurs que ce transpercement est consommé d'une manière bien conventionnelle, avec une gaucherie en quelque sorte affectée. Si la Grâce ne venait seconder un effort aussi maladroit, il ne faudrait pas s'étonner de tous ces mauvais instincts en nous qui survivent en posture d'accroupissement.

Un autre cortège vient à notre rencontre, il s'est aligné des deux côtés de l'ouverture centrale. C'est celui des Vierges Folles et des Vierges Sages, qui, au milieu de la nuit, dans la profondeur des desseins de Dieu, ont entendu l'appel évangélique : Voici que l'Époux vient, sortez à sa rencontre ! Quel époux ? il y en a deux : celui de gauche et celui de droite. Ne parlons pas du premier, nous nous occuperons de lui tout à l'heure, il est vieux, il est laid, il est triste et la mèche de cheveux à l'imitation d'une flamme, qui s'élève au milieu de son crâne chauve n'excuse pas le caillou luisant d'où elle émane. Mais l'autre, on dirait un jeune professeur sûr de ses dons et maître de son auditoire, qu'il est gracieux, qu'il est gentil ! Et cette pomme qu'il élève dans sa main, d'un geste à la fois élégant et triomphal, comme l'objet de sa démonstration, qu'elle est tentante ! on en mangerait. Toutes ces dames en perdent l'âme et ne s'aperçoivent pas qu'elle s'échappe de leur bouche ouverte, comme l'huile de leurs coupes renversées ! Il n'y a qu'à regarder ce beau fruit et surtout le sympathique conférencier qui nous le présente, pour savoir que nous n'avons qu'à y mettre la dent, je dis à l'un ou à l'autre, pour devenir comme des dieux, sachant le bien et le mal. Deux des plus enthousiastes ont pris les devants, elles n'ont même pas eu besoin de voir la pomme pour faire offrande à ce séducteur du calice qui maintenant pend vide et privé de son étamine ardente à leurs doigts[1]. Mais n'avons-nous pas tous connu un grand penseur qui a déclaré que nous pourrions nous attendre désormais à vivre du parfum d'un vase vide et qu'il n'y a rien de plus nourrissant ? Notre séducteur maintenant a devant lui trois femmes, ou la même peut-être à des heures différentes de son épreuve. La première répond par une œillade lubrique et par le cabrement de toute sa personne à la proposition du fruit ostentatoire. Sa manière de s'offrir, c'est de se cacher. Voyez-la qui remonte jusqu'à son menton cette longue robe qui a remplacé pour elle la ceinture de feuilles et le cilice de peaux de bêtes. Rien n'attire davantage que le mystère et quoi de plus mystérieux que le vide ? La coupe éteinte et renversée à cet égard qu'elle tient à la main ne saurait rivaliser avec son cœur. Mais les eaux furtives sont plus douces et le pain que l'on partage en cachette a meilleur goût (Prov. 9-17). Seulement un pas derrière, et debout comme la solidification de son ombre, se tient une autre femme, une tout autre femme, elle est seule, elle est pensive, et la coupe maintenant stérile n'en est que plus lourde à ses doigts. Un pas encore et ce n'est plus la solitude et l'abandon, c'est le remords. Elle a tourné le dos pour de bon à l'agréable prestidigitateur. Privation de l'Homme et privation de Dieu, voici le double dam. « Si vous n'avez plus d'huile, allez en acheter chez le marchand. » C'est facile à dire, et avec quoi payer ? Le spécialiste qui pourrait la sauver, et dont la physionomie tient à la fois de saint Pierre et de saint Joseph, n'est pas loin, il est là, de l'autre côté de la porte. Mais il a autre chose à faire qu'attention à elle. Elle est à gauche et il est à droite.

Son affaire pour le moment est de catéchiser les cinq paroissiennes (trois visibles et deux, derrière ce rentrant

[1]. Ainsi ces belles dames derrière M. le professeur Freud.

de la muraille, invisibles, elles ne voient pas mais elles entendent), qui, sortant de cette profonde capacité que sont les desseins de Dieu, s'en vont à la rencontre du Soleil avec leur lumignon personnel. La première suppute l'équilibre entre cette provision de flamme qui lui a été attribuée dans la main droite et cet objet dans la main gauche où je vois un rouleau fermé. Il est ouvert dans la main de la seconde et il lui est loisible d'y lire à la lueur de cette lampe allumée. La troisième n'a plus besoin d'écrit et elle élève vers le ciel, avec les yeux, cette lampe qui est aussi un calice. J'ai oublié d'interroger les deux dernières apostées.

Mais de chaque côté de la double ligne contre-opposée, l'artiste a détaché un sujet et il les a transplantés là-bas sous le porche du Sud. L'une, me dit-on, est l'Église, l'autre la Synagogue, mais pourquoi ne me serait-il pas permis de voir dans l'une la Foi et dans l'autre l'Imagination ? La première, en effet, elle a cette couronne en tête et ce sceptre dans la main qu'elle a hérité de son époux, et l'on a bien fait de la faire en pierre pour qu'elle ne bouge pas et qu'elle ne perde pas de vue ce dangereux personnage qu'on lui a donné là-bas de l'autre côté à surveiller de peur qu'il ne s'échappe. Qui, au rebours du mouvement de son corps, détourne la tête, son visage et ses yeux bandés (elle aussi, elle n'a plus de lampe pour lire) vers cet alliciant morceau de parchemin au bout de sa main gauche, qui est une espèce de proclamation au vide adressée par le vide. Elle est orientée dans le sens qu'il faut, mais elle se présente à nous dans une espèce de hanchement oblique, toute vêtue d'une robe aux plis onduleux, pareils au fil de l'eau qui fuit[1]. Tout coule, on sait que rien ne peut tenir longtemps sur ce long corps lisse. Et ce roseau cassé qu'elle maintient dans

---

1. Serrée à la taille par un cordon, « *Cingulum tradidit Chananæis* » (Prov. 31-24).

le pli de son épaule, qu'est-ce que c'est ? Mais précisément cette ligne verticale elle-même dont je parlais tout à l'heure, cette arme entre les mains du calculateur de la toise, cette hausse de notre tir liturgique, cette fusée qui va au ciel, cette trame ou harpe sur laquelle l'artiste avec des doigts de pierre, de verre et de musique, a tissé tout l'édifice, imprégné de son sang et qui est la chair de sa chair, de la cathédrale. Maintenant le roseau est cassé. Mais n'est-il pas écrit qu' « Il n'achèvera pas de briser le roseau cassé » ? et Vous-même, n'est-ce pas un roseau par jeu qu'on Vous a mis au jour de la Passion dans le poing ? Tout n'est pas fini avec elle ! et la voici qui tourne le visage vers ce livre blanc dans sa main que l'on ne peut lire qu'avec des yeux bandés.

Mais si l'arme fragile de la magicienne s'est rompue contre un plafond inopiné, non point, du milieu de son quadruple échafaudage, cette pointe jamais émoussée, cette visée, cette fusée, ce cri multiple et aigu que Strasbourg dégaine vers la cible polaire ! Et au bout, pour le moduler et le formuler, il y a ce coq, toujours droit au vent, le coq dont Job fait l'apôtre de l'intelligence, qui exorcise les noirs corbeaux de l'Edda ! Mais c'est assez tardé ! et il y a une petite main dans la mienne qui m'empêche à l'exemple de mon ami l'architecte, de faire monter la spire sainte de ce tiers, cassé aux genoux, de mon propre individu. C'est assez rester au dehors. Il y a une main dans la mienne, il y a une petite fille avec un regard timide, qui m'entraîne à l'intérieur de l'Édifice. Il y a quelque chose à regarder.

L'intérieur de l'Église ! Non pas seulement cette Église matérielle, mais l'aménagement, vu par dedans et de par en dessous de notre résidence spirituelle, ce qui lui est soutien, paroi et faîte, la contenance qui fait corps de tous les fidèles introduits, la réduction à l'unanimité, la forme qui donne à l'assemblée objet, sens commun, portée commune, cette prolongation et ce resserrement, ce croisement de lignes qui ouvre issue à la prière et au désir dans le sens de la hauteur. (Dans les églises normandes la flèche qui s'élève au-dessus du transept est creuse et constitue une espèce d'appel d'air, d'échelon à mi-chemin entre les anges et nous.) Mais il est remarquable que dans une cathédrale la proportion entre l'homme et l'édifice a mesure dans le démesuré. L'homme s'élève à peine de quelques pieds au-dessus du sol et vue d'en haut la foule la plus compacte ne fait qu'une espèce de tapis ras. Les grands vides dont le rapport entre eux constitue la matrice religieuse et le vaisseau de notre comprésence en Dieu, ils n'ont pour rôle que de modeler autour de nous l'invisible, de circonscrire le volume d'air et de pensée approprié à notre alimentation, cette haleine que Dieu met à notre disposition pour y tirer, pour la transformer en parole et en chant et pour en remplir toute la concavité close de la boîte. Car ce que nous avons à dire à Dieu, il ne convient pas de laisser ça s'évaporer vaguement, il faut que tout cela soit rabattu à son adresse et de là ces voûtes, ces culs-de-four et ces absides comme des réflecteurs arrondis ; il nous faut un ciel à notre portée, une zone calculée qui soit pour nous le temple, une cloche à retenir le divin, une tente, un tabernacle dont nous puissions nous envelopper comme d'un vêtement hermétique, laissons dehors ce monde confus, c'est avec Toi seul, Seigneur, que nous avons à faire œuvre, à prendre position distinctement de comparants. L'Apocalypse nous dit que « la longueur et la largeur et la hauteur de la nouvelle Jérusalem », dont notre Église est l'image, sont égales. Il s'agit là d'une égalité, si je puis dire, qualitative, la longueur signifiant la rectitude, la fidélité à la direction, la largeur l'extension comme de deux bras de la double charité, celle du cœur et celle de l'intelligence, la hauteur enfin, l'offre à Dieu. *Après cela j'entends comme la voix d'une foule nombreuse*

dans le ciel qui disait : Alleluia ! et il s'éleva une fumée.
(Apoc. 1,3.)

Mon œil d'un seul trait a parcouru et reconnu tout le symbolisme de cette cuve : les piliers, ou principes, dans un ordre à la fois successif et simultané sur qui s'appuie tout l'édifice de notre foi ; les arches dans l'élévation de leur courbe effort, qui sont à la fois le mariage entre elles de vérités réciproques et ce lien de la charité qui compose les âmes à travers la distance et le temps ; les croisées enfin suivant l'orientation de leur office qui transforment le bain de clarté universelle en rayon démonstratif et en conscience séjournante. Conserve le dépôt, dit l'Apôtre.

Et ce sont précisément les larges coupures dans la paroi de l'édifice que me montre du doigt ma petite compagne et qu'elle m'explique dans un langage rauque qui est celui des anges et des tourterelles. Je songe en les regardant avec elle à ce tourbillon de flocons de neige qui tout à l'heure m'assaillait sur la hauteur de Sainte-Odile. Mais cette fois il s'agit d'un mouvement immobile, toutes ces miettes colorées jaune, bleu, rouge, vert, ne s'arrêtent à aucune forme, elles ne font que la suggérer dans une danse incessante pour la dissiper aussitôt, tout bouge et l'œil ébloui ne trouve aucune macule assez large pour s'y reposer, il est entraîné par ce quadrille d'atomes, par ce brouhaha de pigments, par cette farine d'une lumière pulvérisée. C'est comme le murmure tout bas d'une foule qui attend. C'est comme le ramage d'une prairie en mai, tout entière livrée aux abeilles, ou plutôt c'est le printemps lui-même, c'est cette claire couronne qu'il pose sur un front pur, c'est cette variété innombrable où tout sent bon ensemble, c'est l'alpage éternel sous le regard de Dieu quand la prairie a succédé à la neige, la dévotion à la foi et la vertu à l'innocence.

Adieu, ma petite amie ! adieu, papillon ! cette flore, cette Alsace qui brasille aux vitraux de ta cathédrale, elle ne s'éteindra pas : et personne ne viendra le décrocher, ce bouquet triomphalement arrangé tout là-haut à la pointe de la flèche par-dessus ce glorieux tas de fagots ! Laisse-moi maintenant franchir le seuil de ce noble édifice qui s'ouvre en face du porche latéral et qui, bâti des mêmes matériaux, communique aux serviteurs quelque chose de la gloire du Maître et un rayon de sa pourpre. Du chœur l'Évêque a transféré sur cette berge qui domine la cité — accumulée de l'autre côté de cet abreuvoir — le siège, le baldaquin et le degré. C'est ici qu'il a affiché ses armes et ouvert son parloir temporel. Au pied de l'énorme et sombre sanctuaire, il y a le palais majestueux allant à la rencontre du public de toute l'ouverture généreuse de ses portes et de ses baies, de tout le déploiement de ses perrons et de ses escaliers. Que tout ici soit accueil, lumière, dignité, sourire ! Tout s'ouvre devant nous ! Il y a toute une suite grandiose de salons qui se succèdent l'un à l'autre pour nous faire honneur, jamais assez de ces hautes croisées et de ces miroirs splendides, jamais assez de marbre et, d'or, jamais assez sous nos pieds de ces vastes parquets blonds de lumière et de miel : jusqu'à ce sourire rayonnant et jusqu'à cette main affable qui nous tend, avant que nous n'ayons plié le genou, l'améthyste pontificale[1].

Strasbourg, 15 avril 1939.

---

1. Hélas ! le Palais de Rohan comme tant d'autres merveilles a été détruit par la guerre !

1946.

Sur la musique

> *à Arthur Honegger.*

Il y a une manière, imaginé-je, de faire de la musique, qui est de la comprendre comme une espèce de trictrac intellectuel. Par le moyen du son nous devenons directement sensibles à ces réalités qui autrement ne sont appréciables à notre esprit que par un rapport au monde de la dimension : la vitesse, la distance, le haut, le bas, le continu, l'interrompu, le direct, le latéral, le lourd, le léger, le simple, le composé, etc... Nous traduisons, nous créons de l'espace avec de la durée et du physique avec de l'immatériel. Entre ces points et lignes sonores nous percevons, nous établissons des rapports, des comparaisons. Pas seulement de figures, mais de mouvements, qualifiés par des timbres. Tout cela procède et marche dans une certaine conscience et composition de l'ensemble que l'on appelle harmonie. Nous imposons par le moyen de notre esprit à celui de notre auditeur une allure, à son progrès un rythme. Nous l'incorporons à un concert. Il n'est plus qu'attente et attention. Attente de ce terme retardé par des péripéties où le conduit la ligne mélodique, attention aux invitations latérales ou subjacentes sur lesquelles il doit régler ses propres démarches. Un chemin est créé, une figure est proposée, une aire est circonscrite, qu'il n'y a plus qu'à suivre, à affirmer, à approuver par la répétition, à enrichir, à remplir jusqu'à la plénitude de l'évidence. Pour nourrir la présence de cette vision sonore, de cet ensemble de rapports que j'appellerai, d'une certaine manière : immédiat, intelligible, je reviens, je recours et recours encore à l'idée.

Cette conception de la musique uniquement fondée sur le nombre, sur la position et sur la relation, procure à l'esprit une satisfaction purement intellectuelle qui a souri à beaucoup de musiciens Allemands. Je songe à l'*Art de la fugue* de J.-S. Bach et même à certaines compositions des dernières années de Beethoven, telle que la *Grande Double Fugue*. Je ne doute pas que tout musicien ne lui garde une sympathie plus ou moins avouée à l'arrière-plan de son art. Division et réunion.

Ce mouvement, cette marche concertée et mesurée, c'est en somme la danse, idéale ou réalisée, qui, de fait, en dehors de la religion et du drame, a constitué le terrain d'évolution de toute la musique pendant les deux siècles qui ont précédé le XXe. Inutile de rappeler combien de fois les mots : menuet, marche, sarabande, chaconne, etc..., reviennent à la marge des partitions classiques. Elle est l'imposition ou la persuasion d'une mesure aux possibilités de déplacement et d'expression de l'être humain dans le domaine de l'espace, ainsi asservi au temps. C'est pourquoi je dois avouer que j'ai la plus grande sympathie pour les idées de Jacques Dalcroze. J'ai assisté, autrefois, à Hellerau, à une représentation de l'*Orphée* de Gluck, réglée par lui, que j'ai trouvée de toute beauté. Quand une école véritable, jusqu'ici inexistante, sera fondée pour la formation des acteurs, la doctrine de Jacques Dalcroze y jouera un rôle fondamental. Pas un pas, pas un geste de l'acteur, ne doit se faire en dehors d'une certaine oreille intérieurement prêtée à la mesure.

Mais, bien entendu, aucun art n'existe principalement pour la satisfaction de l'esprit seul. C'est le cœur, ou plutôt c'est l'être tout entier, moral, intellectuel et physique, auquel il a, et la musique au-dessus de tous les autres, fonction de donner voix et acte. Comme la poésie, la musique a pour moyen d'expression le souffle sonore. Mais tandis que le poète fabrique et ajuste dans l'atelier de sa bouche les mots sortis de sa cervelle, le compositeur attache son attention à ce chant seul, conduit par l'émotion, qu'il écoute issir au plus profond de sa cavité intérieure. Il parle à quelqu'un au dehors de lui-même, il raconte son âme, ce qu'il désire, ce qu'il regrette, ce qui lui est arrivé, ce qu'il voit, ce qu'il ne voit pas, et tout cela combien c'est beau, combien c'est amer, combien c'est doux, ou déchirant, ou terrible, ou au contraire amusant et ce n'est pas la peine d'y penser. Et tout cela par une certaine action exercée sur la modulation de notre jet sonore, qu'il s'agisse de l'anche de notre larynx ou de celle de l'orgue, ou de la corde interrompue par le doigt vibrant sous la descente et la remontée de l'archet, ou de quelque tuyau adapté à nos poumons, éclatant ou mélancolique. Le sentiment sous la poussée de l'âme se gonfle et se détend, il essore par tous les degrés de la gamme jusqu'à l'aigu, il descend à la cave, il roucoule, il vocifère, il meurtrit, il caresse, il pense ; passager, mais inépuisable, il s'écoute jouir au-dessus du temps d'une espèce d'état bienheureux dont il est lui-même la source. Par le son, le silence nous est devenu accessible et utilisable. Psyché a dépouillé cette robe de paroles qui s'embarrassait à toutes les ronces et aucune muraille ne lui offre plus d'opacité. Un dieu m'a inspiré cette phrase nue à qui rien ne résiste, ni le destin, ni le malheur, ni ce cœur jusqu'ici en vain sollicité, ni le mystère de ma propre âme. Elle éveille Lucifer et elle endort Argus. De la naissance à sa conclusion la mélodie, par une exploitation bienheureuse d'elle-même, la voilà successive et simultanée qui s'offre à moi dans une évidence ineffable et dans la sécurité au sein de la vocalise intransgressible d'une libération par le délice. C'est le thème. Elle est à ma disposition, j'en suis maître et je n'ai plus qu'à m'en servir. Muni de cette clef, et pour une âme profondément composée et recueillie une seule note lui suffirait, que de portes il me reste à interroger !

Je vois dans les ombres du soir qui s'épaississent le vieux Beethoven, assis à son piano-forte, qui essaie quelque chose. Du doigt, les yeux fermés et l'oreille tendue, il enfonce la note. Ce n'est pas qu'il ait besoin d'entendre avec cette oreille de chair au fond de la caisse la détonation oraculaire du marteau sur la corde sacrée. Les dieux ont rendu la double ouïe de son âme réticente à autre chose que la Grâce. Mais à cette pression de la lourde phalange sur le seuil d'ivoire répond, il l'attend, cette atteinte obscure à telle ressource thésaurisée du clavier intérieur. L'autre est là, il est là qui se prépare, et le voilà, amer jusqu'à la mort et suave jusqu'au déchirement, qui me répond ... avec quoi ? pas autre chose que cette même note maintenant altérée par le dièse.

Le thème, nous allons le voir tout à l'heure, ne se suffit pas tout seul à lui-même, mais la note, déjà, toute pure, cette goutte dans l'instant perceptible faite d'ondes agglomérées, comporte par le fait seul de son existence un accord virtuel, une interrogation, un appel autour d'elle à l'union, au sens, au commentaire, à la contradiction. Il y a des musiciens, et je pense à notre Debussy, dont l'œuvre indifférente à la continuité, à la ligne et au plan, n'est ainsi faite que d'insinuations, de provocations et de sous-entendus. Plutôt que d'un chant, il s'agit d'une émanation concertée. Ils édifient une diaprure. Un ensemble tactile. Ainsi ces peintures où un certain rose, un certain jaune paradoxal, un certain blanc tout à coup détonnant dans le grondement des verts, des violets et des bronzes, vient mettre le feu à tout un composant artifice de couleurs. Ici c'est par exemple l'intervention nasillarde de la clarinette, ou le frôlement à peine sensible de l'ongle sur la cymbale.

Je m'arrête. C'est tout le monde des timbres qui

m'inviterait à l'exploration. Le domaine de la musique russe. Mais je me refuse à l'ouverture.

En effet, l'appel profond de la note, ou de ce que j'appellerai le mot musical, fait d'une formulation intérieure de syllabes, va plus loin que l'épiderme et le duvet de notre sensibilité : ce n'est pas pour rien que le musicien est appelé un compositeur. Le discours éveille de toutes parts autour de lui une réponse. Le protagoniste a à faire face au dialogue. Mais, à son avantage sur le drame parlé, il n'a pas besoin de se taire pour donner cours aux interlocuteurs. Il parle en même temps et il écoute. Et de ma place, sur ce fauteuil, j'entends à la fois ainsi qu'un chant unique l'expression et l'impression, le combat tour à tour et l'assentiment, l'affirmation, la discussion et le commentaire entrelacés ou confondus de l'orateur pluriel. L'introducteur n'a pas un champ libre devant lui et une victoire assurée, et c'est là qu'au mépris d'Aristote le proposant, quand il demeurerait irréductible, ne ressort pas moins pénétré et enrichi par la contradiction. Point de chanteuse qui se mettrait en route sur le chemin de la portée sans la compagnie, l'encouragement et les réflexions amicales au-dessous d'elle de cette espèce de guitare qui ne perd pas de vue la mesure. Mais quel est cet adversaire tout à coup qui me barre la route ? cet intrus, cet importun obsédant dont il faut se débarrasser ? cet inconnu avec prudence qu'il me faut peu à peu reconnaître, pénétrer et réduire ? l'insolence de cet indépendant : et au contraire ces auxiliaires imprévus, ces émules, qui me surgissent de toutes parts, qui me renvoient en la décuplant l'écho de ma propre déclaration, cette vague de fond tout à coup qui m'emporte et qu'il s'agit de surmonter à force de connaissance et d'enthousiasme ? A moins que, peut-être, quel est ce monstre supérieur qui a surgi, peu à peu dessiné par la crainte, et à qui il me faut laisser la place ? Ou supposons que rien de tout cela ne soit sérieux et qu'il n'y ait plus que cette ivresse, cette extase ! « J'ai vécu, étincelle d'or de la lumière nature ! J'ai tendu une corde de clocher à clocher et je danse ! » (A. R.) Mais la nature elle-même, elle n'est pas faite pour m'engloutir ! C'est moi le maître ! c'est moi qui la fais lever de cette fausse immobilité que moi, qui en sais plus long que vous, j'appelle simplement « une tenue ». C'est moi qui lui explique qui elle est ! elle est mon audience ! elle est cette matière à mes ordres ! je passe la revue ! c'est moi qui au sein de ce chaos profère le nom de Dieu ! c'est moi le tonnerre et c'est moi le roucoulement de cette colombe à qui elle a appris à être attentive ! C'est moi qui de la main gauche lui impose le mouvement pendant que de la main droite je l'invite à se débrouiller sous mon archet dominateur ! c'est moi qui d'un éclairage intelligent lui ai révélé ce temple qu'elle est ! c'est moi, le géant qui du puissant écartement de mes deux bras suis venu à bout des ténèbres ! C'est moi le soleil qui se lève sur la mer ! je ne parle pas seulement de cette mer matérielle et de ces eaux jusqu'à l'infini acquiesçant à la lune. Mais c'est moi le soleil qui se lève sur la foule ! et je n'attends pas moins d'elle quand, intégrant sa quadruple partie, elle est arrivée à la plénitude de son anthème religieux, que la fusée tout à coup et la vocalise délirante de cette voix de femme !

La peinture arrête le soleil. L'architecture pétrifie la proportion, et la sculpture l'attitude. La poésie met en œuvre des matériaux résistants : mobile elle-même, elle impose au lecteur pour l'appréciation du spectacle, de l'ode, du récit, de la scène, du système raisonné, qu'elle soumet à son entendement et à sa sensibilité, une espèce de solidité judiciaire. Mais la musique nous entraîne avec elle. Bon gré, mal gré ! il n'est plus question de rester assis à notre place. Elle nous prend par la main, nous ne faisons plus qu'un avec elle. Mais que parlé-je d'une main si brûlante et vibrante qu'elle soit dans la nôtre, ou, comme ce triste poète là-bas par terre qui les compte sur ses doigts, de pieds, ou de ce membre emplumé qui bat, ou de la contagion dans le ciel de l'élément et de la foudre ! C'est l'esprit même, comme un coup de vent irrésistible qui s'est emparé du nôtre et qui nous emporte ! rapt que nous n'évaluons que par le consentement plus ou moins hésitant ou subtil que nous lui accordons, par la conscience plus ou moins joyeuse ou maussade, ou effarée ! de notre propre projectile. Soutenus par la nécessité de cet accord à fournir, de cette phrase à tout prix à plénifier, nous volons sur l'aile du rythme, accrochés à la crinière de cette âme éperdue, maintenant comme détachée de la chair et aspirée par le but ; montant, descendant, désirante, libre, garrottée, plus lente, plus rapide, et parfois même arrêtée, sans autre support que l'oreille et le sens du temps, explorant toutes les dimensions d'un espace à son usage révélé. C'est ce que j'appelle l'élément de train, la poussée dynamique, sans cette nécessité plus ou moins régulièrement de reprendre haleine qui interrompt le discours poétique. Mais ce n'est pas en vain que l'écriture nous dit que « *Dieu a tout créé dans le poids, le nombre et la mesure* » (Sap. II, 21). Le poids, nous l'avons vu, c'est l'élément même du vol : un certain état de conscience qualifié par la note. Le nombre, c'est l'amour, un sentiment aigu et tout-puissant de la convenance, l'adhésion sereinement, passionnément, extatiquement libre à un ordre, à une raison, à une justice, à une volonté, à une disposition d'un partenaire inéluctable, le logement de nous-mêmes à l'intérieur d'un chiffre si beau qu'il échappe à la computation, digne objet d'une étude inépuisable. La mesure enfin, ce n'est plus seulement une aperception, c'est le tempérament de nous-mêmes, c'est l'acte ! C'est nous-mêmes à la manière du cœur qui comptons par le moyen de notre propre existence, et qui tapons Un ! ce coup dur après l'intervalle fait de silence ou d'un calcul de brèves. C'est nous-mêmes en marche au sein du mode que nous avons trouvé, au sein de cette comparaison attentive, réglés sur des repères par nous-mêmes établis, que nous réalisons hors de la confusion et du bruit dans l'évidence, dans une connivence irrésistible avec tout ce qui pour exister est soumis à la nécessité de battre, la Vie !

Cher Arthur Honegger, cet appel à la liberté et à l'essor, cette auscultation autour de vous d'un monde appelé à la plénitude orchestrale, c'est le domaine où en pleine puissance de votre génie vous vous ébattez, où il m'a été donné de vous suivre, et parfois même, j'en suis fier, de vous entraîner. Ainsi, à Chantilly, la longueur de quelques foulées, le lad qui court quelque temps le long du pur-sang qui s'ébranle et la main sur son encolure. Mais ici il ne s'agit plus du gagne-pain à quatre pattes des bookmakers ! C'est Pégase même tout à coup à grand bruit de ses ailes déployées qui a quitté le sol, et, la main au-dessus des yeux, je n'ai plus qu'à le suivre d'un regard appréciateur dans l'azur !

Brangues, le 10 décembre 1942.

Arthur Honegger

Cher Arthur Honegger, comme ça doit être amusant d'avoir ainsi le tonnerre à sa disposition ! un tonnerre tout de même, déclarons-le avec orgueil, joliment perfectionné ! Pas seulement le tonnerre, mais la mer, le vent, la forêt, la nature tout entière, telle qu'elle ne demande pas mieux que de se mettre à notre disposition quand nous lui faisons la politesse de fermer les yeux ! Et même les yeux, pourquoi fermer les yeux, je vous prie, quand ils nous servent, ouverts, tout comme les autres sens, aussi bien qu'à voir, à écouter ? Et pourquoi pas à comprendre ? J'ai connu une dame qui, pour deviner les sentiments de personnes en train confidentiellement de s'entretenir à l'autre extrémité du salon, imitait leurs expressions de physionomie. Eh bien ! précisément l'art dont se sert la nature pour exister, pour continuer dans cette espèce d'exposition dogmatique dont le metteur en scène suprême lui a confié la charge, cet art, dit le musicien, mais ce n'est pas autre chose que le mien ! Je n'ai qu'à interroger mon cœur pour y retrouver les motifs qui ont édifié les Alpes et qui ont mis en branle la grande entreprise de l'eau à travers toutes sortes de vallées contradictoires. En faisant passer alternativement de gauche à droite l'équilibre de mon corps j'ai surpris le secret de la mer quand elle se sent d'une épaule et de l'autre heurter à des rives opposées. Au milieu du chaos originel j'interviens avec la sainte mesure et la bacchanale déchaînée essaie en vain de briser mes enchantements et de se soustraire au rythme que je lui impose. Je n'ai qu'à lever ma baguette magique, l'herbe pousse, Minuit émiette la lune sur la houle du Pacifique, l'amant fatal aborde un escalier ténébreux, et ce n'est pas seulement le soleil qui peuple de points d'or le profond embanquement de tilleuls, mais mille oiseaux disputeurs comme une ébullition éperdue de la mémoire ! Mais pourquoi me mettre au service d'un programme ? le mouvement tout pur est à ma disposition, le mouvement qui crée le temps et le temps à son tour a créé l'espace. Les clefs reposent entre mes mains qui sont de la mise en marche de tout ! Pourquoi couper court à ce recueillement bienheureux de l'âme qui hésite, pour obéir à Dieu, dans la contemplation de ses possibilités ? L'exclamation déjà pétille sous ma main gauche et l'acclamation rassemble sous la main droite qui se lève les éléments calculés de son dispositif.

Allons ! je vais vous révéler un autre secret ! Pas une poussée à travers le son aboutissant à la note, pas une ligne hors de moi aboutissant à la phrase, qui ne provoque un écho, une réponse, un débat, une controverse. Mais quelle découverte, grand Dieu ! J'atteins l'âme ! Sans aucun mot, ni allusion à rien de dessiné par l'extérieur, je me sers de ma propre substance pour me communiquer, et voici que j'ai provoqué au dehors une correspondance irrésistible ! Il naît de cette affirmation que par le moyen de moi-même, je fais de moi-même dans la durée quelque chose qui me répond et qui m'interroge ! A la rencontre de l'effusion il se lève une avidité. J'ai appris à me servir, ainsi que d'un instrument de ma propre intensité et de la modulation de moi-même. Je critique bienheureusement mon âme par le moyen de ces résonances de toutes parts qu'elle a provoquées au dehors. L'oreille tendue de l'exorde à la conclusion à ma propre justesse, il est arrivé que je chante ! il est arrivé que par l'explicitation de ma propre raison d'être et le gouvernement selon tous les modes que j'invente de la rapidité et de la véhémence, j'ai atteint délicieusement hors de moi pour m'en séparer et de nouveau le rejoindre et le suivre et l'entraîner, l'accord ! et si l'accord m'est refusé, la contradiction pour me mesurer avec elle ne m'est pas moins indispensable. Il y a un certain thème à mon art proposé et imposé pour la résolution de quoi m'est nécessaire le concours de cet oracle intérieur au fond de moi que j'ai à éveiller au sentiment de ses responsabilités.

Et, cher ami, certainement nous n'avons pas à dire de mal du larynx humain, il fait ce qu'il peut de ces quelques octaves que la nature a mises à sa disposition. Mais tout de même, le cœur est plus profond que le gosier et le regard devance le dard sonore que notre archer intérieur décoche vers une étoile invisible. Je n'ai pas besoin de moins pour accueillir le prodigieux message autour de moi que je pressens que de ces ouïes à deux battants de l'orchestre ! Ce n'est pas à ma seule vociferation que j'ai à pourvoir, c'est la Titane tout entière, c'est la Création tout entière que j'ai à accoucher de son langage virtuel et de ce moment à la fin qui lui est intimé de s'expliquer avec Son Créateur ! A cela ne suffit point, si étendu qu'on le suppose, le déchaînement jusqu'à la fulguration de mes phalanges sur le niveau d'ivoire et le clavier entrecoupé des syllabes noires et blanches, et ce crapaud monstrueux au fond du Styx qui répond à la silhouette angélique ! Il faut que les cordes parallèlement tendues me fournissent pour en jouer l'atelier de la persistance. Et le souffle humain, croyez-vous que ce soit un simple tuyau de pissenlit entre mes lèvres qu'il ait le droit d'animer ? Langue et lèvres, parcourez cette longue flûte que je vous confie ! Visages, adaptez-vous, comme des trompes tordues et retordues, comme un masque sonore, tout le bizarre attirail des cuivres et des bois ! Rien ne m'est de trop pour cette atteinte savante que je calcule au plus obscur de votre personnalité, pour cette morsure à votre sensibilité : depuis l'effleurement d'un souffle, jusqu'à la piqûre suave et douloureuse, jusqu'à l'entaille, jusqu'à l'ébranlement de l'ossature !

Tout cela, mon cher ami, comme je vous envie ! est à votre disposition, tout cela ne demande qu'à se mettre en marche sous le commandement de votre génie ! Et moi pour le moment tout seul au milieu de ce matériel disert je ne vous demande que la mailloche du timbalier et le droit d'interroger de quelques coups timides et malhabiles tout le silence sous la membrane oraculaire que peut recéler une sphère qu'on a coupée par le plan de l'équateur !

Paris, 27 mars 1945.

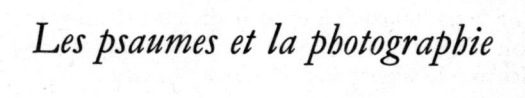

Les psaumes et la photographie

Depuis des millénaires et pour une portion de plus en plus large de l'Humanité, les Psaumes forment la base et nous fournissent la matière de notre conversation avec Dieu. De grands ordres religieux, disciplinant l'enthousiasme des anciens anachorètes, se sont fondés pour en répartir la récitation sur les différentes heures de la journée. Ces Heures constituent l'Office divin, superposé à ce que l'on pourrait appeler l'Office naturel. L'Église en a tiré avec art le texte essentiel de ce bréviaire dont elle impose chaque jour à ses prêtres la lecture et la méditation. C'est le murmure jour et nuit qui ne cesse pas de résonner aux oreilles de notre Créateur. C'est l'émanation continuelle du besoin que nous avons de Lui et des choses sans nombre que nous avons à Lui dire et à Lui demander. C'est la consécration que nous lui dédions de notre souffle et le sacrifice de l'âme qui a succédé à l'immolation sanglante des animaux, à l'offrande de l'encens, de l'huile et de la fleur de farine.

Les Psaumes, avec une magnificence de langage incomparable, couvrent tout le champ de la prière. Ils sont tout d'abord une description de notre indigence fondamentale, et non seulement de notre misère native et de toutes les épreuves successives que la vie nous réserve, mais de ce capital accumulé de crimes, de fautes, de sottises et d'erreurs de toute nature que nous thésaurisons à grand labeur et qui peu à peu arrive, grâce à l'habitude, à faire partie de nous-mêmes. En face de Dieu qui nous a faits nous sommes des contrefaits pour qui le jour est arrivé d'exposer sans pitié et sans pudeur leur contrefaçon.

Mais à côté de cette longue et douloureuse exhibition, à côté de cette déchirante mise en lumière du travail du pardon sur le péché, David nous enseigne à dire à Dieu ce que nous espérons de Lui. Nous racontons à nous-mêmes avec un émerveillement sans cesse renouvelé tout ce qu'Il a fait pour nous dans le passé. Nous aussi, Il nous a tirés de la captivité d'Égypte, nous aussi, nous avons passé la Mer Rouge à pied sec, nous aussi, nous avons traversé le désert et recueilli la manne, les cailles nous ont procuré le dégoût jusqu'au vomissement d'une nourriture trop grasse, nous avons préféré tour à tour l'enseignement du Sinaï et le Veau d'Or, et si nous ne sommes pas entrés dans la Terre Promise, il n'a tenu qu'à nous de bénéficier de ces grappes énormes que deux hommes, qui sont les deux Testaments, suffisent à peine à transporter sur leurs épaules. Et ce long voyage nous a enfin amenés jusqu'au pied de cette croix, qui depuis longtemps dominait au bout de toutes les perspectives l'horizon où nous ne cessons d'entendre le Fils de Dieu qui demande à Son Père pourquoi Il l'a abandonné. Mais un nouveau transport agite le Psalmiste. La trompette retentit à ses oreilles. L'orgue agglomère et met en mouvement la marée immense de ses pensées. La flûte au-devant de lui trace un sentier lumineux. Les cymbales d'elles-mêmes éclatent à ses deux poings, et non pas la lyre païenne, mais la grande harpe décacorde faite des rayons mêmes de la Grâce et de la Gloire divine vient se placer entre ses bras pour la double activité inverse de ses doigts agiles et retentissants. *Exsurge, gloria mea ! exsurge, psalterion et cithara ! exsurge diluculo !* C'est la gloire de

Dieu qui cherche et prend racine dans la pensée du poète sacré, non point aveugle comme son émule fabuleux, mais ébloui ! C'est un torrent, qui à travers les sanglots et les vociférations, les visions, les rugissements et les gémissements, et même par moments ce que l'on pourrait être tenté d'appeler des éclats de rire, se précipite vers cette mer de rafraîchissement, de consolation et de lumière, qui, comme la perspective nous l'enseigne, n'est nullement au-dessous de nous, mais en avant de nous et au-dessus de nous ! Je ne sais ce qu'est l'hébreu, mais en tout cas ce n'est pas du français, ni aucune langue vulgaire et profane qui suffise à cette levée en masse de la Créature vers son auteur, à ce témoignage des Sept Jours qui se réunit dans la houle suprême de l'*Alleluia* et de l'*Amen* ! C'est le latin de saint Jérôme dont j'ai besoin ! c'est le rugissement même du lion que réclament mes oreilles ! c'est le tonnerre que le Cantique des Cantiques compare à une tourterelle ! c'est la liturgie que le sombre airain de nos cloches répand sur les campagnes de France ! Campanes sur la campagne !

Au-dessus de la nature, au-dessus de ce spectacle que circonscrit l'horizon et où s'exerce l'action du temps, et qui nous a été donné pour en avoir compréhension, possession et usage, retentit dans le cœur de l'homme une confession permanente. Nous ne cessons pas d'être avec cette chose que Dieu a faite. Elle a quelque chose à dire. Nous nous sentons constitués en tant que ses délégués à l'expression. Et cette expression, c'est quelque chose de trop sacré et de trop solennel pour appartenir au domaine de la spontanéité et de l'improvisation personnelle. C'est un texte antérieur à nous-mêmes à quoi nous avons à nous incorporer. Il répond à tous les mouvements de notre âme. Nous l'assumons comme un vêtement, comme un ephod. C'est Dieu même en grande paix avec son œuvre qui l'a mis dans notre bouche et sur nos épaules. On dit que l'on parle anglais à un Anglais, et nous, quand, les yeux fixés sur ce livre ouvert devant nous, nous récitons, disons mieux, nous célébrons les psaumes, nous parlons Dieu à Dieu.

Mais nous ne sommes pas seuls à le faire. La nature aussi, depuis le lever du soleil jusqu'à son coucher — *Te lucis ante terminum* — *Jam sol recedit igneus* — et depuis le lever de la lune et des étoiles jusqu'à leur coucher, célèbre un office, et ses Heures sous l'inclinaison sans cesse variée du rayon dominical ne cessent pas d'accompagner et de soutenir les nôtres. C'est le sentiment confus de cette solidarité, de ce mystère à élucider, de cette parole muette à interpréter, qui est la raison de l'intérêt de plus en plus attentif et poignant que le peintre moderne prend au paysage. Une femme d'esprit disait que quand elle voulait interpréter ce qu'une personne disait hors de la portée de son oreille, elle imitait l'expression de sa physionomie. De même le peintre. Pour comprendre la nature, il l'imite. Il essaie de faire la même chose qu'elle avec des lignes et des couleurs. Il ne l'imite pas seulement, il l'interroge. Il prend position, il choisit son point de vue, le point de composition où les intentions de Prakriti convergent dans la réalisation d'une phrase et où de mouvements divers et de couleurs alliées elle aboutit à un sens. Mais la chance ne favorise pas toujours notre explorateur. Il se heurte à de l'ignorance, à de la mauvaise volonté, à de l'indécision, j'ai presque envie de dire parfois à de la fourberie, à des bégaiements, à une espèce de lourdeur et de bêtise. Et alors le peintre fait acte d'autorité, ne propose pas seulement, il achève, il ouvre, il exaspère le vœu incipient ou latent du site. Ce qui n'était que silence et rêve devient récit, anecdote, exposé, exclamation ! — déclamation ! Il soustrait son modèle au hasard, à l'accident, à la divagation. Il lui retire les échappatoires. Il l'incarcère dans le moment qu'il a choisi.

C'est vrai, mais alors on ne peut nier que l'authenticité

du témoignage a souffert. Au travers du dialogue sans interruption que la Création soutient avec son auteur, un indiscret est intervenu, il s'y est mêlé, il s'en est mêlé, quelqu'un s'est mis à écouter, à regarder ce qui ne le regarde pas. Pis que cela, à faire de la critique, à suggérer, à corriger, à découper le long et patient épanchement en épisodes fermés, à imposer sa petite idée et sa propre intention. On ne dit plus : c'est un bois, c'est une rivière. On dit : c'est un Courbet, c'est un Corot, c'est un Monet, c'est un Pissarro.

Mais au secours de notre religieuse curiosité, de notre intérêt passionné, et comme instrument par excellence de cette embuscade que nous dressons à la prise, à la surprise, irrécusable, de l'instant que j'appellerai qualitatif, la science a mis à notre disposition un moyen plus sûr — et à vrai dire foudroyant comme l'éclair ! — que le pinceau, et puisqu'il faut parler d'objectif, voici l'objectif lui-même : c'est la photographie. On nous a donné le moyen d'arrêter le temps, de transformer le coulant, le passager, en un carré durable, portatif, quelque chose désormais et pour à jamais à notre disposition, le moment capté, une pièce à l'appui. Il ne s'agit plus d'une adaptation, il ne s'agit même plus d'un procès-verbal, il s'agit de la déposition elle-même avec l'accent et le timbre même de la voix. Nous avons braqué sur la durée un œil qui l'a rendue durante.

Les mots ont plus que le sens étroitement limité que leur attribue le dictionnaire. En dehors de leur pouvoir, disons utile, au profit de notre expression personnelle, ils exercent autour d'eux un charme d'évocation, ils dégagent un attrait, ils font appel hors de la logique aux vastes ressources de notre sensibilité et de notre mémoire. Le mot FLEUR, « cette absente de tout bouquet », comme l'appelle Mallarmé, surgit en réalité d'une nécessité innombrable, et non seulement d'un jardin effectif, mais d'un prodigieux parterre d'analogies, et, loin de s'arrêter aux frontières de l'horticulture, touche, d'emblée aux ressemblances et contrastes les plus divers. Ainsi les *mirabiles elationes maris* du psaume nous livrent soit les vastes gonflements de la houle Pacifique, soit les formidables « chandelles » que détermine l'assaut de la tempête contre les dures Hébrides, soit le noir paysage montueux et hivernal que le capitaine envisage du haut de sa passerelle ruisselante et inclinée. Et, à l'inverse, de ces mêmes spectacles émergent à la manière d'une inscription, les trois vocables solennels. Une pointe particulière de cet univers en voie continuelle de flux et d'écoulement, de rassemblement et de désagrégation, a été tout à coup solidifiée en un mot qui ne passe pas, une diversité chaotique a été contrainte à la composition. Et de même ce mot victorieusement issu du tumulte nous confère un pouvoir à volonté de restitution qui confine à celui de la création. Et peu à peu nous réalisons que ce monde extérieur et notre monde intérieur, ils correspondent. Nous parlons le même langage. La nature et nous, nous disons ce qu'elle veut dire, et elle dit ce que nous voulons dire. Nous sommes engagés à la même tâche, nous suivons le même chemin, nous sommes agités par les mêmes passions, nous nourrissons les mêmes pensées et la même espérance, nous avons conscience en nous du même être. Et si nous regardons ce monde entier en proie au temps comme l'accomplissement de quelque chose au regard de Dieu, je dirai que nous célébrons la même liturgie. Il est écrit que les cieux racontent la gloire de Dieu : mais la terre et la mer, dites-moi, que font-elles d'autre ? et le texte latin ajoute ces mots que je me sens incapable de traduire : *Non sunt loquelae neque sermones quorum non audiantur voces eorum.* Ces élocutions bruissantes nous sommes donc invités à les écouter, c'est-à-dire à les regarder, puisque la nature, cette ignorante, cette sourde-muette, elle n'est capable de s'exprimer que par signes et gestes. Et voici justement à notre disposition l'appareil approprié. Au moment voulu, au point opportun, nous avons déclenché l'éclair ! Nous avons surpris l'énorme nymphe en chemin continuel de dissolution, nous l'avons arrêtée, et, comme on dirait en termes de cuisine, nous l'avons saisie. Par le fait même que nous l'avons interrompue nous l'avons obligée à parler, distinctement. Nous avons consolidé ce discours épandu en une formule contemplative et déprécatoire. Nous avons réalisé un texte. Quelque chose issu du temps et qui cependant désormais lui échappe, supérieur, définitif, irrécusable. Dans le fouillis du contingent, grâce à notre patiente investigation, nous avons retrouvé la parole de Dieu. Il n'y a plus qu'à l'écrire dessous dans le langage de David et de Salomon.

Paris, le 25 juin 1943.

Ossements

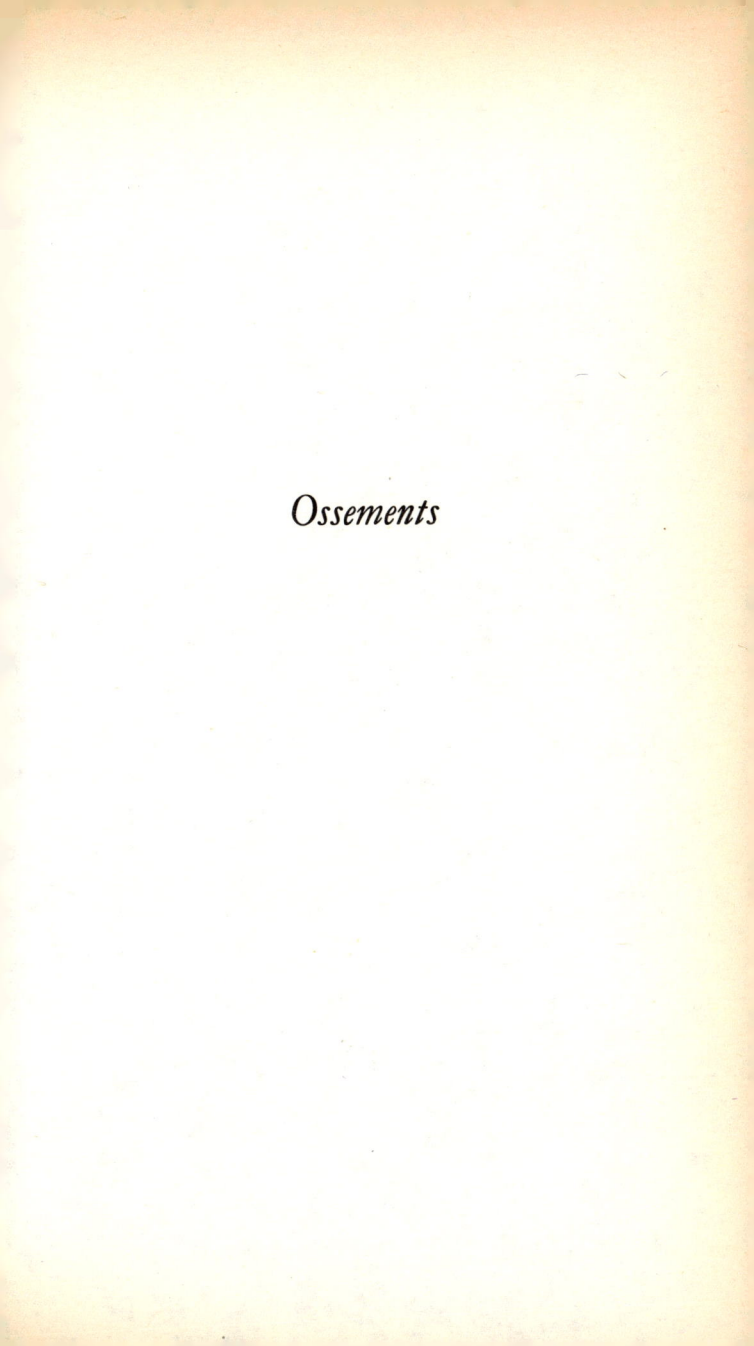

Et in Arcadiâ ego ! Et moi aussi, j'ai vécu en Arcadie ! Je veux dire que, comme Salavin et comme les membres de cette famille Pasquier si bien racontés par mon ami Duhamel, j'ai passé une bonne partie de ma jeunesse dans cet heureux quartier qu'arrose souterrainement la Bièvre et à qui la rue Mouffetard, grimpant péniblement à la colline, fournit issue du côté de la destinée. C'est l'église Saint-Médard, jadis témoin des convulsions du diacre Pâris, qui accueillit mon premier *Meâ culpâ* aux pieds d'un jeune prêtre charitable. C'est entre la place d'Italie et la Seine, de Port-Royal à Notre-Dame, dans une odeur de houblon et de tan, dans une émanation de livres et de peaux, que, pèlerin à rebours de ce sentier que jadis remontaient les invités de Compostelle, j'ai senti pendant quatre ans fermenter aux replis de ma *pia mater* la pensée de Rimbaud et parcouru l'une après l'autre les étapes amères de la conversion[1], cette crise aussi crucifiante qu'un grand amour. Des parapets du pont d'Austerlitz que j'aimais à cause de son sévère nom de victoire, je voyais la cathédrale avec son mât vertigineux prendre

---

[1]. Ce n'est pas sans raison que jadis, au seuil des églises, on dessinait dans le pavement un labyrinthe, destiné à remplacer pour les indisponibles le pèlerinage de la Terre Sainte.

pesamment la mer et la fumée des usines se mêlait dans mon imagination à celles des paquebots destinés à m'emporter. A cette image du Paradis terrestre qu'est le Jardin des Plantes, plein d'animaux et de classifications végétales, je reconduisais celle d'Adam, un jeune Adam mal léché, débordant de rêves, de mécontentement, de désirs, d'intérêts et de fureur, qui venait de faire connaissance à la fois avec l'aiguillon et avec la bride. Cela n'empêchait pas les maçons de construire au long de la rue de Buffon un énorme bâtiment que je voyais monter d'un œil hostile et dont les portes, je m'en souviens, me furent pour la première fois ouvertes à la veille du grand départ.

Ce fut un éblouissement ! il ne s'agissait de rien de moins que du plus beau musée de Paris, le Musée d'Anatomie comparée : et, depuis, à chacun de mes passages en France, je reviens visiter cette galerie sublime avec un sentiment de vénération religieuse qui chaque fois me donne l'envie d'enlever non seulement mon chapeau, mais mes chaussures.

Car il ne s'agissait de rien de moins que de la chambre intérieure, le *Sanctum*, le bureau de modèles et de dessins du Créateur. Tout le monde a entendu parler de cette pièce réservée dans les usines où l'on conserve les bleus, les schémas essentiels de nos diverses inventions mécaniques et où le dessin n'est que la sévère expression du calcul. C'est cette sensation d'élégance mathématique, de raison articulée dans le nécessaire, de pureté conceptuelle, d'invention naïve et savante, de réalisation magistrale et instantanée dans l'ordre du général, de l'abstraction et du plan, et, si j'ose dire, ce chic supérieur que constitue la vision intellectuelle, qui nous saute aux yeux dès que nous faisons la première glissade sur le parquet ciré. Que valent à côté ce que vous appelez les chefs-d'œuvre de l'art et qui ne sont que de misérables ébauches plutôt proposées que réalisées par des enfants et par des patauds, quelque chose à la fois d'excessif et d'inconsistant ! Ainsi Victor Hugo quand il se mesure à la Bible. C'est toute la création animale réduite à son idée organique et à sa charpente constructive qui débouche d'un seul mouvement et d'un pas multiple et qui s'avance à notre rencontre. Fils de l'homme, penses-tu que ces ossements vivent ? S'ils vivent, Seigneur ! Vous me le demandez ? Ah, je le crois bien !

Les savants partagent avec les enfants, dont ils ont souvent l'âme simple et retorse, ces qualités sympathiques dont l'une est la dévotion à l'idée et l'autre la sincérité dans la mauvaise foi. Sachant qu'une hypothèse a besoin de temps pour mûrir, ils lui ménagent en attendant l'heure de la confirmation ou du rebut, cet alibi à l'abri de la logique et du fait, qui est la répétition acharnée, la véhémence dans l'affirmation et la sérénité dans l'absurde[1]. Ainsi le muezzin les yeux fermés au sommet de sa fusée de pierre qui atteste Allah. Ces procédés n'ont pas été d'un médiocre secours pour l'établissement de la théorie aujourd'hui généralement acceptée de l'évolution. L'admirable musée que mes lecteurs et moi visitons en ce moment, et de même les autres instituts similaires que j'ai fréquentés en Europe et en Amérique, montrent partout la préoccupation plus ou moins avouée — elle s'étale à New-York — de la thèse qu'il s'agit de promouvoir et d'imposer. Est-ce ma faute si ces visites, bien loin de consolider des opinions transformistes d'ailleurs chancelantes, leur ont au contraire porté un coup fondamental ? Nulle part dans les superbes modèles que je vois partout proposés à mon regard et qui présentent à ma vue comme l'argument et le canevas des divers êtres vivants, je ne vois trace de tâtonnement, d'essai, de rapiéçage et de repentir. C'est levé d'un seul coup et du

---

1. Ils veulent sans doute en cela imiter le Créateur dont il est dit que *appendit terram super nihilum* (Job 26. 7).

premier coup. Tout le monde connaît la différence d'un tailleur anglais et d'un tailleur français, la supériorité du premier consistant dans la sûreté magistrale du coup de ciseau, tandis que l'autre se perd dans la minutie et le fignolage. Ainsi les industries maniérées d'un Goncourt à côté de ces grandes phrases qu'un Chateaubriand ou un Bossuet abat sans hésiter en plein drap. Or ici il ne s'agit pas d'un art d'agrément mais d'une nécessité vitale où l'erreur est payée de mort et où l'hésitation est interdite. Il faut que tout soit réalisé à la fois et d'un seul coup. Tout le monde sait les dégâts que le moindre vice de construction peut causer dans une automobile, un boulon desserré, un caprice de magnéto. Mais nos savants biologistes trouvent parfaitement possible et naturelle l'existence d'êtres hypothétiques qui auraient réuni tant bien que mal les caractères des deux espèces contradictoires : ainsi ce monstre d'Horace qu'on a toujours affiché comme le type même de l'absurdité et qui finit en queue de poisson (tandis que c'est par là que se sent commencer M. Edmond Perrier !). Bien sûr le papier souffre tout et l'on peut affirmer n'importe quoi à condition de se garer soigneusement de l'expérience, le mouvement par exemple pour l'auto. Mais que dire de cette traction impitoyable et multiple qu'on appelle la vie ? Ainsi Kant, Spinoza, Spencer, et tous les auteurs de manuels peuvent fabriquer une jolie petite morale en chambre. Mais quand les naïfs primaires du pays de Gog essaient d'appliquer celle de Karl Marx, on voit l'étoffe craquer en même temps que la couture. Aussi a-t-il fallu peu à peu se rendre à l'évidence. A l'abri de savants échelons et d'écrans de fumée la science officielle passe peu à peu de la théorie du transformisme à celle des « variations brusques ». Mais en quoi l'apparition soudaine d'un être nouveau et complet de pied en cap diffère d'une création, c'est ce que je laisse à de plus subtils le soin d'apprécier.

En attendant, face à face avec cette colonne en marche d'êtres abstraits qui descendent vers moi de leur pas complexe et immobile, je me fais l'effet d'être le pasteur d'un troupeau d'épures. C'est de toutes ces carcasses, c'est de tout ce cheptel d'engins à nu d'où l'on a retiré l'âme dedans et la chair à l'extérieur, qui ont cessé d'être des individus pour devenir type et démonstration, que je me sens solidaire de par cette sentinelle verticale et dure qui monte la garde à l'intérieur de ma propre argile.

Où étais-tu, dit le Seigneur au chapitre 38 du Livre de Job, quand Je posais les fondements de la terre ? Qui lui a assigné ses proportions, dis-le-moi si tu le sais ? Qui a étendu sur elle la ligne ? Sur quoi ses bases ont-elles été affermies et qui d'elle a émis la pierre angulaire ? Quand les astres du matin me célébraient tous à la fois et que tous les fils de Dieu se livraient à mon jubilé ! Ce n'est pas de la terre seulement qu'il s'agit ici mais de la créature vivante : elle aussi a ses fondations et ses mesures comme la planète. Et quand le Seigneur me demande : Où étais-tu, le jour où J'ai créé tout cela ? Je réponds que j'étais d'abord moi-même à l'intérieur de son ouvrage : et secondement, mais oui ! à côté de Lui et dans un endroit qui ressemblait beaucoup à celui-ci, à l'intérieur de Sa propre pensée. Comme les assistants l'un derrière l'autre à la grand-messe pontificale qui apportent à l'évêque les différentes pièces de son vêtement sacrificiel, ainsi les anges avec révérence et étonnement se tenaient autour de Lui, apportant les balances, les compas, l'abaque et la boîte à couleurs. Les fondements de la terre ! Mais il n'y a qu'à regarder dans ce squelette humain la construction de ce bassin sur sa quadruple volute destiné à supporter la charge des organes et de l'enfantement. Les mesures ! Quel appareil plus parfait que ce bras à notre épaule qui va de la coudée au centimètre et à la ligne de l'ongle ? Et la pierre angulaire, n'est-ce point cette espèce de truelle recourbée, ce crible triangulaire, justement appelé sacrum, qui remplit d'admiration Benvenuto Cellini et dont les rabbins disent qu'elle est en nous la pierre d'attente substantielle qui servira de base à notre résurrection ? Quand le plan général de la Création a commencé à se dessiner, quand ça s'est mis à marcher, quand des êtres autonomes ont commencé à retirer leurs pieds de la colle, n'était-il pas juste que les étoiles du matin poussassent ensemble un hurlement d'admiration et de joie ? N'était-ce pas le matin en effet ? Toute cette ménagerie directement échappée de l'idée, tous ces corps secs uniquement agencés de causes et de moyens, d'articulations et de leviers, toute cette harde non pas en évolution mais en progrès, n'était-ce pas la préparation de ce vaisseau d'élection[1] suprême, de ce berceau où l'Esprit de Dieu devait un jour Se reposer ? de ce corps du Christ dont saint Paul a dit que nous sommes les membres de Son corps et partie de Ses os (Eph. 5,30). Et le psalmiste : *Tous mes os diront* (Ps. 34,10) *Dieu ! qui est semblable à toi ?* Cet appel de notre ossature, il n'est pas resté sans réponse !

Ce qu'il y a de plus remarquable pour le visiteur qui d'un regard à la fois détaillé et synthétique fait un seul ensemble dans sa pensée de tout ce peuple d'ivoire, de toutes ces statures à jour, c'est la logique, c'est l'économie technique dont Dieu use pour arriver à Ses fins. Il respecte non seulement Son œuvre, mais Ses instruments, mais Ses procédés. Il leur fait rendre tout ce dont ils sont capables. Il est principe et il n'agit que par principes. Il a pris une pierre et sur cette pierre, Il a bâti Son église. Il n'a pas une idée à qui Il ne fasse produire une infinité de conséquences. On m'a introduit dans une espèce de paradis de l'intelligence. Tout ce que Dieu fait,

---

1. Ainsi non point sélection mais élection. Qui *praeparavit terram in oeterno tempore et replevit eam pecudibus et quadrupedibus.* (Bar. 3, 32.)

Il nous le donne non pas seulement à regarder mais à comprendre. C'est pourquoi dans les sacrifices de l'Ancienne Loi il est recommandé à l'opérateur de pousser la division jusqu'à l'extrême, de se débarrasser de la peau et des entrailles de la victime, d'arriver jusqu'à la jonction des intentions coalisées et de se servir sans hésitation, pour lui faire véritablement l'offrande de telle créature choisie, de cette pointe et de ce couperet dont le fil est moins acéré que celui de notre analyse.

Chaussons donc nos meilleures lunettes.

Les fonctions d'élaboration ne relèvent que de la chair. L'os est existence et mouvement, principe et sens, proportion et fin. Dans les modèles autour de nous exposés, il y a à considérer cinq choses : la quille, la cage, la tête, les organes d'appréhension et ceux de mouvement.

Le héros qui le premier avec sa hache de pierre abattit un chêne pour en faire la fondation de sa nef n'éprouva pas plus de jouissance que je n'en ai moi-même à approuver : à promener, à arrêter mon intelligence comme un doigt le long de ce merveilleux système articulé, de cette sierra d'échelons, de cette pile et de cette conduite, de ce tuteur de notre unité, de cet étui de notre foudre latente et réglée qu'on appelle la colonne vertébrale. Mais ici il ne s'agit pas d'un ais rigide, d'une tringle brute, mais d'un clavier de notes partant du chef pour aboutir à la fondation et modulant en une courbe forte et savante, d'un instrument élastique et magistral à quoi viennent s'accrocher nos fibres et tendons et les bandes entre-croisées de notre musculature. Il ne nous fallait pas moins dans notre dos que ce système calculé de vertèbres pour être une seule chose. Chacune est soupesée, ajustée et polie comme par les doigts d'un bijoutier, l'anneau sacré au milieu par où passe la moelle, la triple épine au-dessus pour notre support et ces pertuis de chaque côté par où se dépêche la sensation et la volonté. Voici notre axe essentiel, la pièce maîtresse de notre cadre, la tige en nous de l'individu, le pied de l'être.

Et j'aurais pu continuer ainsi longtemps dans la voie des nomenclatures et comparaisons. Mais voici ce qui m'est arrivé.

La légende japonaise raconte qu'un certain bûcheron, revenant chez lui, la hache sur l'épaule, vit une étrange lumière s'échapper des nœuds d'un bambou et s'aperçut que ce récipient hermétique servait d'étui à une fée. La même aventure m'est arrivée avec mon stylo. Je me suis servi longtemps d'un roseau qui allait puiser par becquées au fond du godet le noir liquide dont la pensée est altérée. Aujourd'hui, sacrifiant au progrès, j'ai acquis, comme tout le monde, un réservoir portatif aboutissant à une pointe d'or et qui contient la matière de toute une superficie de mots répartie sur je ne sais combien de pages. Seulement, quand j'appuie sur le piston, ce n'est pas rien que de l'encre que j'aspire avec un sifflement, et je m'aperçois que dans cette cellule creuse entre mes doigts j'ai introduit un noir lutin, ou plutôt qu'après l'avoir cruellement comprimé, je lui ai conféré en le remplissant de substance une dilatation abusive. La Bible nous dit que le sang est le véhicule de l'âme, mais que dire de l'encre ? J'étais maître de mon roseau, je le tenais, comme un exploiteur fait de ses ouvriers, non pas par la faim, mais par la soif. La goutte qu'il allait puiser au fond de la citerne ouverte sur ma table était trop vite séchée pour qu'il se permît suggestion ou remontrance. Mais aujourd'hui c'est tout un poëme sous pression, c'est tout un élément de livre, c'est tout un quartier d'images et d'idées, que je tiens réprimé, sans autre issue que cette filière au bout du bec inaltérable, au fond de la cartouche d'ébonite. Comment s'étonner qu'entre ce doigt aigu de l'esprit et les trois autres de chair seule qui le maintiennent et qu'il guide se soit établie une obscure complicité ? Tantôt l'attelage m'entraîne. Comme une troïka à travers la Russie, je dévore la plaine de neige, et quand je m'arrête il me faut pas mal de temps et l'étude raisonnée des repères pour comprendre exactement où je suis, chose d'autant plus importante que depuis bien longtemps j'ai perdu l'habitude de jamais revenir en arrière. Tantôt il devient maladroit et mécontent entre mes phalanges. Il s'ennuie, il est distrait, il contrefait mes intentions, il ne veut pas aller où je veux. C'est comme la mule du nègre que l'on peut mener à l'abreuvoir, mais non pas la forcer à boire. Ou peut-être comme l'ânesse de Balaam quand il vit un ange qui lui barrait le chemin. Il dit que ça monte trop. Il dit que ce n'est pas dans son contrat. Il demande si je le prends vraiment pour Hippolyte Taine et si je crois qu'il a quelque chose à faire de ce rail que j'essaie sournoisement de lui glisser entre les pattes au seuil de cette perspective à l'infini de poteaux télégraphiques et de bloc-systèmes. Alors l'encre dans le tuyau devient de plus en plus épaisse et retardée. Elle s'arrête, et me voilà joli garçon avec ce morceau de l'ingéniosité humaine entre les doigts, comme un aviateur débarqué au milieu du Sahara sans rien autre à se mettre sous la dent qu'une clef anglaise !

C'est là justement ce qui vient de m'arriver au milieu de tous ces ossements, *ossa sicca vehementer*, dit le Livre : d'autant plus que le Musée est loin, qu'il n'ouvre ses portes comme la seconde Jérusalem qu'à la chaleur du soleil et qu'il faut profiter pour s'y glisser des rares moments où en même temps que les mâchoires d'un gardien somnolent il se trouve entre-bâillé. Cuvier a recréé tout le monde fossile avec un os, mais que faire avec le souvenir d'un os ? Il me faudrait dresser ma tente sur ce parquet ciré, il me faudrait vivre une vie faite d'heures au milieu de ce paradis de science et de verre à l'ombre de ces harnachements fantomatiques de thorax et de rotules ! Quelqu'un — serait-ce là-haut cette analyse ou intention de chauve-souris dans l'air scientifique au verso de sa carte de visite en latin ? — me suggère cette idée que l'endroit où je suis est un musée non pas seulement de charpenterie animale, mais d'allures dessinées en schémas linéaires. Tout l'essentiel de la baleine et du marsouin est traduit par cette puissante arcature, par ce ressort dorsal à l'imitation de la houle fait pour épouser la vague et pour chevaucher le sillon. On a visiblement construit le crocodile pour profiter du marécage, pour s'insinuer dans la boue, pour adhérer et pour dévorer : lui, l'épicure de l'alluvion, avec cette redoutable queue en un demi-cercle autour de lui qui veille, prête à faucher. La même chose en réduction contre un mur, et voilà le lézard, il n'y a plus qu'à lui ajouter des ongles et des ventouses aux pattes et à s'en débarrasser d'une chiquenaude. A un autre ! Eh bien, par exemple, accentuer cette reptation, lui permettre le pli, la torsion et la spirale, tout ce qu'on peut faire en lui donnant vie avec un fouet, avec une corde, avec un mètre ambulant, et Adam, quand on lui montre le personnage n'a aucune hésitation à s'écrier : C'est le serpent ! Oui, c'est lui, ce tube en marche, ce ver agressif, cet engloutisseur au ras du sol, il n'y a plus qu'à lui monter dans la tête à l'entrée de l'avaloir ce merveilleux appareil à mordre et à foudroyer. Quel bibelot, comme c'est joli, ce ruban d'ivoire du python avec toutes ces petites côtes en échelons ou côtes recourbées qui marquent la graduation ! Et la tortue à l'abri de son bouclier convexe, comme l'armature d'une porte, compacte et cramponnée à son devoir défensif, à son caisson de punaise ! Et si de là nous passons aux fils de l'air, aux lémuriens et singes, à toute cette tribu élastique de saltimbanques et d'acrobates, adaptée à toutes les provocations du tremplin, de l'échelle et de l'agrès, à quoi penser sinon à toutes sortes de fusées et d'aigrettes au-dessus du prolétariat zoologique, à des vocalises vivantes, aux explosions et aux cocoricos du désir et de la fantaisie ! Réussir ce qu'essayait lourdement ce gros kangourou, n'être que bond et cri, n'avoir de poids que pour s'en libérer, ne posséder sous soi que de l'élan et du balan, se sentir cet œil sûr, cette ressource dans les reins, cette dextérité et ce prestige, cette appréhension multiple de quadrumane, et si les quatre longs bras et au bout les deux paires de palettes dactyliques ne suffisent pas, il y a encore, pour s'y suspendre, la queue ! comme ça doit être amusant, et d'être le virtuose à toute volée de la liane et du trapèze, plutôt qu'au-dessous dans l'abîme cet exploitant forcené au moyen d'un outillage inférieur d'un piano dont l'égosillement n'égalera jamais nos triomphales sarabandes ! Projetés ainsi dans la troisième dimension, il n'y a plus qu'à nous y maintenir, et sur l'invitation de l'écureuil à nous faire aile et plan. La nature n'est pas embarrassée pour si peu. La voici comme une couturière, des ciseaux aux doigts et des épingles plein la bouche, déchirant ici et cousant là, toujours prête d'une robe de ville à faire une robe de bal et de ce jupon un cotillon de bébé. Ça y est et nous voilà oiseaux ! Quel dommage qu'on ait été obligé de nous renfermer dans ces cercueils de verre, tous ensemble pêle-mêle, comme cet albatros que j'ai vu jadis magnifiquement déployé et que voici maintenant faisant le canard et replié dans un coin comme un veston dans un carton à chapeaux ! Du moins je n'ai qu'à choisir dans le populeux garage. Tous les modèles, toutes les variétés d'appareillage, sont mis à ma disposition, tout ce qui se fait dans le genre, depuis le pétillement d'élytres de tous ces fétifus encore mal distingués de l'insecte, jusqu'à cet essor brusque et court du passereau happé par le fruit ou le perchoir, jusqu'aux entoilements sublimes des rapaces et des navigateurs de l'abîme. Les uns sont faits pour apercevoir et pour picorer, les autres pour contempler et pour arracher la proie au sol. Quelles délices de sentir à nos épaules s'éployer et se construire de quoi monter au ciel et notre puissante aspiration se traduire en cet engin avec nous de sustentation et de liberté ! Considérons là-dessous ce sternum qui chez l'oiseau tient le rôle de base et de support que nous voyons chez l'homme occupé par le bassin. C'est la carène. Comment ne pas penser en voyant cette pièce calculée, vrai chef-d'œuvre de menuiserie, curieusement travaillée comme au tranchant et à la pointe du canif, à une étrave, à une quille, à un coutre fait pour épouser par toutes les variétés de la tangente toutes les modalités du milieu et de la surface ? que ce soit l'air ou l'eau. Et maintenant, après tout ce qui est adapté aux éléments fluides, et nous avons dû laisser de côté les poissons, quel dommage ! et tous les investigateurs du par-dessous, voilà le plancher des vaches et le peuple des utilisateurs du solide. Commençons par tout ce qui ressort au départ, à l'élan, considérons tous ces grands singes démobilisés par exemple, qui, comme des athlètes recourbés et appuyés sur le dos de leurs mains, se préparent à prendre leur course. Une course qui les mènera loin ! il ne s'agit pas de quelques mètres à franchir d'un arbre à l'autre, il s'agit de toute la terre à envahir et à coloniser, il ne s'agit plus de sauter, il s'agit de distance et de durée, il s'agit de marcher et de courir. La boîte de mécano de la nature n'a pas épuisé ses combinaisons. Voici le cerf, voici le cheval, ce ramassis d'allongements et de bielles, le saut régularisé et sous nous indéfiniment disponible, la provision, le repliement sous notre ventre de cette superposition de ressorts et de détentes, les deux moteurs de l'avant-train et de l'arrière-train opposant leurs angles, l'un qui tire, et l'autre qui pousse. De cet engin de course, chez le lion, chez le tigre, quelques renforcements, quelques bricolages, quelques revirements d'aplombs feront une formidable machine d'impact et d'assaut au service de la mâchoire[1]. Tandis que la réduction de l'angle entre les

---

[1]. Sans oublier l'Ours comme dans Amos (V, 19), emblème de l'amour de Dieu qui se dresse tout à coup devant le chasseur et le prend affectueusement entre ses bras !

deux branches du levier préside à la pesante et paisible démarche des herbivores. Salut, buffle ! Salut, chameau !

Le propre d'une notion nouvelle distillée au fond de l'esprit est que par une espèce de gravité et d'affinité chimique et dialectique elle vient chercher et rendre à l'activité d'autres idées pour fleurir qui attendaient son contact. Pourquoi la vision perspective de toutes ces lignes de mouvements agencés en individus et en espèces est-elle venue réveiller dans mon souvenir ces vieux textes de saint Denys et de saint Thomas, où ces auteurs inspirés nous révèlent le sens spirituel du mouvement droit, du courbe et de l'oblique ? Ce qui est vrai de ces catégories générales, pourquoi ne le serait-il pas de l'infinie variété des mouvements particuliers dont j'ai sous les yeux les combinaisons et les dispositifs ? Comment l'esprit ne trouverait-il pas dans les corps divers proposés à le sustenter lui-même aussi bien que sa propre chair l'image concrète de ses opérations ? Ne voyons-nous pas presque à chaque ligne les Saints Livres pour nous insinuer un sens, et sens est essentiellement mouvement, avoir recours aux ressources du bestiaire ? L'agneau, la colombe, le cerf, le lion, le serpent, le ver de terre lui-même, le poisson, autant de figures du Messie. Quand Jacob bénit ses fils, il applique à Judas l'image du lion, à Dan celle de la couleuvre, à Nephtali celle du cerf, à Issachar celle de l'âne, à Benjamin celle du loup. Tous les héros, tous les événements de l'Histoire Sainte défilent devant nous timbrés de ces cimiers et de ces panonceaux. Chaque animal, suscité par une insufflation de l'Esprit, a un mode d'opération qui nous évoque quelqu'une des démarches créatrices dont nous retrouvons en nous la faculté et l'impulsion. J'enviais la félicité des bêtes, dit Rimbaud, les chenilles qui représentent l'innocence des limbes, les taupes le sommeil de la virginité. C'est ainsi que le tigre est justement appelé par les poètes un sultan, dont il serait facile de retrouver les congénères chez les milliardaires américains des années 80. C'est ainsi que le loup, l'hyène, le renard, le chacal, illustrent les incursions de tous ces pillards et bédouins, de tous ces carnassiers de basse-cour et de tas à ordures, dont nous avons vu souvent dans les livres et dans la vie luire les yeux et les crocs. Le coup de patte du lion, c'est la gifle magistrale qu'un Bossuet assène au coin de la gueule baveuse d'un Luther et d'un Œcolampade ! L'humilité, la patience du pauvre, le désir d'échapper au regard et d'être tenu pour rien, la jouissance de tout ce qui est en bas, les sédentaires et les furtifs du roseau et de la boue sont là pour nous en donner le sentiment et même la convoitise. Qu'un ange à notre rencontre frappe dans ses mains et aussitôt nous nous trouvons pour nous envoler toutes sortes d'ailes ! Le cerf et le cheval sont tous les deux taillés pour la vitesse, mais l'un l'est pour la fuite et l'autre pour le train. Tous deux, je sais l'endroit aux rangs de la ménagerie humaine où je trouverai leur râtelier. Le serpent qui est souffle, nerf, sifflement, veine vivante, nœud de nous-mêmes, spirale autour d'une direction, racine vigilante, l'incantateur a plus d'un tour dans son sac, plus d'un trou à sa flûte, pour le faire sortir de sa léthargie et danser la mort ! Quand nous sommes tout seuls sous la vérandah, ces roussettes et ces vampires qui ventilent l'air du soir, on dirait que c'est de notre imagination assombrie qu'elles se sont envolées. Le crapaud qui porte sur le dos toutes ces moirures et distinctions honorifiques qu'un ambassadeur arbore sur l'estomac s'accoude en critique au spectacle que lui fournit la lune au fond de l'ornière. Et à mesure que l'âge vient, je sens que c'est à cet ermite de plus en plus confit et paralysé dans le sentiment de son propre poids[1] que je suis appelé à ressembler. Il ne bouge pas, il pend et prie sur le dos et la tête en bas, il est accroché à une branche

---

1. *Amor meus, pondus meum* (saint Augustin).

comme un fruit, comme un hamac, toute son existence est de rester là, de joindre les mains, non seulement les deux mains, mais les quatre pattes !

S'il y a quelque chose d'évident à retirer de notre inspection, c'est que la nature ne procède pas par voie d'inventions disjointes, c'est qu'elle travaille sur un plan unique par voie de modifications appropriées. Il me semble que je l'ai déjà dit, mais ça m'est égal ! La tête, la colonne, les côtes, les membres, voilà ses matériaux toujours les mêmes, qu'elle ajuste et dispose de cent façons, avec une éblouissante ingéniosité et la dextérité sous nos yeux la plus attendrissante. Regardez ! elle a fait le trou au bon endroit ! On voudrait l'embrasser pour la remercier ! on comprend de part en part ! on voudrait avoir fait ça ! cette sacrée vieille tout de même, comme elle s'en est tirée ! C'est si simple ! Il a suffi du déplacement d'un boulon, d'un centimètre ajusté ici ou là, d'une consolidation et d'un coup de gouge et de burin. C'est fait ! ça marche ! Il n'y a plus qu'à souffler dessus ! Au suivant ! Et toujours ce sont les mêmes éléments, la tête, la chaîne, la cage, les membres, s'il y en a un qui manque, il y a l'autre qui est prêt à prendre sa place, et voilà le serpent par exemple qui se sert de ses côtes et qui devient mille-pattes ! Voilà la tête chez l'oiseau qui prend la place de la main ! voilà le fourmilier qui tire un mètre de langue ! Car la nature ne se prive pas de regarder par-dessus ses compartiments ! Que d'emprunts elle a faits sans façon d'un genre à l'autre, du crustacé, par exemple, à l'insecte, du règne végétal au règne animal, sans parler des relations chimiques, minéralogiques, esthétiques et diplomatiques ! Tout se tient du haut en bas dans le bâtiment, il y a communication entre tous les étages, il y a collaboration générale pour chaque modèle, étude du marché, consultation d'experts, et regard au mur avec révérence partout sur les sacro-saints standards et barèmes. Quel dommage qu'on n'ait pas voulu m'embaucher ! Il me semble que j'aurais eu, moi aussi, quelques idées à proposer, pourquoi pas ?

Mais le stylo dans ma main commence à danser et à s'impatienter. Il me fait remarquer qu'il est à sec. Il me suggère que là où j'en suis je ferais aussi bien de le recoiffer de son bouchon et qu'un crayon acéré me rendrait plus de services. Pour dessiner ce croupion de goéland par exemple, ou ce fémur de girafe, ou cette clavicule. Allons-y ! Lui-même, jusqu'à ce que j'aie fini s'occupera de la correspondance.

Brangues, 8 juin 1936.

P.-S. — Cette belle théorie de l'Évolution, quel dommage ! Comme on s'est bien amusé avec ! Quelle tristesse d'être obligé de la ranger maintenant dans la boîte à joujoux !

1946

*La mystique
des pierres précieuses*

Le ver luisant, ermite du gazon, qui allume tous les soirs sa petite lanterne pour lire dans son bréviaire minuscule, les folles mouches à feu qui, dans la nuit tropicale, entre-croisent leurs paraphes vertigineux, le poisson abyssal qui, le phare au front, rôde dans la ténèbre liquide, tous ces bijoux rutilants et mordorés que sont les insectes, la goutte de rosée qui flamboie dans le matin de mai au bout de son brin d'herbe, et, guerrier de pied en cap dans sa panoplie de verre, dans son harnachement de feu, l'arbre habillé de verglas qui carillonne dans le rayon hivernal, l'étoile enfin, celle toute petite comme une piqûre que l'on distingue la première et celle grosse comme une goutte d'un élixir sublime qui triomphe au bandeau de l'aurore, — tout cela, l'enfant voudrait le posséder, il voudrait le prendre entre ses doigts, il sait que, cette merveille à son index, à condition simplement de tourner le chaton, elle le rendrait maître de pouvoirs magiques, il ouvrirait les murs, il percerait les trésors, il pénétrerait les mystères, il lirait l'âme, il tiendrait, il aurait avec lui une source de rayons. Et les rayons aujourd'hui, eh bien ! tout le monde à l'écho des laboratoires en a entendu parler : les visibles, les invisibles. Une miette de Dieu, qu'on me la donne ! Rien qu'un éclat pour moi de cette lumière qui a créé le monde !

Or tout cela n'est pas un rêve, c'est vrai ! L'esprit entre nos doigts qui s'est fait matière, l'invisible qui s'est fait substance et pierre, quelque chose de si positif et de si dur qu'il résiste à tous les instruments, qu'il constitue comme un étalon de résistance, il existe ! C'est à nous ! Et quant à son efficacité magique, le radium est là pour nous en donner une idée, dépassant par les arcanes de sa préparation et par les merveilles dangereuses et bienfaisantes de son opération philosophale tout ce que les vieux alchimistes ont consigné dans leurs grimoires. A coups de pic, à coups de barre à mine, à longueur de patience et de foret, l'homme a interrogé ce que le roc a de plus compact et de plus contracté, et il a trouvé ça dans le quartz et le basalte ; ce marron dans sa bogue, cet affinement de cristaux au cœur de la bombe, cette éternité qui est un produit de l'effort, cette arrivée à l'essence, ce fruit interne obtenu par la compression d'un monde, cette pureté égale à celle qu'elle répand dans l'éther, que la perle planétaire acquiert par la méditation de sa propre substance ! Il y a deux sortes d'élaborations géologiques : l'une qui est un procès de désintégration : le granit, par exemple, qui devient argile. L'autre — et c'est comme le philosophe qui, par le brassage d'une multitude de faits, arrive au concept, au joyau abstrait d'une définition irréprochable — est une espèce de création ou de parturition, quelque chose à quoi aboutir qui échappe à la décomposition par la simplicité. Les entrailles de la nature en travail ont enfanté ce bézoard. Il a fallu la presse cosmique, l'action qui est passion d'un monde en révolte contre sa propre inertie, l'étreinte tellurique, le vomissement du feu intérieur, ce qui de plus central est capable de jaillir sous une main inexorable, l'écrasement millénaire de ces couches qui se compénètrent, tout le mystère, toute l'usine métamorphique, pour aboutir à ce brillant, à ce cristal sacré, à cette noix parfaite et translucide qui échappe à la pourriture du brou. Parfaite, pas encore ! Il faut que la main de l'homme s'ajoute à ce caillou qui l'invite. Il faut qu'un lent polissage vienne dissiper l'obscurité inhérente, effacer la rugosité adventice, accentuer le clivage, éliminer le défaut, éveiller l'œil secret, compléter la rose ébauchée. Il faut que la facette multiplie le prisme. Il faut user le refus. Il faut que naisse ce prodige minéral qui est un nombre solide ; il faut qu'apparaisse enfin sous la main de l'ouvrier ce soleil minuscule qui doit ses rayons à la géométrie. (Ainsi cette pierre merveilleuse dont parle Buffon, et que j'aime autant ne pas identifier, et qu'il appelle le girasol.) Non plus un miroir seulement, mais un foyer.

Je ne sais si ma classification est tout à fait celle des lapidaires ; mais, pour moi, les pierres précieuses se rangent en deux catégories : transparentes et opaques, cristal ou marbre : les unes qui accueillent le rayon et les autres qui le repoussent, les unes qui ont un cœur, j'allais dire qui ont une âme, et les autres qui ne se servent que de leur surface, les unes pénétrées et les autres caressées : émeraude et jade, saphir et turquoise, hématite et rubis : les unes qui brillent et les autres qui reluisent. Tout cela, nous dit la science, carbone ou composé d'alumine et de silice, coloré par des oxydes métalliques, ou quelque autre formule de laboratoire que je laisse aux spécialistes.

Mais c'est de la pierre translucide que je veux surtout parler et, plutôt que d'une substance aveugle, de ce vide solide, de ce buisson ardent, de ce polyèdre réfringent, qui attire et concentre en lui tous les angles d'incidence et de réflexion, l'escarboucle dans les contes qui resplendit au front de Mélusine. Comment s'étonner que, de tous les temps et chez tous les peuples, la Sagesse populaire ait vu dans ces prunelles fées, toujours prêtes à transformer comme dans l'éclat d'une intention précise une clarté éparse, non pas seulement un ornement (et après tout n'est-il pas écrit que Dieu n'a pas créé les étoiles pour autre chose que pour l'ornement de la nuit ?) mais, étincelante ou latente, une vertu occulte, quelques-uns ajoutent astrologique, à la fois médicale et mystique ? L'évêque Marbode qui florissait à Redon vers l'An Mil a consacré aux gemmes un poème en hexamètres rugueux, où il vante leur efficacité, bien supérieure, déclare-t-il, à celle des simples, comme l'œil qui en profite est supérieur à l'estomac. En un seul clin d'œil, tout le réseau des veines et des nerfs s'imprègne de cet éclair. Et s'adjoignent à cette apologie de non pas moindres noms que ceux de Boèce et d'Albert le Grand et de tant d'autres ! Telle pierre guérit de la gravelle et telle autre de la colère, telle est un spécifique contre le mal de dents et telle autre contre la luxure, telle attire l'argent et telle autre déjoue l'embûche, telle éblouit l'adversaire, telle gagne les cœurs et telle autre nous imprègne d'une disposition incompatible avec la malchance. Tout cela, fantaisie bien entendu, avec le tort de vouloir trop préciser, mais, en même temps, prise de gage sur l'inconnu, conscience d'un éclatant privilège, polarisation à notre doigt ou à notre cou pendue de quelque serment que nous nous sommes fait à nous-mêmes. Ainsi la bague de fiançailles ou celle de l'évêque, qui est le sacrement de son mariage avec le diocèse. Je te donnerai un caillou blanc, dit l'Apocalypse ; quoi de plus blanc qu'un diamant ? Et le texte ajoute : sur lequel un nom nouveau est inscrit. C'est de ce caillou-là et de ce nom, à la fois abrégé de l'ancien et initiale de quelqu'un de nouveau, que nous nous servons pour cacheter nos lettres et pour affirmer nos engagements.

Les livres sacrés eux-mêmes donnent appui à cette conviction populaire d'une efficacité mystérieuse incluse à ces grains d'une matière élue et parvenue par le moyen de l'art à une maturité, j'allais dire à une sanctification, définitive. J'ouvre l'Exode par exemple et j'y vois la description du rational. Le rational, ou carré d'or pur, orné de douze pierres précieuses disposées sur quatre rangs de trois, chacune portant le nom de l'une des douze tribus d'Israël, que le Grand Prêtre portait sur la poitrine quand il allait rendre visite, de l'autre côté du voile, au Tout-Puissant, était investi, semble-t-il, du pouvoir de rendre ou d'éliciter les oracles. Son nom hébreu, nous dit Cornelius *a Lapide*, est *tacens*, c'est-à-dire, qui se tait, comme s'il apportait à Dieu une émulation de silence : ainsi celui qui se tait de ce seul fait oblige son interlocuteur à parler. Voici les XII Tribus, celles dont parle l'Ancien Testament, et celles, mystiques, à la fin des temps, évoquées par l'Apocalypse, constituant la plénitude de l'Humanité rédimée, chacune résumée en un œil fidèle qui regarde, en une activité visuelle : comme les yeux de la servante, dit le psaume, entre les mains de sa maîtresse. Et chacun de ces cailloux porte un nom à la fois individuel et collectif, c'est une espèce d'être virtuel, une qualité particulière et intrinsèque, sensible comme une âme au regard et à la lumière : le nom d'un patriarche, en attendant que vienne s'y superposer celui d'un apôtre. Chacun a son état particulier, selon qu'il est dit ailleurs que les justes brilleront dans le ciel comme des étincelles et qu'ils différeront l'un de l'autre en splendeur et sans doute en couleur comme des étoiles. Et, je rêve, au travers de ce paisible troupeau y aura-t-il des irréguliers ? Des météores, des comètes qui paraphent l'infini à toute vitesse, et ces balais pour balayer le parvis sacré ? Et aussi des joujoux, comme Saturne avec son anneau, où la pierre est en dedans au lieu d'être en dehors[1], des étoiles jumelles, associées comme sur le même chaton, qui tournent l'une autour de l'autre et n'en ont jamais fini de s'étudier réciproquement, des systèmes, chefs-d'œuvre de la mathématique et d'une horlo-

---

1. L'Astronomie nous donne le portrait d'une nébuleuse qui a exactement la forme d'une bague, ce que nous appelons une *alliance*.

gerie à la mesure de l'éternité ? Des *novae* qui consomment en une explosion soudaine tout un matériel accumulé et puis font semblant de s'éteindre ? Ainsi cette dormeuse à l'oreille d'une femme tout à coup allumée par un rayon de lune et puis qui se dissout dans la nuit.

Mais ce n'est pas pour tinter à l'oreille d'une duchesse ou d'une actrice qu'a été créé ce brimborion stellaire. La gemme n'a pas été faite seulement pour orner le sein de cette épouse infidèle et chérie dont nous parle le Prophète. Pierrerie sublime, peut-être a-t-elle été empruntée au diadème de ce chérubin répudié qu'Isaïe appelle le Principe des voies et Ézéchiel le roi de Tyr. Et quand abandonné par ce renégat, mais encore accru et amplifié et de Sept devenu Douze, c'est lui, imité par tant de statues naïves, que nous voyons étinceler au front de Celle dont il est dit dans le psaume : Je poserai sur ton front une couronne de pierres précieuses.

Comme elle est le couronnement de l'édifice, la pierre spirituelle en est en nous la fondation : Je disposerai tes pierres précieuses par ordre, dit Isaïe, et je te fonderai sur les Saphirs. Parole que reprend le voyant de Pathmos quand il nous décrit la Jérusalem céleste établie sur douze fondements qui sont des pierres précieuses dont il nous énumère les noms : Jaspe, Saphir, Rubis, Émeraude, Sardoine, Sarde, Chrysolithe, Béryl, Topaze, Chrysoprase, Hyacinthe, Améthyste. Notre bon Corneille (qui n'est pas quelquefois sans abattre des noix), après avoir comparé ces célestes minéraux aux XII Apôtres (assez arbitrairement, avouons-le, car Pierre et Paul, cela va bien, mais que dirons-nous de Simon, ou de Jacques le Mineur ou de Juda ?), se place sur un terrain plus solide quand il y voit la figure des XII articles (dis-moi, lecteur ! peut-être un peu comme on dirait les articles d'un magasin !) de notre *Credo*.

Le Jaspe d'abord, qui est là, nous assure-t-il, pour un seul Dieu créateur. Pierre aveugle, sourde base, pacte dur, et, sous nous, compacte assise de tout l'édifice. Mais combien j'aimerais mieux lire, comme certaines versions le permettent, au lieu du Jaspe, le Diamant, ce foyer de toute géométrie, ce buisson de rais entre-croisés qui apparut à Moïse dans le désert, ce cri intérieur où se répercutent les sept couleurs de l'iris ! — Puis vient le Saphir, ou le Verbe, qui est Jésus-Christ : couleur de firmament, couleur de profondeur, cet œil éternellement ouvert, où l'on distingue parfois une espèce de prunelle (les saphirs étoilés), abîme de vision dont il est dit par le Prophète, puisque tout a été créé dans le Verbe : Je te fonderai en saphirs. — Troisième vient le Rubis, en latin *carbunculus* ou charbon ardent : ce feu ou braise dont le séraphin, le saisissant avec une pince, purifiera les lèvres d'Isaïe, ces lèvres à qui il était réservé d'articuler plus tard : Une vierge enfantera. C'est le troisième article du Credo : Qui a été conçu du Saint-Esprit, qui est né d'une Vierge. Et le Seigneur n'a-t-il pas dit plus tard : Je suis venu apporter le feu dans le monde et qu'ai-je désiré sinon qu'il brûle ? C'est Dieu appliqué à ce sang qui fait la chair pour l'illuminer et la glorifier. La voici qui conçoit et qui devient elle-même une source de splendeur à quoi elle mêle sa propre substance. — Vient quatrième l'Émeraude et le quatrième article qui est celui de la Passion ; *passus, crucifixus, mortuus.* Si l'on fait ainsi au bois vert..., dit le texte latin. Le vert est une couleur composée, nourrie d'un accord qui n'est pas incompatible avec la dissolution, chacun de ces deux tons qui n'en font plus qu'un seul souffrant d'une immixtion réciproque. Son nom, emprunté à ce même radical qui donne *vis, virga, virge, viror, virus, virus, vita,* c'est la couleur de l'herbe et de la feuille, de ce qui le plus humblement unit le ciel et la terre, de cette nourriture qui à la terre même par l'humide moyen de la sève emprunte sa propre substance. L'émeraude donc, c'est Dieu sur la croix enraciné à la terre, qui devient pour nous une nourriture et un breuvage et sous l'espèce la source. De Lui à nous, il y a une voie d'assimilation. Il se nourrit de nous, et nous, on se nourrit de Lui. — La cinquième pierre pour la première fois est une pierre opaque : la Sardoine, comme son nom l'indique, apparentée à l'agate et à l'onyx. Ici intervient cette comparaison avec l'ongle humain qui donne leur nom à plusieurs pierres précieuses. La matière de l'ongle est celle de la griffe, de la corne et de la carapace des animaux. Nous la portons aux pieds et aux mains. Aux pieds où elle amenuise, voudraient nous faire croire les savants, l'antique sabot de nos ancêtres. Aux mains où, rognée l'arme cruelle et l'épine meurtrière du carnassier, elle n'est plus au bout de chacun de nos doigts que le chapeau sur lui rabattu du décuple ouvrier. Ou, pour ceux qui sont dégagés de la tâche servile, la pointe exquise de notre personnalité, ce point lumineux et acéré, cet esprit, dit le proverbe, dont certains étincellent « jusqu'au bout des doigts », le plectre éblouissant, pour la démonstration de nos idées, qui joue sur un instrument invisible. L'ongle est une espèce de minéral, non plus comme l'os pour servir à la chair de soutien, mais végété par elle comme les dents, et espèce de dentition en effet de notre double main. Notre guide Cornelius, que nous suivons modestement pas à pas et le chapeau à la main, nous assure, lui-même, d'après son maître Pline, que dans la sardoine l'intérieur est noir, le milieu blanc et l'extérieur rouge. L'ingénieux exégète y voit un symbole de la descente du Christ aux enfers à travers les limbes. Il nous suffit d'apercevoir dans ces bandes varicolores, formées, nous disent les spécialistes, de lignes presque innombrables, une image des enceintes qui en nous délimitent le monde intérieur, le mal en nous étant ce qui est le plus loin de la lumière. — Sixième vient la Sarde, qui est une variété de cornaline ou de calcédoine. Sa couleur brune orange tirant sur le rouge, c'est-à-dire la naissance progressive de la gloire à travers l'opacité, paraît appropriée à l'auteur mystique pour signifier la Résurrection, par quoi le Christ a glorifié cette terre, la terre rouge qui est le nom d'Adam, dont il s'est enveloppé au sein de sa mère et en celui de la tombe. En effet, je l'emmènerai dans la maison de ma mère, dit le Cantique, et saint Paul avec le psaume 67 : Il a emmené captive la captivité. Pierre, ajoute le commentateur, qui est comme renée au sein de la pierre, la pierre sépulcrale. — Septième est la Chrysolithe, que l'on appelle en francais péridot ou olivine. Elle signifie, paraît-il, de par sa transparence et sa couleur jaune clair, l'Ascension. C'est de l'or translucide, semblable au verre, nous dit l'Apocalypse, et l'or, ajoute le commentateur, est le signe de la Royauté. De plus, le jaune est le complémentaire du bleu, envers qui il a mouvement. La matière a perdu son importance : elle ne vaut plus que par sa parfaite ductilité au rayon qui l'illumine. — Arrive huitième, le Béryl qui serait l'insigne du Huitième article du Symbole, à savoir le Jugement des vivants et des morts. Un autre nom ou une variété du béryl est l'aigue-marine, ainsi appelée, paraît-il, parce que, plongée dans l'eau de mer, elle devient invisible comme l'âme qui se perd en Dieu. C'est un cristal pur où nage du bleu clair ou parfois une pensée verte. Tout est clair au regard de Dieu et notre âme pour Lui n'a point de parois. Pourtant chacune se résume en un indice spécifique de réfraction colorée, en une nuance particulière qui joue et varie sous le rayon. L'œil aussitôt l'apprécie comme fait le palais d'un dégustateur. Du fond de l'être, il monte à la rencontre de la lumière une espèce de nuage. Ce ne sont plus les feux spirituels du diamant, c'est l'hésitation de ce bleu inhérent à un milieu liquide. C'est l'ombre en nous dont nous sommes capables. C'est la réserve suprême d'une conscience interrogée. Une transparence en quelque sorte passive et qui ne se permet point de rayon. Une évaluation au fond de nous et une pesée de l'impondérable. — Le Neuvième article de notre *Credo* qui est l'Esprit Saint a pour emblème la Topaze. Nous retrouvons ici la couleur jaune qui est au centre de l'iris et à qui font équilibre de chaque côté le bleu et le rouge. Ce n'est point le blanc pur qui est comparé à la Vérité abstraite. C'est l'esprit appliqué à une œuvre, c'est l'activité qualifiée par un objet. C'est le *mens* du poète latin qui pénètre la matière et, au travers de toutes ces nuances qui vont du safran au brun foncé, la persuade jusqu'à devenir de l'or et, mieux que de l'or, la matière de ce monde entier de la couleur. La lumière luit dans les ténèbres, dit l'Évangile de saint Jean. Et la Fiancée du Cantique : Je suis noire, mais je suis belle. — La Topaze, dit l'auteur mystique, est masculine : la Chrysoprase, qui est la dixième, qui est l'Église, et dont l'étymologie composite réunit assez bizarrement les idées d'or et de poreau, est féminine. C'est l'invitation de l'or à la vie, c'est l'application de la lumière à ce pouvoir végétatif dont il est question dans la Genèse, quand Dieu, avant même l'apparition du Soleil, ordonne à la terre et la rend capable de produire l'herbe verte, de respirer l'oxygène en éliminant le gaz carbonique. Voici la plante pourvue de feuilles et de racines qui conçoit la semence et qui pourvoit elle-même à sa propre continuité. — La onzième pierre est l'Hyacinthe, ainsi nommée pour sa ressemblance à la fleur mythologique dont les pétales portent, dit la fable, le diphtongue AI qui est Hélas ! Pour les anciens, c'était, semble-t-il, un caillou d'un bleu opaque poudré d'or. Pour nous, c'est plutôt quelque chose de trouble aux nuances changeantes et sombres, un mélange de jaune et de brun. Le vieux Pline écrit à son sujet cette phrase subtile : Elle s'évanouit sous le regard avant que de le rassasier et elle est si loin de le combler que c'est à peine si elle le touche. La mystique y voit le symbole de la Rémission des péchés, de la combustion d'une conscience fumante, la pitié qui s'unit à la pénitence. C'est le péché qui se désagrège en même temps que la matière à laquelle il est associé. — Et enfin la XIIe pierre est l'Améthyste, que l'Évêque porte à son doigt et qu'il nous offre à baiser. Sa couleur est un mélange de bleu et de rouge et elle est l'emblème, nous dit-on, de ce dernier article de notre foi, qui est la Résurrection de la chair et la vie éternelle, suprême assise de la Jérusalem céleste. La terre offre au ciel une coupe de ce vin dont Dieu même a exprimé le désir de le boire nouveau. Tantôt le bleu domine et tantôt c'est le rouge, comme dans les vitraux de nos cathédrales avec leurs tons de pourpre et de datura. C'est le sang qui happe l'air vital, c'est la jonction de l'amour et de l'éternité, l'inspiration de l'esprit au sein de notre temporel, la digestion de Dieu par la chair.

Et enfin, la jonction de toutes ces pierres ensemble, c'est ce que nous appelons la Communion des Saints.

Ainsi au-dessus des pierres pures, par-dessus le diamant que l'on pourrait appeler les Vertus théologales, s'élève en assises superposées l'édifice de notre rédemption, fait de couleurs composites où l'élément supérieur procède à une espèce d'appel et de purification de l'élément inférieur.

Voilà donc les trésors que la terre dissimulait au plus retiré de sa substance. Pour les découvrir et les évaluer, il m'a fallu plus que la lampe des mineurs : celle d'Aladin, et pourquoi ne pas ajouter : celle de la Vierge sage, qui mêle sa flamme au quinquet des Vierges folles. Tout a été conçu dans la lumière et dans la couleur. Le même iris, la même palette suave, les mêmes tons et les mêmes nuances qui se jouent dans l'atmosphère, sur la surface des eaux et que copie diligemment la tapisserie de nos prairies et de nos parterres, tout cela a subi au plus épais de la planète une pression comme celle de l'esprit qui s'appesantit sur une pensée unique, tout cela a été amené à la condensation de l'éternel et de l'abstrait, à la dignité de spécimen, tout est devenu à la fois limpide, tangible, durable, inextinguible. La lumière à travers la vapeur d'eau se joue en mille étincelles et brillants instantanés. Mais la matière au fond d'elle-même, de tout cet éventaire fugitif retient et compose une idée immobile. Le filon, arrivant à la perfection par la contraction, engendre le concept et cet astre en lui potentiel. Le joyau répond à la fleur. Il n'y a pas un des coups de pinceau du soir et de la matinée, par une variation de ces beaux yeux que nous interrogeons, pas une invention de l'animal et de la plante, à qui le génie plutonien n'ait fourni de correspondant et qui manque, étalé sur le velours noir, à la collection du lapidaire. Avec cette différence que, chez nous, tout se passe à la surface, mais la pierre précieuse, ainsi qu'une âme lucide, est lisible dans l'intégrité de sa substance. Tout cela, tacite au fond de l'abîme, et fruit déjà dessiné par le clivage, attendait la révélation des enfants de Dieu. Nous tenons, nous pétrissons, dans la main, tous ces morceaux de lumière. Quand nous parlons d'un beau ciel d'été, nous ne croyons pouvoir mieux faire que de le comparer au saphir. Sa pâleur, c'est le béryl. La mer est cliente de tous nos échantillons d'aigue-marine. L'azur lourd et compact des masses liquides qu'assomme le soleil des tropiques, c'est le lapis-lazuli et la malachite. La topaze, c'est le désert et tous les aromates de la terre qui brûle, le jaune du grain de raisin confit joint à la maturité de l'abricot. L'agate, ce sont toutes les sinuosités du relief et du labour. Au cœur de la roche, les congélations de l'intelligence nous livrent d'éternels stalactites et tous les théorèmes de l'angle, de la surface et du prisme. L'émeraude, c'est le mois de mai, et la turquoise, c'est le mois de juin. Il y a des bulles d'huile et des pleurs de déesse. Il y a des gouttes rondes qui demeurent comme empoisonnées par la lune, et d'autres habitées comme par un farfadet, âme fée trahie par une paupière invisible, et d'autres en proie à un tourbillon de points d'or. Il y en a qui sont du miel et d'autres un or spiritualisé. La vie du cep arrive jusqu'au vin et celle de la chair jusqu'au sang, sans parvenir à égaler le rubis. Toute la création vient se comparer à notre collection de prototypes et à ces valeurs préétablies. Tout vient de l'eau et du feu, déclaraient les antiques philosophes. Mais quelle eau et quel feu, je vous prie, comparables à ceux du diamant ?

J'ai écrit, ou j'aurais dû écrire, dans un autre poème, celui, je crois, que j'ai consacré aux vitraux, que la lumière, quand elle se fait couleur, fait appel à travers l'esprit, non seulement à notre rétine mais à tous nos sens. J'ai comparé les enchantements du Mans et de Chartres à un bouquet d'aromates, à l'holocauste du mois d'août, à ce puissant enivrement de l'aloès et de la myrrhe que les Croisés ont rapporté du Saint-Sépulcre. Tes doigts distillent la myrrhe, dit le Cantique, parlant peut-être des doigts prestigieux de l'artiste. Mais ces pierres parmi lesquelles je promène les miens, ce n'est pas seulement notre prunelle qu'elles piquent, chacune avec un accent différent, c'est notre goût. L'une est acide, l'autre fond comme du miel entre la langue et le palais. Si l'on peut dire que l'on déguste la pourpre, l'une serait pour nous comme du bourgogne, l'autre comme un château-yquem, et celle-ci comme du xérès ou un très vieux madère, et celle-ci a l'ardeur d'un alcool, et celle-ci la gaillardise généreuse et comme héroïque du chablis, et celle-ci couleur de cuivre monte au nez comme un champagne effervescent, et celle-ci garde la saveur conjointe de deux coteaux que le palais tour à tour distingue et réunit. Mais quel expert saura reconnaître les crus de l'azur, les années de l'éternité et les vendanges de l'esprit ?

LA PERLE

Toutes les merveilles que nous avons recensées jusqu'ici ne se passent pas de la collaboration de l'homme. Il faut qu'il y mette la main pour parfaire le vœu occulte du minéral. C'est en somme quelque chose de fabriqué. Mais la perle au fond des mers naît toute seule de la chair vivante : pure et ronde, elle se dégage immortelle de cet être éphémère qui l'a enfantée. Elle est l'image de cette lésion que cause en nous le désir de la perfection et qui, lentement, aboutit à ce globule inestimable. Voici dans le repli de notre substance la perle qui est le grain métaphysique, soustrait à la fois par le silence en lui de toute vocation terrestre à la menace du germe intérieur comme de la critique externe, une condensation de la valeur, une goutte de lait, un fruit détaché et sans tige, une solidification de la conscience, l'abstraction jusqu'à la lumière de toutes les couleurs, une conception immaculée. L'âme blessée et fécondée possède au fond d'elle-même un appareil qui lui permet de solidifier le temps en éternité. C'est la perle, c'est cette réalisation de l'essence, c'est cet *Un nécessaire*, c'est ce résumé entre nos doigts de toute possession qui sert de porte, nous dit l'Apocalypse, à la Jérusalem céleste. Elle ne brille pas, elle ne brûle pas, elle touche : fraîche et vivifiante caresse pour l'œil, pour l'épiderme et pour l'âme. Nous avons contact avec elle.

Telle est l'étoile polaire que le pèlerin taoïste va cueillir dans le moyeu même de la roue universelle : tel est le limpide joyau qui est enchâssé entre les deux sourcils de Bouddha.

C'est pour nous procurer ce pois inestimable que l'Évangile nous conseille de vendre tout ce que nous avons. Vendre, c'est transformer une possession particulière en un titre sur tout, c'est remplacer une jouissance actuelle par une valeur future. Mais c'est sur cette valeur même, telle qu'elle est indiquée avec précision à l'avers de cette drachme de la veuve et de ce denier de Judas qui à l'endroit présente le profil de César, que la parabole nous conseille d'exercer un second agio. Tout ce billon, ces pièces d'or, d'argent et de cuivre, de toutes valeurs et dénominations encrassées de toute l'ordure des marchés et des lupanars, tachées de sang, rognées par la lime, ce mammon d'iniquité, ce gravier fiduciaire rejeté sur notre plage, ce sac si lourd à nos reins, il nous est suggéré de le remplacer par quelque chose de portatif, par ce grain de sénevé petit jusqu'à être imperceptible. Le sou a sa valeur d'échange prescrite par la loi et garantie par la Justice. Mais la perle, fruit de la mer et conception de la durée, n'a d'autre valeur que sa beauté et sa perfection intrinsèque, résultant de sa simplicité, de sa pureté et de son éclat, et que le désir qu'elle inspire. Son apparition sur le marché avilit toutes les autres commodities, elle en modifie le cours, elle inquiète les banques menacées dans l'équilibre de leurs opérations, car elle y introduit un élément qui échappe au chiffre, je veux dire cette convoitise spirituelle qui naît de la contemplation. Elle est cette sagesse supérieure que nous préférons à notre substance. Si un homme, dit le Cantique (8, 7), donne toute la substance de sa maison pour l'amour, ainsi que rien il la méprisera.

Et me voici chez le plus grand joaillier de Paris, chez un de ces hommes que loue l'Évangile et dont le métier est de demander, par-dessus tous les trésors de la terre, à la mer aussi cette élaboration mystique, la réponse que dans ces ateliers vivants au fond de l'abîme elle cultive à la nacre superficielle, à cette caresse que le regard de Dieu d'un horizon à l'autre promène sur son épiderme frémissant et sensible : ce noyau essentiel. Un pauvre diable aveugle et sourd, dont le poids de l'eau extérieure a fait éclater les tympans, a trouvé ça à tâtons dans la profondeur. Et maintenant je tiens cela dans le creux de ma main, cette virginité angélique, cette babiole nacrée, ce pétale, ce pur grêlon, comme ceux dans le ciel que conçoit la foudre, mais d'où émane, comme d'une chair d'enfant, une espèce de chaleur rose. Je la fais tourner au bout d'une aiguille entre mes doigts et je m'aperçois que de tous côtés elle rayonne ! Mais non pas comme le diamant, ce pentacle géométrique, d'un feu dur et perçant : c'est quelque chose d'aimable, de suave, d'onctueux, d'affectueux, j'allais dire d'humain, c'est l'appel à notre chair d'une chair divine et incorruptible ! c'est moins de l'éternité que de la persistance, quelque chose dû au temps qui dégage de la durée. L'humble mollusque est mort, mais cela qu'il a fait en lui sans le voir, cet être inouï qu'il a donné, cela continue à vivre !

Il y a les perles communes qui ne sont que des boules ternes, comparables au gros, au courant, au roulant des honnêtes chrétiens. Comme de médiocres étudiants ils ont bénéficié tout de même de la boule blanche. Ils font nombre et appoint. Ils sont de la semoule et de la monnaie. Les plus gros eux-mêmes ne sont que tare dans la balance. Il faut bien regarder pour voir que l'un diffère de l'autre. Leur mérite est d'avoir réuni au fond d'eux assez de cohésion pour réussir, somme toute, la sphère et de n'offrir au rayon aucune ombre. Mais voici au flanc de cette autre perle une lueur qui croît, quelque chose de gai, de vif et de vivant, que l'on appelle l'orient, comme un cœur qui, du côté de l'amour, se découvre une espèce de partialité. Comme un visage qui se tourne, comme une joue sous le regard qui se colore de sensibilité et de pudeur, un point lumineux s'est éveillé, un reflet rose à quoi un vert ineffable n'est pas toujours étranger. Une espèce de conscience virginale, une innocence ouverte à la prédilection. Une fenêtre a éclos, une âme qui surmonte le voile, la lampe qui répond au rayon, le mérite qui accueille la grâce, la pureté qui épouse le pardon. Une espèce de nativité et d'enfance se mêle comme chez l'ange à la gloire. Une espèce d'âme qui arrive à la sonorité. Une espèce d'aurore, une espèce d'appétit de la lumière. Ce n'est plus l'éclat du minéral, c'est une tendresse intime qui émane. « Je serai rassasiée, dit-elle, lorsque ta gloire apparaîtra. » De là vient que, dans l'Apocalypse, les portes de Jérusalem sont comparées à des perles et que la Vierge elle-même est appelée la Porte Orientale.

Et je n'ai pas parlé des perles noires, de ces gouttes de nuit liquide et mordorée qui, elles aussi, ont un orient et qui rayonnent ! Ce qui fait la gloire des Élus chez elles en est le pressentiment. « Je suis noire, mais je suis belle », dit le Cantique. C'est comme une voix qui s'est tue, mais le regard est là qui trahit le chant. Parle, parole ! Celle-ci est comme une parole toute ronde dans la nuit, comme le feu de cette barque dans de profondes ténèbres qui s'approche pour nous emmener, comme la guirlande que nous laissons derrière nous de tous ces êtres que nous avons aimés et l'énumération mouvante de leurs noms !

*Une visite au Palais
de la Société des Nations*

Voilà. Je suis allé deux ou trois fois au cours de ce médiocre été à Genève pour regarder les tableaux du Prado. J'en parlerai une autre fois. Mais, une heure au milieu de cet amas de belles choses et l'esprit a fait son plein, comme un arrosoir qu'on enfonce dans un bassin et qui, après force bouillons l'un sur l'autre, ne tarde pas à exhaler le suprême borborygme, vide maintenant parce qu'il est rempli. Il ne reste plus qu'à aller déjeuner au bord du lac et à combler un autre vide, celui de l'estomac, par le moyen, je dirai presque sacramentel, de ce poisson mystérieux appelé féra, chère quasi immatérielle que nourrit le vivier international. Accompagnons-le d'une coupe ou deux de ce vin brillant et doré !

Après quoi, le rite, et je n'y manque pas, est de se diriger vers le Palais de la Société des Nations. Mallarmé a parlé quelque part de ce vide papier que sa blancheur défend. Mais ici, au contraire, c'est le vide qui attire et qui, plongé au milieu des convergences européennes, absorbe, aspire à chaque heure réglementaire, d'énormes lampées de foule.

Je crois à la Ligue des Nations. Je crois que le règne des trois Croquemitaines qui foulent actuellement sous leur semelle épaisse des multitudes impuissantes et abruties, n'est qu'un épisode passager de l'Histoire, une crise. On peut fonder quelque chose sur l'erreur, mais rien d'un peu durable sur la bêtise, sur le mépris cynique et officiellement affiché de l'intelligence et de la morale, sur la bestialité de la force pure et simple. Croquemitaine se dégonflera. Et l'Humanité commencera un jour à ressentir de nouveau le besoin d'un forum, d'un terre-plein où elle exhibe, discute, compare et contrepèse sous le niveau de la Justice ses besoins et ses intérêts : d'un marché, d'une Bourse où s'opèrent dans un libre débat au grand soleil les évaluations et les échanges. Elle le fera, je vous le dis ! Vous ne me croyez pas ? Vous verrez !

En attendant, des bataillons de visiteurs attendent patiemment aux portes du nouvel édifice l'heure de l'ouverture. Avant-garde peut-être des pèlerinages qui s'achemineront un jour des quatre coins du monde. Après tout, le besoin de l'Unité n'est guère moins puissant chez les peuples que le goût de l'indépendance. Et c'est une grande chose que déjà on lui ait fourni un organe, une proposition autour de quoi rayonnent toutes sortes d'attractions secrètes. C'est ici. On est curieux des ruines, des souvenirs mutilés laissés par le passé. Pourquoi ne le serait-on pas de cette prélibation exercée sur le futur et sur le nécessaire, de ce monument qui n'est encore qu'une capacité, de cette invitation dessinée à l'usage d'un Parlement œcuménique ? Après tout, sous l'influence des trois Ogres que je mentionnais tout à l'heure, la vie internationale a pris à l'intérieur des deux groupes entre lesquels se partage actuellement l'Humanité un intérêt réel, permanent et poignant, une intensité jusque-là inconnue. Dans des frontières élargies, menacées d'un danger commun, on ne peut plus se passer les uns des autres. Et cette fameuse sécurité collective dont on s'est tant moqué, que fait-on maintenant, je vous prie, sinon de la réaliser ? de lui donner une forme pratique ?

Le Palais de la Ligue des Nations offre actuellement

cette grandeur qui est le silence, le silence non pas de quelqu'un qui s'est tu, mais de quelqu'un qui n'a pas commencé de parler. C'est une armature conçue comme une provocation à l'avenir. Aucune statue, pas d'ornements, pas d'inscriptions, aucune évocation d'événements ou de figures, fussent-elles celles de Wilson ou de Briand. Toute la place est laissée à l'informulé et le reste est une accumulation incompréhensible de fonctions et de fonctionnaires, comme dans les romans de Kafka. Des terrasses, des escaliers, des alignements à l'infini de fenêtres et au milieu une suggestion schématique de portique ou de temple. Un trou pratiqué au travers d'un corps de bâtiments laisse voir une perspective à l'infini de cours sévères où l'on sent bien qu'une herbe naïve ne se permettra jamais de pousser. Si l'on a besoin de verdure, outre celle des bureaux, il y a toutes ces pelouses bien tondues qui fournissent à un esprit sérieux le spectacle réconfortant d'une nature enfin parvenue à l'état discipliné et correct. Tout cela ne manque pas, je n'irai pas jusqu'à dire de dignité, mais de tenue. Une tenue un peu hallucinante en cette vacuité officielle des Grandes Vacances !

Pénétrons dans le Palais inhabité à la suite de cet échelon de visiteurs invisibles que nous entendons haranguer dans l'éloignement. Tout y luit, tout n'est que verre, vernis, marbres, contre-plaqués, veines du bois et du minéral, sensibilité à l'atmosphère. Les panneaux offrent à l'absence un miroir démesuré. Le sol, revêtu d'une matière élastique, ne rend aucun bruit sous le pas et, de salle en salle, le désert succède à la disponibilité et le reflet inane dilue le rayon silencieux. Pas de lustres, pas de cheminées, pas de meubles, du moins qu'on puisse remuer ; la vie intérieure de l'édifice est constituée dans une condition d'immanence. Des fauteuils pourtant, des tables, des bureaux, tout cela à une échelle anormale, des téléphones partout, évoquent un personnel fantomatique. J'aperçois avec soulagement, au fond de ces solitudes, un bureaucrate en manches de chemise en train de se confier à une machine à écrire. Il est vivant, ma parole ! Qu'elles me paraissent belles, les bretelles de ce messager de la paix !

Pas besoin de dire que dans cette condensation du sortilège juridique, dans ce milieu concerté sourdement réfractaire à quoi que ce soit de concret, la peinture n'a pas de place désignée. Si, pourtant ! il y a le réduit central, magnifiquement décoré par notre ami Sert, j'en parlerai tout à l'heure. Et parmi les innombrables salles de réunions, il y en a une colorée aux quatre coins par nos quatre peintres français les plus célèbres. Hélas ! hélas ! hélas ! Le père Besnard s'est rendu responsable de bien des atrocités, mais tout ce que j'ai à dire, c'est qu'entre les quatre points cardinaux où nos compatriotes se rencoignent dans l'isolement farouche de leurs pensums respectifs, on regrette son pinceau conciliateur.

Passons à cette salle centrale dont je parlais tout à l'heure et que Sert, venant à bout avec une habileté consommée de toutes sortes de difficultés architecturales, a illuminée, les parois et le plafond, de vastes étendues dorées sur lesquelles les compositions se dessinent en noir, tandis que des grisailles forment les écoinçons. Quel bonheur de participer des yeux et de l'esprit à un vaste ensemble raisonné et aux riches inventions d'un créateur pour qui l'art est ce qu'il doit être, c'est-à-dire un moyen d'expression et non pas un simple prétexte à de fades ébats dont un coup d'œil suffit à nous dégoûter ! Sert a voulu y représenter la fin des fléaux, la fin de l'esclavage, la fin des épidémies, la fin de la guerre. Il a résolument abandonné la mythologie allégorique, toutes ces idoles imbéciles dont l'art pompier du XIXe siècle a encombré nos places et nos murs. Son pinceau n'a peuplé l'intérieur de cet édifice abstrait que de multitudes anonymes. Au cœur de cette ruche déserte on voit tout à coup sourdre et déboucher les courants d'une humanité torrentielle à qui donnent sens plutôt que figure les mouvements d'espérance et de désir dont elle est animée. Ces énormes canons à ma gauche, d'où s'exhale, comme une fumée suprême, la vision d'une femme tenant un petit enfant dans ses bras, ce ne sont pas les débris d'un arsenal périmé, ce sont les béliers qui ont servi à démolir ces cloisons qui trop longtemps ont tenu les peuples séparés, et déjà le contenu humain s'en échappe en flots tumultueux. Et comme dans le fameux tableau de *La Dentellière*, de Vermeer, au Louvre, toute la composition aboutit à cette pointe d'aiguille que la jeune femme pique dans ce tambour entre ses doigts, ainsi, dans le panneau voisin, au centre d'un remous de damnés, la seringue curatrice qu'un médecin sans visage enfonce dans le bras d'un miraculé, homogène à toute cette chair souffrante. Et plus loin, quelle est cette roue gigantesque, ou plutôt ce fragment de roue à engrenage, que toute une colonne d'esclaves, associée au joug d'une paire de bœufs, tire, à mon avis, plutôt que vers le *scrap's heap*, vers le lieu d'ajustage définitif ? sinon un appel à ce temps où la loi du rythme collectif succédera à la cruauté d'un effort anarchique ?

Mais que vois-je, à côté, dans ce médaillon en grisaille ? Trois hommes qui tendent un arc. C'est l'appel à l'avenir ! Le trait que, par-dessus les obstacles interposés, il s'agit de décocher vers le but invisible et présent.

Au plafond, et c'est une conception grandiose, quatre figures colossales agrandissant quelques unités de ces tribus sans nom au-dessous d'elles à qui sert de fond la façade de la Sainte Université de Salamanque, s'empoignent et s'accrochent l'une à l'autre de toute la force de leurs muscles allongés — et c'est ici où je cesse d'être satisfait de l'idée de Sert. Plutôt que des mains qui se saisissent, et d'ailleurs elles n'y arrivent, hélas ! que maladroitement, j'aurais voulu simplement qu'elles se tendent, et au milieu j'aurais placé une colombe, pour servir de centre non seulement à la composition, mais à tout l'édifice. Ou la Croix de Celui-là seul qui attire et qui réunit.

Brangues, 6 août 1939.

FIN

INTRODUCTION À LA PEINTURE HOLLANDAISE	7
Post scriptum : Avril en Hollande	52
LA PEINTURE ESPAGNOLE	61
I. La chair spirituelle	63
II. Compositions	70
III. Portraits — Tapisseries	83
ÆGRI SOMNIA	97
VITRAUX DES CATHÉDRALES DE FRANCE, XIIe ET XIIIe SIÈCLES	113
LE CHEMIN DANS L'ART	131
QUELQUES EXÉGÈSES	145
Jan Steen	147
Nicolas Maes	149
Watteau	151
La Lecture	152
Jordaens	153
LA CATHÉDRALE DE STRASBOURG	155
SUR LA MUSIQUE	169
ARTHUR HONEGGER	179
LES PSAUMES ET LA PHOTOGRAPHIE	185
OSSEMENTS	195

LA MYSTIQUE DES PIERRES PRÉCIEUSES 213
   La perle 228
UNE VISITE AU PALAIS DE LA SOCIÉTÉ DES NATIONS 233

DU MÊME AUTEUR
Aux Éditions Gallimard

Poèmes

CORONA BENIGNITATIS ANNI DEI.

CINQ GRANDES ODES.

LA MESSE LÀ-BAS.

LA LÉGENDE DE PRAKRITI.

POÈMES DE GUERRE.

FEUILLES DE SAINTS.

LA CANTATE À TROIS VOIX, *suivie de* SOUS LE REMPART D'ATHÈNES et de traductions diverses (Coventry Patmore, Francis Thompson, Th. Lowell Beddoes).

POÈMES ET PAROLES DURANT LA GUERRE DE TRENTE ANS.

CENT PHRASES POUR ÉVENTAILS.

SAINT FRANÇOIS, *illustré par José-Maria Sert.*

DODOITZU, *illustré par R. Harada.*

ŒUVRE POÉTIQUE (1 vol. *Bibliothèque de la Pléiade*).

Théâtre

L'ANNONCE FAITE À MARIE.

L'OTAGE.

LA JEUNE FILLE VIOLAINE (*première version inédite de 1892*).

LE PÈRE HUMILIÉ.

LE PAIN DUR.

LES CHOÉPHORES. — LES EUMÉNIDES, *traduit du grec*.

DEUX FARCES LYRIQUES : Protée. — L'Ours et la Lune.

LE SOULIER DE SATIN OU LE PIRE N'EST PAS TOUJOURS SÛR.

LE LIVRE DE CHRISTOPHE COLOMB, *suivi de* L'HOMME ET SON DÉSIR.

LA SAGESSE OU LA PARABOLE DU FESTIN.

JEANNE D'ARC AU BÛCHER.

L'HISTOIRE DE TOBIE ET DE SARA.

LE SOULIER DE SATIN, *édition abrégée pour la scène*.

L'ANNONCE FAITE À MARIE, *édition définitive pour la scène*.

PARTAGE DE MIDI.

PARTAGE DE MIDI, *nouvelle version pour la scène*.

THÉÂTRE (2 vol., *Bibliothèque de la Pléiade*).

MORT DE JUDAS — LE POINT DE VUE DE PONCE PILATE.

Prose

POSITIONS ET PROPOSITIONS, I et II.

L'OISEAU NOIR DANS LE SOLEIL LEVANT.

CONVERSATIONS DANS LE LOIR-ET-CHER.

FIGURES ET PARABOLES.

LES AVENTURES DE SOPHIE.

UN POÈTE REGARDE LA CROIX.

L'ÉPÉE ET LE MIROIR.

ÉCOUTE, MA FILLE.

TOI, QUI ES-TU ?

SEIGNEUR, APPRENEZ-NOUS À PRIER.

AINSI DONC ENCORE UNE FOIS.

CONTACTS ET CIRCONSTANCES.

DISCOURS ET REMERCIEMENTS.

L'ŒIL ÉCOUTE.

ACCOMPAGNEMENTS.

EMMAÜS.

UNE VOIX SUR ISRAËL.

L'ÉVANGILE D'ISAÏE.

LE LIVRE DE RUTH.

PAUL CLAUDEL INTERROGE L'APOCALYPSE.

PAUL CLAUDEL INTERROGE LE CANTIQUE DES CANTIQUES.

LE SYMBOLISME DE LA SALETTE.

PRÉSENCE ET PROPHÉTIE.

LA ROSE ET LE ROSAIRE.

TROIS FIGURES SAINTES.

VISAGES RADIEUX.

QUI NE SOUFFRE PAS... (Réflexions sur le problème social.) *Préface et notes de Hyacinthe Dubreuil.*

MÉMOIRES IMPROVISÉS, *recueillis par Jean Amrouche.*

CONVERSATION SUR JEAN RACINE.

ŒUVRES EN PROSE (1 vol., *Bibliothèque de la Pléiade*).

MORCEAUX CHOISIS.

PAGES DE PROSE, *recueillies et présentées par André Blanchet.*

LA PERLE NOIRE, *textes recueillis et présentés par André Blanchet.*

JE CROIS EN DIEU, *textes recueillis et présentés par Agnès du Sarment. Préface du R.P. Henri de Lubac, S. J.*

AU MILIEU DES VITRAUX DE L'APOCALYPSE. *Dialogues et lettres accompagnés d'une glose. Édition établie par Pierre Claudel et Jacques Petit.*

Correspondance

CORRESPONDANCE AVEC ANDRÉ GIDE (1899-1926). *Préface et notes de Robert Mallet.*

CORRESPONDANCE AVEC ANDRÉ SUARÈS (1904-1038). *Préface et notes de Robert Mallet.*

CORRESPONDANCE AVEC FRANCIS JAMMES ET GABRIEL FRIZEAU (1897-1936) AVEC DES LETTRES DE JACQUES RIVIÈRE. *Préface et notes d'André Blanchet.*

JOURNAL (2 vol., *Bibliothèque de la Pléiade*).

ŒUVRES COMPLÈTES : *vingt-huit volumes parus.*

CAHIERS PAUL CLAUDEL :

    I. « TÊTE D'OR » ET LES DÉBUTS LITTÉRAIRES
    II. LE RIRE DE PAUL CLAUDEL
    III. CORRESPONDANCE PAUL CLAUDEL - DARIUS MILHAUD 1912-1953
    IV. CLAUDEL DIPLOMATE

- V. CLAUDEL HOMME DE THÉÂTRE
- VI. CLAUDEL HOMME DE THÉÂTRE : CORRESPONDANCE AVEC COPEAU, DULLIN, JOUVET
- VII. LA FIGURE D'ISRAËL
- VIII. CLAUDEL ET L'UNIVERS CHINOIS
- IX. PRAGUE
- X. CORRESPONDANCE PAUL CLAUDEL - JEAN-LOUIS BARRAULT
- XI. CLAUDEL AUX ÉTATS-UNIS 1927-1933
- XII. CORRESPONDANCE PAUL CLAUDEL - JACQUES RIVIÈRE 1907-1924
- XIII. LETTRES DE PAUL CLAUDEL À ÉLISABETH SAINT-MARIE PERRIN ET À AUDREY PARR

DANS LA COLLECTION FOLIO/ESSAIS

1. Alain : *Propos sur les pouvoirs.*
2. Jorge Luis Borges : *Conférences.*
3. Jeanne Favret-Saada : *Les mots, la mort, les sorts.*
4. A. S. Neill : *Libres enfants de Summerhill.*
5. André Breton : *Manifestes du surréalisme.*
6. Sigmund Freud : *Trois essais sur la théorie sexuelle.*
7. Henri Laborit : *Éloge de la fuite.*
8. Friedrich Nietzsche : *Ainsi parlait Zarathoustra.*
9. Platon : *Apologie de Socrate. Criton. Phédon.*
10. Jean-Paul Sartre : *Réflexions sur la question juive.*
11. Albert Camus : *Le mythe de Sisyphe (Essai sur l'absurde).*
12. Sigmund Freud : *Le rêve et son interprétation.*
13. Maurice Merleau-Ponty : *L'Œil et l'Esprit.*
14. Antonin Artaud : *Le théâtre et son double* (suivi de *Le théâtre de Séraphin*).
15. Albert Camus : *L'homme révolté.*
16. Friedrich Nietzsche : *La généalogie de la morale.*
17. Friedrich Nietzsche : *Le gai savoir.*
18. Jean-Jacques Rousseau : *Discours sur l'origine et les fondements de l'inégalité parmi les hommes.*
19. Jean-Paul Sartre : *Qu'est-ce que la littérature?*
20. Octavio Paz : *Une planète et quatre ou cinq mondes (Réflexions sur l'histoire contemporaine).*
21. Alain : *Propos sur le bonheur.*
22. Carlos Castaneda : *Voir (Les enseignements d'un sorcier yaqui).*
23. Maurice Duverger : *Introduction à la politique.*

24 Julia Kristeva : *Histoires d'amour.*
25 Gaston Bachelard : *La psychanalyse du feu.*
26 Ilya Prigogine et Isabelle Stengers : *La nouvelle alliance (Métamorphose de la science).*
27 Henri Laborit : *La nouvelle grille.*
28 Philippe Sollers : *Théorie des Exceptions.*
29 Julio Cortázar : *Entretiens avec Omar Prego.*
30 Sigmund Freud : *Métapsychologie.*
31 Annie Le Brun : *Les châteaux de la subversion.*
32 Friedrich Nietzsche : *La naissance de la tragédie.*
33 Raymond Aron : *Dix-huit leçons sur la société industrielle.*
34 Noël Burch : *Une praxis du cinéma.*
35 Jean Baudrillard : *La société de consommation (ses mythes, ses structures).*
36 Paul-Louis Mignon : *Le théâtre au XXe siècle.*
37 Simone de Beauvoir : *Le deuxième sexe,* tome I *(Les faits et les mythes).*
38 Simone de Beauvoir : *Le deuxième sexe,* tome II *(L'expérience vécue).*
39 Henry Corbin : *Histoire de la philosophie islamique.*
40 Etiemble : *Confucius (Maître K'ong, de -551(?) à 1985).*
41 Albert Camus : *L'envers et l'endroit.*
42 George Steiner : *Dans le château de Barbe-Bleue (Notes pour une redéfinition de la culture).*
43 Régis Debray : *Le pouvoir intellectuel en France.*
44 Jean-Paul Aron : *Les modernes.*
45 Raymond Bellour : *Henri Michaux.*
46 C.G. Jung : *Dialectique du Moi et de l'inconscient.*
47 Jean-Paul Sartre : *L'imaginaire (Psychologie phénoménologique de l'imagination).*
48 Maurice Blanchot : *Le livre à venir.*
49 Claude Hagège : *L'homme de paroles (Contribution linguistique aux sciences humaines).*
50 Alvin Toffler : *Le choc du futur.*
51 Georges Dumézil : *Entretiens avec Didier Eribon.*
52 Antonin Artaud : *Les Tarahumaras.*
53 Cioran : *Histoire et utopie.*
54 Sigmund Freud : *Sigmund Freud présenté par lui-même.*

55 Catherine Kintzler : *Condorcet (L'instruction publique et la naissance du citoyen)*.
56 Roger Caillois : *Le mythe et l'homme.*
57 Panaït Istrati : *Vers l'autre flamme (Après seize mois dans l'U.R.S.S.- Confession pour vaincus)*.
58 Claude Lévi-Strauss : *Race et histoire* (suivi de *L'œuvre de Claude Lévi-Strauss* par Jean Pouillon).
59 Michel de Certeau : *Histoire et psychanalyse entre science et fiction.*
60 Vladimir Jankélévitch et Béatrice Berlowitz : *Quelque part dans l'inachevé.*
61 Jorge Amado : *Conversations avec Alice Raillard.*
62 Elie Faure : *Histoire de l'art*, tome I : *L'art antique.*
63 Elie Faure : *Histoire de l'art*, tome II : *L'art médiéval.*
64 Elie Faure : *Histoire de l'art*, tome III : *L'art renaissant.*
65 Elie Faure : *Histoire de l'art*, tome IV : *L'art moderne,* 1.
66 Elie Faure : *Histoire de l'art*, tome V : *L'art moderne,* 2.
67 Daniel Guérin : *L'anarchisme (De la doctrine à la pratique)*, suivi de *Anarchisme et marxisme.*
68 Marcel Proust : *Contre Sainte-Beuve.*
69 Raymond Aron : *Démocratie et totalitarisme.*
70 Friedrich Nietzsche : *Par-delà bien et mal (Prélude d'une philosophie de l'avenir)*.
71 Jean Piaget : *Six études de psychologie.*
72 Wassily Kandinsky : *Du spirituel dans l'art, et dans la peinture en particulier.*
74 Henri Laborit : *Biologie et structure.*
75 Claude Roy : *L'amour de la peinture (Rembrandt Goya Picasso)*.
76 Nathalie Sarraute : *L'ère du soupçon (Essais sur le roman)*.
77 Friedrich Nietzsche : *Humain, trop humain (Un livre pour esprits libres)*, tome I.
78 Friedrich Nietzsche : *Humain, trop humain (Un livre pour esprits libres)*, tome II.
79 Cioran : *Syllogismes de l'amertume.*

80 Cioran : *De l'inconvénient d'être né.*
81 Jean Baudrillard : *De la séduction.*
82 Mircea Eliade : *Le sacré et le profane.*
83 Platon : *Le Banquet (ou De l'amour).*
84 Roger Caillois : *L'homme et le sacré.*
85 Margaret Mead : *L'un et l'autre sexe.*
86 Alain Finkielkraut : *La sagesse de l'amour.*
87 Michel Butor : *Histoire extraordinaire (Essai sur un rêve de Baudelaire).*
88 Friedrich Nietzsche : *Crépuscule des idoles (ou Comment philosopher à coups de marteau).*
89 Maurice Blanchot : *L'espace littéraire.*
90 C.G. Jung : *Essai d'exploration de l'inconscient.*
91 Jean Piaget : *Psychologie et pédagogie.*
92 René Zazzo : *Où en est la psychologie de l'enfant?*
93 Sigmund Freud : *L'inquiétante étrangeté* et autres essais.
94 Sören Kierkegaard : *Traité du désespoir.*
95 Oulipo : *La littérature potentielle (Créations Re-créations Récréations).*
96 Alvin Toffler : *La Troisième Vague.*
97 Lanza del Vasto : *Technique de la non-violence.*
98 Thierry Maulnier : *Racine.*
99 Paul Bénichou : *Morales du grand siècle.*
100 Mircea Eliade : *Aspects du mythe.*
101 Luc Ferry et Alain Renaut : *La pensée 68 (Essai sur l'anti-humanisme contemporain).*
102 Saúl Yurkievich : *Littérature latino-américaine : traces et trajets.*
103 Carlos Castaneda : *Le voyage à Ixtlan (Les leçons de don Juan).*
104 Jean Piaget : *Où va l'éducation.*
105 Jean-Paul Sartre : *Baudelaire.*
106 Paul Valéry : *Regards sur le monde actuel* et autres essais.
107 Francis Ponge : *Méthodes.*
108 Czeslaw Milosz : *La pensée captive (Essai sur les logocraties populaires).*
109 Oulipo : *Atlas de littérature potentielle.*
110 Marguerite Yourcenar : *Sous bénéfice d'inventaire.*

111 Frédéric Vitoux : *Louis-Ferdinand Céline (Misère et parole)*.
112 Pascal Bonafoux : *Van Gogh par Vincent*.
113 Hannah Arendt : *La crise de la culture (Huit exercices de pensée politique)*.
114 Paul Valéry : *« Mon Faust »*.
115 François Châtelet : *Platon*.
116 Annie Cohen-Solal : *Sartre (1905-1980)*.
117 Alain Finkielkraut : *La défaite de la pensée*.
118 Maurice Merleau-Ponty : *Éloge de la philosophie* et autres essais.
119 Friedrich Nietzsche : *Aurore (Pensées sur les préjugés moraux)*.
120 Mircea Eliade : *Le mythe de l'éternel retour (Archétypes et répétition)*.
121 Gilles Lipovetsky : *L'ère du vide (Essais sur l'individualisme contemporain)*.
123 Julia Kristeva : *Soleil noir (Dépression et mélancolie)*.
124 Sören Kierkegaard : *Le Journal du séducteur*.
125 Bertrand Russell : *Science et religion*.
126 Sigmund Freud : *Nouvelles conférences d'introduction à la psychanalyse*.
128 Mircea Eliade : *Mythes, rêves et mystères*.
131 Georges Mounin : *Avez-vous lu Char?*
132 Paul Gauguin : *Oviri (Ecrits d'un sauvage)*.
133 Emmanuel Kant : *Critique de la raison pratique*.
134 Emmanuel Kant : *Critique de la faculté de juger*.
135 Jean-Jacques Rousseau : *Essai sur l'origine des langues (où il est parlé de la mélodie et de l'imitation musicale)*.
137 Friedrich Nietzsche : *L'Antéchrist*, suivi de *Ecce Homo*.
138 Gilles Cohen-Tannoudji et Michel Spiro : *La matière-espace-temps (La logique des particules élémentaires)*.
139 Marcel Roncayolo : *La ville et ses territoires*.
140 Friedrich Nietzsche : *La philosophie à l'époque tragique des Grecs*, suivi de *Sur l'avenir de nos établissements d'enseignement*.
141 Simone Weil : *L'enracinement (Prélude à une déclaration des devoirs envers l'être humain)*.
142 John Stuart Mill : *De la liberté*.

*Reproduit et achevé d'imprimer
par Brodard et Taupin
à La Flèche (Sarthe), le 16 mai 1990.
Dépôt légal : mai 1990.
Numéro d'imprimeur : 6341C-5.*
ISBN 2-07-032563-6/Imprimé en France.

juillet 1990.

49296